비탈진 음지

조정래
장편소설

비탈진
음지

| 작가의 말 |

새로 탄생한 장편 『비탈진 음지』

 중편 「황토」를 장편 『황토』로 개작한 것과 똑같은 이유로 중편 「비탈진 음지」도 장편 『비탈진 음지』로 개작하게 되었습니다.
 사회의 산업화는 인구의 도시 집중을 불러옵니다. 그건 필연이며, 세계 공통입니다. 1960년대 초부터 시작된 우리의 산업화도 농촌 인구의 도시 이동을 촉진시켰습니다. 그 거센 바람과 함께 생겨난 말이 '무작정 상경'입니다. 농촌 인구가 도시의 저임금 노동자로 변모하는 그 물결은 곧 농촌의 붕괴이기도 했습니다.
 그 피할 수 없는 사회 변동은 도시 팽창과 함께 수많은 문제를 야기시키게 되었습니다. 그 중에서 가장 중요한 문제가 도시 빈민의 양산이었습니다. 인간으로서 기본적인 생존 조건도 보장받지 못한 수많은 도시 빈민들은 시대의 비극이고, 시대의 슬픔이었습니다. 그 시대의 통증을 작가로서 외면할 수 없어서

'무작정 상경 1세대'의 얘기를 쓴 것이 「비탈진 음지」입니다.

그런데 최근에 어느 텔레비전 화면에 70객의 할머니 둘이 폐품 종이상자를 서로 뺏으려고 다투는 모습이 나왔습니다. 그리고 어떤 할아버지는 하루 종일 폐품을 주워 팔아야 하루 벌이 천 원이 될까말까 하다며 탄식을 하고 있었습니다. 그런 그들의 존재가 특이해서 텔레비전 화면에 비쳐진 것이 아닙니다. 그런 70객들은 인사동 뒷골목에서도, 압구정동 뒷골목에서도, 천호동에서도, 구로동에서도 얼마든지 볼 수 있기 때문에 비친 것입니다. 그들은 바로 40여 년 전의 '무작정 상경 1세대'입니다. 국민소득 150불 시대의 도시 빈민들이 국민소득 2만불 시대에도 그대로 존재하고 있는 것입니다. 그 심각한 사실이 우리의 현실이며, 중편 「비탈진 음지」를 장편 『비탈진 음지』로 개작해야 하는 이유였습니다.

'굶주리는 사람이 단 하나만 있어도 그건 우리 모두의 책임이다.' 시인 릴케의 고통스러운 읊조림입니다. 하물며 소설가로서 오늘의 우리 현실을 어떻게 바라보아야 하겠습니까. 독자들 또한 별개의 존재가 아니라 우리 사회의 일원입니다. 『비탈진 음지』를 읽을 필요가 없는 날이 하루 빨리 오기를 고대합니다.

2011년 7월
조정래

| 차례 |

작가의 말 4

서울 범새 9

다시 못 갈 고향 35

삶의 거센 파도 95

살아간다는 것 165

그래도 내일 249

작가 연보 285

서울 냄새

"카알 가아씨요. 카알 가아씨요."

복천(福千) 영감은 소리꾼이 최고음을 뽑아내듯 있는껏 목청을 뽑았다. 어느새 해가 설핏해져 반 뼘 정도밖에 남아 있지 않았다. 속이 텅빈 것처럼 왈칵 시장기가 몰려들었다. 당연한 일이었다. 긴 여름 해가 반 뼘 남짓밖에 남지 않은 지금까지 점심을 먹지 못한 것이다. 하루 이틀의 일은 아니었다. 그런데 시장기가 이다지도 심한 것은 무슨 변고인가. 오늘 수입은 다른 날의 반도 안 되는 판인데 말이다.

"잡녀러 배창새기가 노망이 들었는갑구만."

복천 영감은 몰려드는 시장기를 내치기라도 하듯 성깔 돋은 소리로 중얼거리고는 다시 목청을 뽑는 것이다.

"카알 가아씨이⋯⋯."

 최고음을 향해 치오르던 복천 영감의 목소리는 막바지에서 끄윽 막혀버렸다. 그 막힌 소리는 신나게 돌아가던 축음기판이 갑작스러운 정전으로 괴상한 소리를 내며 풀려버리는 것과 흡사했다. 복천 영감은 한참이나 마른기침을 했다. 목이 칼칼했다. 서너 번 헛기침을 해보았다. 목은 다듬어지지 않았다. 목구멍이 파삭 타버렸거나 팅팅 부어오른 것 같은 느낌이었다. 혓바닥으로 입속을 샅샅이 쓸었다. 침은 한 방울도 나오지 않았다. 잇몸도 입천장도 속볼도 하나같이 깔깔하기만 했다. 입안 가득 먼지가 끼어 있거나 모래가 차 있는 것 같았다. 언뜻 복천 영감의 눈에는 논배미가 보였다. 쩍쩍 갈라진 논바닥. 거기에 누렇게 말라비틀어진 벼 포기가 꽂혀 있었다. 그런 논을 내려다보고 있을 때는 가슴이 논바닥처럼 갈라지는 것 같고, 애간장이 벼 포기처럼 타들어가긴 했어도 이렇게 입속이 바싹 말라버리진 않았다. 하긴 그때는 지금처럼 노래 아닌 노래를 부르듯 목청껏 소리를 지른 일은 없었다. 그저 시뻘겋게 타는 하늘을 바라고, 인자라도 늦지 않았응께 비럴 내려주십소사. 존 일 헌다고 비 한 줄금만 내려주십소사. 온 정성 다 모아 간절하고 간절하게 빌었을 뿐이다. 그게 하늘을 하늘같이 믿고 농사짓는 농부의 마음이었다. 그런데 지금은 집을 나서면서부터 들어갈 때까지 하루 진종일 소리를 질러대야 하는 것이다. 하지만 일거리가 많은 날은 그런대로 해먹을 만한 일이기도 했다. 일을 하는 동안에는 소리를 지르지 않아도 되기 때문이다. 그런데 오늘처럼 일거리가 잡히지 않는 날은 소리는 소리대로 질러대고 돈은 돈대로 안 벌리고, 무신 육시럴 팔짜가 요런 팔짜도 있는지 몰르겄다. 복천 영감은 목 매운 마른 입맛을 다셨다.

복천 영감은 사방을 두리번거렸다. 골목 어귀에 구멍가게가 있다는 생각이 떠올랐다. 그 생각에 이끌려 걸음이 빨라졌다. 얼음에 채운 그 시원하다는 콜라를 한 병 들이켜면 목이 확 뚫리고 목소리가 카랑카랑하게 나올 것 같았던 것이다. 그러나 복천 영감의 걸음은 곧 주춤해졌다.

"허, 그 무신 쓸개빠진 잡생각이여, 오살허고."

복천 영감은 자신의 장단지에 회초리질 하듯 스스로를 꾸짖었다. 시원한 콜라를 한 병 들이켜자는 생각이 떠오르긴 했지만 다음 순간 콜라값이 복천 영감의 머리를 치고 지나갔던 것이다. 병값을 제하고 물만 마시면 40원이고, 그렇지 않으면 45원이라고 했다. 어느 가게에서는 50원을 받기도 한다는 것이다. 가당찮은 돈이다. 물 한 모금에 50원, 아니 40원이라 해도 그렇지. 돈이 많아 몸살이 나는 서울것들이나, 돈은 없어도 당장 기죽기가 싫어 뻐기는 허세 좋은 서울 놈들이 할 짓이지 나 같은 촌것이, 가당찮다. 50원이면 한 번 일거리 품삯이다. 한 번의 일거리를 얻기 위해서는 몇십 번의 소리를 질러야 하고, 또 몇 골목을 허덕이며 헤매야 하는지 모른다. 재수가 좋은 날은 그렇지 않지만 오늘처럼 재수가 옴 붙은 날은 몇십 번이 아니라 몇백 번은 소리를 질러야 하고, 골목도 수십 골목을 헐떡여도 한 건이 걸릴까말까다. 그런데 물 한 모금 꼴깍하고 50원을 버려? 쓸개가 빠져도 열두 번은 빠졌고, 환장을 헸어도 예사로 헌 것이 아니랑께. 시장 도매집에 가면 라면 하나에 18원인디, 50원에 4원만 더 보태면 세 개를 요렇타께 살 것이고, 고것이면 영수·영자 두 자석허고 한 끼럴 쌈빡허니 때울 것 아니라고. 영수는 짜장면도 아닌 라면을 고렇크름 좋아헐 수가 읎는디. 자석이, 죽어뿐 지 에미가 살아 돌아옴사 고렇게 좋아헐 수가 있을랑가. 고것이 다 배 탈탈 골코 고상고상험서 큰 징조닝께……. 그만 복천 영감의 코허리가 매캐해진다. 라면도 라면이지만 납짝보리쌀을 사면 또 어떻고. 50원이면 큰 되로 한 되는 사고, 쌀을 사도 반 되가 아닌개비여. 그런 것 저런 것 다 집어치고라도 아, 영수 연필을 사더라도 다섯 자루럴 살 것인디. 그라면 고 알뜰살뜰헌 영수가 반년은 실히 쓸 것이고, 공책을 사도 두 권은 살 것인디, 넋 빠지게 콜라는 무신 놈에 콜라여. 고것이 바다 건너서 온, 미국 코쟁이덜이 묵는 물이라 그리 비싼 것인가? 필경 그럴 것임마.

줄줄이 엮어지는 이런 생각을 하며 복천 영감은 골목 어귀의 구멍가게에 다다랐다. 몇 번인가 일거리를 맡았던, 얼굴이 익은 가게였다. 복천 영감은 안을 기웃거렸다. 낯익은 여자 주인은 없고 열서너 살 먹어 뵈는 계집애가 얄팍한 책을 들여다보며 껌을 짝짝거리고 있었다. 보아하니 만화책인 모양이었다. 복천 영감은 안으로 발을 들여놓았다. 그래도 계집애는 인기척을 느끼지 못하고 있었다. 복천 영감은 등골에 오싹 찬바람이 스치는 걸 느꼈다. 이 과자를……. 번개처럼 스치고 지나간 생각이었다. 과자 봉지는 손만 뻗치면 집을 수 있는 자리에 있었다. 아들 영수의 얼굴이 떠올랐다가 사라졌다. 가슴이 쿵쾅거리는 소리가 크게 들렸다. 복천 영감은 어금니를 꽈악 맞물었다. 도둑 물건을 아들에게 먹여서는 안 된다고 마음을 틀어잡았다.

"시악씨, 나 잠 보드라고."

복천 영감은 자신의 목소리가 떨려나옴을 느꼈다.

"어머, 깜짝이야!"

계집애는 정말 소스라치게 놀랐다. 이랬을 바에야……, 복천 영감은 언뜻 후회를 했다. 도둑 물건을 아들에게 먹여서는 안 된다는 생각도 있었지만, 과자를 훔쳐 돌아설 때 그만 계집애가 소리를 질러 사람들이 우르르 몰려나와 서너 발짝도 못 가 덜미를 낚아채일 것 같은 두려움도 없지 않았었다.

"뭐예요, 신경질 나게. 뭐 드려요?"

계집애는 예쁘장한 생김새와는 달리 여간 성깔이 고약하지 않았다. 복천 영감은 머뭇머뭇했다.

"뭘 살 거냔 말예요."

계집애는 눈꼬리를 치세우고 짜증스럽게 소리쳤다. 만화 재미가 그만큼 좋기도 했던 모양이었다. 손님헌테 고래 갖고 에지간히 장사 잘해 묵겄다. 쪼깐헌 것이 어찌 그리 판에 박은 서울내기 그대로다냐. 싸납고 뺀들뺀들허고 시건방진 것이. 복천 영감은 그만 돌아서버릴까 했다. 그러나 기왕 내친걸음이었다.

"시악씨, 멀 살라는 것이 아니고 말이여……."

"뭐예요, 기분 잡치게!"

계집애는 들고 있던 만화책으로 쪽마루를 탁 내리치며 신경질을 부렸다. 그러고는 쏘아붙였다.

"나가요. 우리 집 칼 갈 것 없어요."

복천 영감은 자신의 옆구리에 매달린 롤러가 붙은 연장통을 새삼스럽게 물끄러미 내려다보았다.

"시악씨, 나 찬물 한 그럭 얻어묵었으면 쓰겄는디?"

복천 영감은 힘들게 이 말을 꺼냈다. 그러나 그 목소리는 빨랐다.

"물요? 목마르면 콜라 사먹으세요."

계집애는 홍, 콧방귀를 뀌고 잠시 들었던 눈길을 다시 만화책으로 옮겨버렸다. 저것 참말로 똑똑허네웨. 누가 콜라 묵을지 몰라서 그러간디, 저 쥐방울만헌 것이. 싸가지 읎기넌……. 복천 영감은 또 역겨운 냄새를 진하게 맡고 있었다. 그 냄새는 장마철의 노래기 냄새나 삼복 염천의 시궁창 냄새처럼 언제나 진하고 독하게 속을 뒤집고는 했다. 서울 냄새였다. 그만 돌아서 버릴까 하다가 어린것을 탓해서 무엇하랴 싶었다. 그만큼 목이 타고 있었다.

"시악씨, 나 겉은 사람이 콜라 사묵을 돈이 워디 있간디. 인심 잘 쓰면 큰 복 받는 법잉께 얼렁 찬물 한 그럭 얻어묵게 혀주드라고."

"아, 빨랑 나가요. 냉수는 뭐 공짠 줄 아세요? 우리도 돈 내고 먹는 수돗물을 언제 봤다고 공짜로 달래는 거예요? 참 별꼴이 반쪽이네."

눈 똑바로 뜬 계집애가 또릿또릿하게 내쏘았다.

"그려……?"

복천 영감은 그만 말문이 막혀 돌아섰다. 진동하는 서울 냄새에 내장이 뒤집히고 있었다. 이제 냉수 아니라 콜라 할

애비를 준대도 받아마실 리가 없었다. 목이 말라 이대로 거꾸러져도 그런 역한 냄새를 맡고서는 어림도 없는 일이었다. 칼갈이를 생업으로 삼아 서울의 이 골목 저 골목을 뒤지며 살아온 것이 어느덧 6년 가까이. 그동안 겪은 고생, 당한 서러움도 많았지만 타향이니까, 가난하니까 하는 식으로 그래도 자위할 수는 있었다. 그런데 복천 영감을 못 견디게 하는 것은 모든 서울 사람들이 하나같이 지니고 있는 그 몰인정이요, 매정함이었다. 언제나 차갑고 싸늘하고 냉정해서 삭막하기 엄동설한 같은 인심에 부딪힐 때마다 속이 뒤집히는 울분 같은 것을 누를 길이 없었다. 그뿐 아니라 약삭빠르기 다람쥐 같고, 뻔뻔스럽기 쇠가죽 같은 낯짝인가 하면, 능청떨기는 백여우요, 억척스럽기는 땅벌 같은 종자들을 대하면서 자기는 어쩔 수 없는 촌놈이라는 탄식밖에 나오는 게 없었다. 없이 살아도 늘 푸짐하고, 배가 고픈 대로 따뜻하고, 별달리 도와주는 것이 없어도 믿음직스럽던 고향의 인심은 그리움 저편의 머나먼 이야기였다. 서울 사람이라고 별난 종자만 뽑아다 둔 것도 아니고, 여섯 해가 넘도록 갈지자로 서울길을 헤매다 보니까 조선 팔도 오만 잡동사니는 다 모여사는데, 그 인심이 어찌 그리 야박하고 인정사정이 없는 것인지 알다가도 모를 일이었다. 본래 서울 인심은 눈감으면 코 베간다고 했으니 그렇다 치더라도 각 지방 사람들은 또 어찌 된 일인가. 풍수지리가 나빠 서울이란 땅이 본시 그런 것인지, 많은 인종들이 모여들어 얽히고설켜 들끓다 보니까 서울이 그리된 것인지 도무지 알 길이 없었다. 꿈에도 본 일이 없는 사람이라도 물을 청하면 물 긷던 두레박을 멈추고, 아무것도 안 묻은 바가지를 굳이 다시 헹궈 물을 떠서, 바가지 밑에 듣는 물방울을 서너 번 뿌려내고서야 건네는 인심이었다. 감자를 삶아 함지박으로 앞뒷집에 권하고, 귀한 손이라도 갑자기 오는 날이면 옆집 씨암탉이라도 잡아다가 쓰는 그런 도탑고 푸근한 인정을 바라는 건 아니었다. 눈 감으면 코만 베어가는 것이 아니라 번히 눈 뜨고 있어도 주머니며 가방에서 순식간에 돈을 꺼내가 버리는 세상이 서울이라는 것쯤 그동안의 쓰린 기억들을 굳이 되살리지 않아도 절절히 잘 알고 있었다.

기실 그 계집애의 말이야 옳은 말이고, 사리야 빈틈 없이 딱 들어맞는 사리다. 꼬박꼬박 돈 내고 먹는 수돗물을 생판 모르는 사람에게 단 한 그릇이라도 어찌 그냥 줄 수 있을까 보냐. 문제는 그런 꼴을 당할 때마다 그 지독한 서울 냄새를 맡는다는 데 있었다. 서울 냄새가 진동할수록 마누라가 못 견디게 그리워지고, 고향의 그 정겨운 모습모습이 불현듯 코앞에 다가드는 것이다. 그건 괴로움이었다. 이기기 어려운 괴로움이었다. 돌아가고픈 간절함과는 반대로 돌아갈 수 없는 처지에서 눈앞에 어른거리는 고향을 떼쳐내려고 애쓰는 것은 배고픔을 이기는 것만큼이나 괴로운 일이었다. 세월이 흘러가는데도 잽싸게 서울 사람이 되지 못하고 그런 괴로움에 빠지게 하는 서울 냄새를 언제까지나 맡고 있는 자신이 미웠다. 자신으로 말할 것 같으면, 물지게로 길어다 먹는 수돗물이지만, 한 지게에 4원을 주고, 그것도 어김없이 현찰을 지불하는 것이었고, 처음 서울에 올라와서는 한 지게에 1원이던 것이 수도 요금이 오를 때마다 1원씩 따라 올라 4원이 된 수돗물을 먹는 어엿하고 당당한 서울 사람이었다. 어디 그뿐인가. 쌀도 가게에서 팔아다 먹고, 무 배추는 말할 것 없고 어쭙잖은 푸성귀까지 죄다 사다 먹는 확실 분명한 서울 사람이었다. 그러면서도 막상 억척스럽고 능청맞고 뻔뻔스럽고 약삭빠르지 못했고, 몰인정하고 매정해질 수가 없었다. 그런 자신에게서 그래도 다시 고향에 돌아가 살 수 있는 자격이 있는 거라며 흐뭇해 하기도 하지만, 정작 서울 냄새를 맡을 때면 도저히 돌아갈 형편이 못 되는 처지를 새삼스레 느끼면서 어서 빨리 서울놈이 못 돼버리는 스스로가 야속하기만 했다.

크든 작든 어느 가게 앞이고 산더미로 쌓여 있는 그 콜라라는 것의 맛을 복천 영감은 모르고 있었다. 언젠가 두 병을 산 일이 있긴 했다. 중학교 2학년인 영수놈이 엉뚱하게 콜라병 두 개를 내놓으라고 했다. 이유인즉 학교에서 폐품인가 뭔가를 수집해서 그걸 팔아 일선 장병 위문품을 마련한다는 것이었다. 가난한 시대에 바로 현찰을 내게 하는 부담을 없애려는 꽤나 궁리를 해낸 방법이기도 했다. 그러나 집안에 콜라병이 있을 턱이 없었다. 제 누나는 간장병을 가져가라고 했다. 영수놈은 안 된다고 했다. 간장병도 폐품이 아니냐고 제 누나가 따졌다. 글쎄 간장병은 팔아봤자 2원밖에 못 받으니까 맥주병이나 콜라병이 아니면 안 된다고 담임 선생님이 말했다며 영수놈은 제법 그럴듯한 제 생각을 털어놓았던 것이다. 콜라를 두 병 사다 먹고 병을 가져가면 돈이 백 원이나 드니까 가게에 가서 빈 병을 사면 15원이면 된다는 것이었다. 그럼 학교에서는 병 하나에 얼마씩 받고 팔 것이냐고 제 누나가 다잡듯 물었다. 아마 5원씩 받을 거라는 영수놈의 대답이었다. 요런 맹추야 그럼 5원이 손해잖니, 그냥 10원을 내면 될 걸 가지고. 제 누나의 핀잔이었다. 누나는 알지도 못하면서 괜히 잘난 체하지 마, 현금을 내면 잡부금 징수란 말야. 영수놈이 쏘아붙였다. 별꼴, 일선 장병 위문품을 사는 건데 잡부금이고 뭐고 있니. 제 누나의 한풀 꺾인 말이었다. 학부모의 부담을 없애고, 교육 현장의 비리를 일소하기 위해서 잡부금 징수를 일절 금하고 있는 것은 엄한 국가 시책이었다. 그러면서도 나라에서는 일선 장병 위문품을 준비할 돈을 마련하라고 각 학교에 지시하고 있었다. 그만큼 나라 살림이 궁했던 것이다.

"영자야, 니 얼렁 가서 콜라 두 병 사오니라."

복천 영감은 딸 앞에 백 원을 불쑥 내밀었다.

"아부지……?"

딸애는 사뭇 놀란 눈이었고,

"아부지, 나 빈 병 사갈 거예요."

영수놈의 걱정 어린 목소리였다.

"얼렁 사오니라. 느그덜이라고 콜라 한 병 못 묵어보고 살란 법 워디 있다드라냐. 아, 싸게 일어나."

딸애가 마지못해 돈을 받아들고 일어섰다. 영수놈은 제 누나를 곁눈질했고, 딸애는 제 동생에게 빈 주먹질을 해보였다. 저것들이 벌써…… 복천 영감의 가슴은 물기에 젖고 있었다.

딸애가 나가자 영수놈은 사과 궤짝에 신문지를 바른, 책상도 아닌 책상 앞으로 다가앉았다.

"누님 어두운디 니도 항꾼에 갔다 오니라."

말이 떨어지기가 무섭게 영수놈은 자리를 차고 일어섰다. 복천 영감은 빙그레 웃었다. 그러면서도 가슴은 더 축축하게 젖어들고 있었다. 저 어린것들이 돈 5원을 저리도 끔찍이 알다니. 이리 가난해도 에미만 살았더라면 덜 불쌍할걸.

복천 영감의 눈초리에는 그만 물기가 배었다. 고생만 고생만 진절머리나게 하고 죽은 마누라였다. 가엾고 딱하기 그지없었다. 그해따라 어찌 그리 날도 가물었던고. 큰아들놈 영기만 있어도 동기간에 의지가 얼마나 실했을 것인가. 그놈은 살았는지 죽었는지. 그놈 일만 생각하면 허망하고 기가 막히는 게 자식 키웠다 할 것이 없었다.

"누나, 이걸 마시면 정말 카아 소리가 저절로 나올까?"

"인제 마셔보면 알 거 아니니."

아이들이 돌아오는 소리에 복천 영감은 눈 가장자리를 손등으로 문지르고는 자리를 고쳐앉아 꽁초에 불을 붙였다.

딸애는 소반에 콜라 두 병을 받쳐들고 들어왔다. 콜라병 옆으로는 스텐 그릇이 세 개 놓여 있었다. 국그릇이었다. 딸애는 그릇 하나를 밀쳐놓더니 콜라병을 집어들었다. 복천 영감은 손을 저었다.

"아서라 아서. 따르지 말고 느그덜 둘이서 한 병씩 팍 묵어라. 콜라는 그리 마셔야지 맛이라고 허드라."

복천 영감은 들은 풍월은 있어서 이렇게 말하며 손을 저었다.

"우리 둘이는 이걸 나눠 마실래요. 아부지, 한 병 드세요."

딸애는 콜라병을 아버지 앞으로 더 밀어 놓았다.

"무신 소리다냐. 나 묵을라고 사오라고 했을 것이냐. 나는 종종 묵어쌓니라."

몇 차례 실랑이를 했다. 복천 영감은 눈을 부라렸다.

"아, 다 식어뿌는디 싸게 싸게 묵어뿔랑께, 말 안 들을 것이다냐?"

복천 영감은 차거운 콜라가 더워진다는 말을 엉뚱하게도 '다 식어뿌는디' 하며 그 큰 목소리를 내지르고 있었다.

영수놈과 딸애는 한 병씩을 어렵게 집어들었다. 영수놈은 마시는 것이 아니라 혀로 핥고 있었다. 사내가 먹는 버릇을 그렇게 하면 못쓴다고 나무랄까 하다가 그만두었다. 영수놈은 다른 날과 마찬가지로 늦도록 공부를 하고 잔 모양인데 아침에 일어나 보니 사과 궤짝 책상 위에는 반이나 남은 콜라병이 놓여 있었다.

복천 영감은 골목을 벗어나며 금 간 축음기 판이 제자리를 돌며 똑같은 소리를 내듯 또 같은 소리로 목청을 뽑았다.

"카알 가아씨요. 카알 가아……."

목젖께가 뜨끔하며 목이 막혔다. 목을 늘이며 마른침을 힘겹게 삼켰다. 비릿한 피 냄새가 솟았다. 오늘 날씨가 무덥기도 했지만 이렇게 목이 막히고 입속이 타기는 예전에 없던 일이었다. 그전에도 아침보다야 저녁때가 되면서 목소리가 탁해지기 마련이었지만 이다지 심하지는 않았다. 복천 영감에게 칼 가는 것만큼 자신 있는 것이 있다면 목소리였다. 설날이나 추석날 술자리에서 복천 영감의 육자배기는 술맛 돋아올리고 취흥 흥건하게 살려내는 빼놓을 수 없는 일품이었다. 한창 나이 때는 '복천이 육자배기'는 읍내에까지 소문이 파다할 정도로 그 소리가 굵고 크면서도 매끈하고도 구성지기가 그지없어 그 맛이 서리서리 깊었던 것이다. "카알 가아씨요." 하루에도 몇십 번씩 외쳐대는 이 소리도 복천 영감 멋대로 지어낸 곡조이긴 했지만, 그 어느 칼갈이 장수가 따를 수 없이 독특하고 알아듣기 쉬웠다. '칼'을 '카알'로 한 것은 큰소리를 지르는데 바로 '칼' 하면 힘이 배로 들 뿐만 아니라 뒷말이 곧 이어지지가 않았다. 그래서 '카알'로 바꾼 것인데 이때 '카'에다 힘을 주고 잇달아 '알'을 붙이고는, 다음 '가'는 '칼'의 반 높이 소리를 내며 이어 '아'를 확 트인 소리로 길게 뽑다가 힘을 모아, '씨요'는 강하고 짧은 소리로 끊는 것이었다. 어떤 사람은 '칼 가러' 했고, 누구는 '칼 왔어' 하기도 했다. 복천 영감으로서는 둘 다 못마땅했다. 아무리 칼갈이를 업으로 삼기로서니 그 불손한 말버릇이 틀려먹었다는 생각이었다. 혀가 반쪽이 아닌 바에야 반말지거리로 '칼 가러'는 뭐고, '칼 왔어'는 또 무슨 덜된 수작이냐 싶었던 것이다. 칼을 갈려다가도 그만두리라 싶었다. 그리고 또 마땅찮은 것은 그 반말지거릴망정 똑똑하기나 했으면 좋으련만 이건 원 염불을 외는지 타령을 하

서울 냄새 25

는지 통히 알아들을 수 없을 지경으로 어물거리는 데는 딱 질색이었다. 목구멍 풀칠하기에 쉬운 일은 하나도 없는 세상에 기왕 목구멍에 거미줄 서리지 않게 하려고 나섰으면 딱 부러지게 해야 될 일이었다. 그래서 복천 영감은 누구나 듣기 좋도록 존칭을 써서, 옛날 육자배기를 뽑던 기분을 잘 살려 '카알 가아씨요'를 한껏 외치는 것이었다. 물론 서울말 존칭을 써서 '카알 가아세요'나 '카알 가십시오'를 써야 되지 않을까 하는 생각이 들기도 했었다. 그러나 그것까지는 그렇게 되지도 않았을 뿐만 아니라 굳이 그렇게 하고 싶지도 않았다. 처음 서울에 올라오고 보니 제일 먼저 귀에 박히는 말이 계집애들의 말끝마다 따라다니는 '니'였던 것이다. 도무지 생소한 그 '니'라는 말은 어찌 들으면 부드러운 것 같으면서도 간사하기 이를 데 없었고, 싸움이라도 하는 경우에 '니'에 뭉쳐지는 독살맞은 기운은 독사 혓바닥이 시장스러울 지경이었다. 그래서 한때는 '니'라는 소리만 들으면 울컥 화가 치밀곤 했었다. 그때가 아마 땅콩 장사를 시작해서 며칠 만에 리어카째 잃어먹고 빈털터리가 되었던, 서울이라면 이가 갈리던 시기였는지도 모른다. '니'에 비하여 '세요'나 '십시오'는 말할 것도 없이 양반이었지만, 반평생이 넘도록 뼈에 익은 말을 하루아침에 바꾸기란 여간 어려운 게 아니었다. 또 그게 수월했다 하더라도 굳이 고치지 않왔을 것이다. 말마저 서울말이 되고 보면 영영 고향을 빼앗겨버린 것 같은 서운함과 헛헛함을 감당할 도리가 없을 듯싶었다. 두 애들이야 어리니까 빨리 고칠 수도 있을 것이고, 고향에 대한 별다른 애착도 없고 보면 굳이 사투리를 써가면서 아이들로부터 촌놈이라고 놀림이나 손가락질 당할 필요가 없잖을까 싶어 내버려두었다.

 칼갈이로 나선 둘째 날이었다. 그저 두 눈 꼭 감고 '카알 가아씨요'를 외치며 골목을 찾아 무작정 걸었다. 그러기를 반나절 가까이 했다. 그때까지 칼은 하나도 갈지 못했다.

"카알 가아씨요."

 목청을 뽑아대며 골목을 돌아서던 복천 영감은 걸음을 멈칫했다.

"예 말이요, 아자씨! 칼 갈랑께 나 잠 봇씨요오."

 복천 영감은 후딱 돌아섰다. 가슴이 확 트이는 것 같았다. 첫 손님이 아닌가! 저쪽, 골목 중간쯤에서 한 아가씨가 뛰어오고 있었다. 복천 영감도 잰걸음을 쳤다.

"워메 호랭이가 쫓습디여, 여우가 홀립디여? 워찌 그리 발통 단 것 맹키로 부산허니 가부요?"

 마주선 아가씨는 숨을 헐떡거렸다. 손에는 칼이 들려 있었다.

"근디, 시악씨 고향은 워디랑가?"

"아자씨……, 워메 할아부지라고 혀야 쓰겄구만이라 잉. 할아부지 고향은 워디시요?"

"말씨 들어봉께 피차 한 땅 아니라고? 나 예당이구만."

"그려라? 워메 나넌 조성인디, 한 땅 까마구, 이웃사촌이구만이라 이. 그래 분개로 맴이 고렇크름 설레발얼 치제라."

아가씨는 판소리 사설을 엮어내듯 하며 손바닥을 찰싹 맞때려 장단까지 맞추었다.

"무신 일이 있었간디?"

"하먼이라. 그 통 무거운디 요리 줏씨요."

아가씨는 복천 영감이 멘 칼 가는 연장통을 거머잡았다.

"워디럴, 암시랑 않네."

복천 영감은 다정하게 웃으며 손을 저었다.

"와따 얼렁 벗으씨요. 늙은 것도 원통헌디 요 무거운 것을 지고 이 무신 고상이다요. 얼렁 저 그늘로 드시게라우."

아가씨는 굳이 연장통을 빼앗듯 해서는 담 밑 서너 자 폭의 그늘로 들어섰다.

아가씨는 식모살이를 온 지 한 달 남짓 된다고 했고, 집 생각으로 몸살이 나던 판에 복천 영감의 목소리를 들었다는 것이다. 그 차진 고향말을 듣자 금방 미칠 것 같아서 칼을 갈겠다고 서둘렀더니, 며칠 전에 간 칼을 왜 또 갈겠다고 수선이냐며 주인 아주머니가 면박을 했다. 설렁설렁 잘못 갈아서 통 들지를 않는다고 나오는 대로 둘러대고는 그대로 대문을 뛰쳐나온 것이라 했다.

 집 생각으로 병이 날 지경인 아가씨의 얘기는 서리서리 길었다. 가난에 찌들리고 찌들려 굶어 죽지 않으려면 고향을 떠날 수밖에 없었던 아가씨의 신세 한탄이었고, 복천 영감은 딸의 눈물겨운 하소연이거니 여기며 반죽 맞춰주며 들었다. 아가씨는 자신의 슬픈 얘기만 하는 것이 아니었다. 아가씨는 될 수 있는 대로 천천히 걸어다니라고 일깨워주었고, 어서 돈을 모아 칼 가는 쇠바퀴(나중에 알고 보니 롤러였다)를 준비하라고도 했다. 목돈이 들긴 하겠지만, 서울 깍쟁이들은 칼도 날이 신작로가 돼서야 겨우 갈기 때문에 그런 칼을 숫돌에만 문질러 날을 세우다가는 힘만 수십 배 든다는 것이었다. 물론 쇠연장은 숫돌에 문질러 날을 세워야만 날이 오래 살아 있는 것이지만 무식한 서울것들은 그런 공을 몰라준다는 것이었다. 그러니 쇠바퀴를 돌려대 쉽게 날을 세우고 나서 숫돌에 서너 번 문질러 다듬질을 하라는 것이었다. 그러면 일도 몇 곱절 수월해지고, 속도도 아주 빨라진다는 거였다. 복천 영감은 대견해 하는 눈길로 아가씨를 쳐다보았다. 아가씨는 아는 것이 많았고, 자신을 걱정해 주는 그 마음씨가 한없이 고마웠다.

 "그나저나 총각도 아닌 시악씨럴 워찌 요 험헌 서울로 보낼 맘얼 묵었을꼬? 금 가면 안 되는 딸얼 천리 밖 서울로 떠내보냄서 시악씨 부모님덜 맴이 맴이 아니었겄제, 지기럴."

복천 영감이 혀끝이 떨어져 나가는 게 아닌가 싶게 세게 혀를 차댔다. 그는 또 집 떠나 영영 소식 없는 큰아들을 생각하고 있었다.

"글먼 워쩔 것이요. 새끼덜 오글오글 끼고 앉어 다 굶어 죽을 수는 읎웅게요. 돈 벌라 허덜 말고 입 줄이라고 안 혔읍디여. 그 말대로 지 천리 밖으로 떠내 보내서 입 한나 줄인 것이제라."

아가씨가 가슴팍 꺼져내리는 한숨을 폭 토했다.

"그려, 그 말이 공자님 말씸이고, 맹자님 말씸이제. 계란이 열 개라도 열 입이 묵으면 한 끼니 뿐인디, 부부가 둘이서 묵으면 다섯 끼니 아니냔 말이여. 공연시 목구녕이 포도청이란 말이 생겨나고, 먹성 좋은 한 입이 호랭이 아가리보담 더 무섭다는 말이 있을 것잉가. 산다는 것이 다 그런 것이제."

복천 영감은 정다운 말, 따뜻한 눈길로 아가씨를 위로했다.

"그렇제라. 동상덜이 에린께……."

목이 잠기며 아가씨는 눈가를 훔쳤다.

"근디, 돈은 받기로 허고 일을 혀주는 것이여?"

복천 영감은 아가씨가 집 생각을 못하게 하려고 말머리를 돌렸다.

"돈은 무신 돈이어랴. 그냥 세끼밥 얻어묵고, 철 따라 옷 얼어입고, 그러기로 헌 것 뿐이제라."

"허 참! 워낙이 사람값이 똥값인 시상잉게. 으쩔 수가 읎는 일이제."

복천 영감도 뭉텅이진 한숨을 토해냈다.

30원만 내라는데도 아가씨는 굳이 50원을 내고 일어섰다. 남들이라고 다 50원을 받는데 혼자만 적게 받지 말라며, 아가씨는 갑갑해 했다. 그리고 이 칼이 누구 것인데 고향 사람에게 손해를 입히겠냐는 것이었다.

"시악씨, 잡생각허덜 말고 맘붙이고 잘 있어야 써."

"할아부지, 잊어뿔지 말고 종종 들리시씨요이."

뜨거운 고향의 정을 나누며 헤어졌다. 그 일이 있고부터 복천 영감은 더더욱 고향말을 지켰다.

복천 영감은 연신 헛기침을 해가며 큰길로 나섰다. 갈증은 점점 더 심해지고 있었다. 해를 찾았다. 해는 서산마루에 맞닿아 있었다. 집으로 돌아갈 시간이었다. 해가 지고 나면 어느 얼빠진 사람이 칼을 갈 리도 만무했지만, 설령 맡긴다 해도 갈아줄 복천 영감이 아니었다. 칼이든 낫이든 간에 쇠로 만든 물건은 낮에는 요긴한 연장이었지만 밤이 되면 흉기로 변하기도 하는 것이었다. 밤에 칼을 가는 것. 그건 생각만 해도 흉측한 일이었다. 밤이 되면 도끼를 눈에 안 보이는 데 치우게 했던 것과 함께 옛날부터 어른들이 괜히 그 일을 금했던 것이 아니었다. 그래서 해만 지면 발길을 총총히 집으로 돌리고는 했다.

 복천 영감은 사방을 두리번거렸다. 가게는 즐비했지만 목을 축일 곳은 없었다. 뒤에 산동네라도 업고 있어야 공중 수도가 있을 터인데 이 동네는 평지였다. 거기다가 썩 잘사는 동네였다. 고향에서도 읍내의 좀 산다는 집들은 인심이 사나웠다. 우선 높은 담이 사람을 멀리하는 살풍경이었고, 빈틈없는 대문 단속이 똑같은 담쌓기였고, 사람을 경계하는 눈초리가 막가는 인심이었다. 좀 산다는 것들은 저희들보다 못한 사람은 무조건 눈 아래로 깔아보거나 도둑놈으로 취급하는 못된 버릇을 가지고 있었다. 필경 저희들이 도둑질로 치부를 했으니 지레 그 꼬라지지, 떳떳하게 벌고 바로 모았으면야 뭘 그리 무서워하고 벌벌 떨 까닭이 있을까. 개 눈엔 똥밖에 안 보인다는 옛말이 그른 데가 하나도 없었다. 참새도 생쥐까지 다 아는 일이었지만 박 진사네만 해도 그 재산이 어디 올바로 모은 것이었던가. 못사는 사람 등골 빼고, 못되게 굴어서 만석꾼 된 것이었지. 그렇게 독 품은 눈 부라리며 억지 춘향이로 배를 채웠으니 제대로 소화가 될 리 만무했지. 십년 세도 없더라고 당대에 폭삭하지 않았다. 암,

싸고말고, 꼬시고 꼬신 일이여. 복천 영감은 자신도 모르게 주먹을 말아쥐며 부르르 떨었다. 박 진사, 생각만 해도 소름이 끼쳤다. 몇십 년이 지난 일이건만 불쑥불쑥 생각이 났고, 그럴 때마다 가슴이 두근두근 뛰었다. 세월따라 흘러가버린 일이고 돌이킬 수 없는 일이라서 잊으려 했고, 생각하지 않으려고 무진 애를 썼지만 아무 소용이 없었다. 골수에 박힌다고 하는 말처럼 그 일은 마음 어딘가에 깊이깊이 박혀 빠져 나갈 줄을 몰랐다. 복천 영감은 더 칼칼해진 목을 문지르며 다시 사방을 두리번거렸다. 그 어디에도 물 한 그릇 얻어 마실 데가 없었다. 그게 서울이었다. 길거리 사람들을 일순간 딱 정지시켜 놓으면 그 머리만 밟고 백 리도 갈 수 있을 정도로 사람이 들끓는 서울은 그런 곳이었다. 어서 집으로 돌아가 물지게를 지기 전에 공중 수도에서 물을 서너 사발 들이켜야겠다고 생각하며 박 진사의 기억을 떼쳐내려고 했다. 그때 산동네가 떠올랐다. 아무리 못살고 가난해도 산동네 사람들은 물 한 그릇쯤 선선히 내놓으며 살고 있었다. 돈으로 맥질이 된 이 서울에서 물 한 그릇이나마 얻어먹을 데라곤 결국 찢어지게 가난한 사람들이 똥통의 구더기처럼 모여사는 산동네뿐이라는 생각에 복천 영감은 너무 쓸쓸해지고 서러워졌다. 산동네 사람들은 가난한 것만이 아니었다. 또 하나의 공통점이 있었다. 모두 살 길을 찾아 단봇짐을 싸

서울 냄새

들고 시골서 올라온 촌뜨기들이었다.

"맥읎이 가난허게 살간디. 부자가 될라먼 물 한 그럭에라도 눈에 불을 켜야 허는 것이여. 근디 그리 야박시럽고 모지락시럽게 해갖고 부자가 되먼 위쩌자는 것이여 금메 사람이먼 사람짓얼 허고 살아야 사람이제."

이렇게 불퉁거리며 복천 영감은 연장통을 뒤허리에 바싹 붙이고는 잰걸음을 치고 있었다.

다시 못 갈
고향

공중 수도는 산동네가 시작되는 삼거리 골목 입구에 있었다. 복천 영감이 그 공중 수도에 다다랐을 때는 골목의 가게마다 전등이 밝혀져 있었다.
"얼렁 물 묵을 그럭 잠 줏씨요. 목구녕이 불이 나요, 불이 나."
 복천 영감은 연장통 멜끈을 어깨에서 벗기며 복덕방 강 영감을 답쳤다.
"으째? 쇠주라도 한잔 걸쳤드랑가?"
 급한 대로라면 수도꼭지를 입에 틀어박고 마셔대야 속이 후련할 것 같았다. 그러나 공중 수도는 산동네 사람 모두가 먹는 물이었다. 그리고 깐깐한 강 영감이 그냥 보아 넘길 리도 없었다.

강 영감이 내미는 플라스틱 바가지에 물을 넘치도록 받아 벌컥벌컥 들이켰다. 입을 한 번도 떼지 않고 숨이 닿도록 한 바가지의 물을 다 마셨다. 그러고 나니 어깨가 처지면서 팔다리가 축 늘어졌다. 복천 영감은 연장통에 무너지듯 주저앉았다.

"헹, 무신 놈에 시상이 바가지꺼정 푸라스틱인지 나이롱인지로 변해뿔고 지랄이여. 물맛 싹 떨어지게."

한 손으로 입술을 훔친 복천 영감은 다른 손에 든 플라스틱 바가지에 눈을 흘겼다.

"아니, 사람 심뽀 한분 고약허시. 사람이 변소 갈 때 맘 달르고, 올 때 맘 달르드라고 목 탈 때는 감지덕지 물 받아 묵고는 인자 살 만 헝께는 워째 죄 읎는 바가지 괄시허고 타박허고 그려? 나가 그간에 사람 잘못 보고 살은 것 아니여?"

"아이고메, 벨소리 다 허고 그래쌓소. 나가 심뽀 고약혀서 그런 것이 아니고라. 바가지고 소쿠리고 조리고 간에 요놈에 푸라스틱으로 맹근 물건들만 보면 다 가짜라서 징상시럽고 정내미가 떨어진단 말이요. 꼭 서울놈덜 맹키로 정없고 빼드르르허니 생긴 것이."

"그 사람 참 벨 시비 다 허고 그래쌓네. 바가지고 소쿠리고 조리고 푸라스틱으로 맹그니께 찔기고 튼튼허고 혀서 오래 쓰니께 좀 좋아. 가짜라는 기분이야 생각 허기에 달린 문제고."

"그런 말이 아니어라. 요놈에 푸라스틱으로 안 맹글어내는 물건이 읎응께, 그 바람에 집안 망해가는 촌사람들이 수도 없이 많다 그것이요."

"그것은 또 무신 새 날아가는 뜬금없는 소리여?"

"와따매, 뜬금없기는 머시가 뜬금없어라. 요놈에 푸라스틱 땀새 대나무럴 통 안 쓰게 됭께 대밭 지닌 사람덜이 대럴 폴아묵을 길이 꽉꽉 맥혀부러 미치고 환장허게 생겼다 그 말이오. 집 뒤로 대밭 지니면 한 해에 그것 한바탕썩 쳐내서 자석덜 대학 척척 보내고 혔는디, 인자 그 길이 맥혀부렀시니 그 사람덜 을매나 기가 맥히겄소. 시상이 변해도 참 요상시럽고 얄랑궂게 변헌께 영 문딩이 콧구녕이요."

"이 사람아, 시상이 살기 편케 변허는디 그 무신 엉뚱헌 시비여, 시비가. 또, 자네가 대밭을 몇백 평 지녔다면 또 몰라. 산비탈 무허가 판잣집에 기 들고, 기 남스로 그날 벌어 그날 묵기 바쁜 시낭고낭헌 신세로 삼스로 그 무신 얼빠진 태평가여, 태평가가."

"와따, 나는 대나무로 맹근 소쿠리고 조리가 진짜배기로 정답고, 고런 것들이 푸라스틱에 밀려 급작시럽게 없어져가는 것을 봄스로 고향이 없어져부는 것 같은 생각이 들어서 허는 소리제라."

"그런 맘 몰르는 것 아닌디, 고향 떠나온 신세면 고향도 얼렁얼렁 잊어뿌러야 써. 그래야 여그서 하로라도 빨리 뿌리 내리게 된께. 알겄어?"

"야아……"

"근디, 무신 소금죽을 묵었드랑가? 무신 놈에 물얼 술 퍼 마시대끼 혀?"

복천 영감은 마음이 한풀 꺾이며 더 말할 기운이 없었다. 눈앞이 아물아물해 왔다.

"많이 벌었능가?"

복천 영감은 고개를 저었다. 올려다보는 강 영감의 얼굴이 두 개로 겹쳐지다가 흔들리다가 했다.

"담배나 한 대 빨고 기운 채려. 자아."

복천 영감은 담배를 빼들며 또 강 영감이 더없이 부러워지고 있었다.

강 영감은 서울에서 산 것이 10년이 넘는다고 했다. 큰아들이 동회 직원이었다. 강 영감은 세 평 남짓한 이 블록 건물에 복덕방을 내고 담뱃가게까지 차리고 있었다. 공중 수도의 큰 꼭지는 복덕방 안쪽 구석에 있었는데 여기서 모아지는 돈은 담뱃가게나 복덕방 수입에 비하면 강 영감 말마따나 하품 나는 것일지 모르지만, 어림잡아도 3백 가구가 넘는 산동네 사람들이 오로지 이 수도에 매달리고 보면 티끌 모아 태산이더라고 그 돈도 결코 얕잡아볼 것만도 아니었다. 더구나 아침저녁으로 물을 받으러 오는 사람들이 나온 걸음에 담배를 샀고, 방을 세놓아 달라거나 돈을 빼달라는 복덕방 일도 부탁하는 것이었다. 강 영감의 복덕방이나 담뱃가게를 지나치고 나면 저 멀리 값진 집들이 있는 곳까지 가야 하기 때문에 산동네 사람들은 별수 없이 강 영감에게 의지하는 도리밖에 없었다. 강 영감의 장사는 동회에 다니는 아들이 하는 거나 마찬가지라는 산동네 사람들의 뒷말이 영 틀리지 않은지도 몰랐다. 다방이나 약방만큼 많은 것이 담뱃가게요 복덕방인데 어찌된 일인지 값진 집들이 들어찬 아랫동네 뒤로는 담뱃가게나 복덕방이 강 영감네 것 하나뿐이었다. 복덕방이든 담뱃가게든 하나쯤은 더 있을 법도 한데 이상 야릇한 일이었다. 뒷소문으로는 동회 직원인 강 영감네 아들 때문에 아무도 그런 일을 저지르고 나설 엄두를 못 낸다는 것이었다. 그런 말을 듣고 복천 영감은 설마 사람들이 강 영감 돈 버는 게 배가 아파 헐뜯는 것이겠지 했다. 그리고 다른 복덕방이나 담뱃가게가 들어서지 않는 게 오히려 다행이다 싶기도 했다. 만약 그렇게 되어 강 영감의 수입이 줄어드는 날에는 약간쯤 고약해 보이는 강 영감이 앙심을 먹고 복덕방 안에 있는 큰 수도꼭지를 잠가놓고 사흘거리 골탕을 먹일지도 모를 일이었다. 그렇게 되면 산동네 사람들은 영락없이 모래밭에서 헐떡이는 붕어꼴이 되고 말 것이다. 강 영감은 복천 영감보다 네 살이 손위인 쉰여섯이었다. 그런데도 언제나 훤한 강 영감의 신수는 나이를 뒤바꿔 보이게 했다. 복천 영감은 그런 강 영감이 부럽고도 부러웠다. 남들이 우러러보는 장성한 아들을 둔 것은 얼마나 큰 재산이고, 얼마나 든든한 빽인가. 그러나 무엇보다도 부러운 것은 그 나이에 마누라가 어엿하게 살아 있다는 점이었다. 열 효자보다 한 악처가 낫다는 말이 나이 들어갈수록 지당한 말로 느껴지고, 그럴수록 먼저 가버린 마누라가 야속하고 못 견디게 그리워지고는 했다.

마누라가 죽던 해는 어쩌면 그리도 가뭄이 지독하게 들었는지 몰랐다. 여름 내내 비 한 방울 내리지 않고 하늘은 열기를 토해 내며 지글지글 끓었다. 논바닥이 타고 개울물이 말라 붙으며 미꾸라지가 배를 까뒤집고 죽어가는 것은 예사 가뭄에도 보는 일이었다. 그런데 샘물까지 바닥이 나서 저수지 물을 길어다 먹는 소동이 벌어지더니, 저수지 물마저 바닥을 드러내기 시작했던 것이다. 물싸움도 이미 한물간 지 오래였다. 처음 물싸움이 벌어졌을 때에도 복천은 먼 산에 번지는 불 구경하듯 했다. 한 마지기 남았던 논마저 마누라 병 수발 탓에 모내기가 시작될 즈음에 팔아없앴던 것이다. 논 한 마지기도 없는 주제에 가뭄이 그만 끝나고 비가 내리기를 간절히 바랐던 것은 타고난 농사꾼의 심사로서가 아니라 마누라 때문이었다. 급한 대로 쌀 열세 가마니를 받고 논을 팔아치운 돈을 몰아쥐고 마누라를 도청 소재지인 ㄱ시의 대학병원에 입원시킨 것이 6월 중순께였다. 그때 이미 마누라의 오른쪽 다리는 두 다리를 합해 놓은 것처럼 팅팅 부어올라 있었다. 피부 색깔도 검붉게 변해갔다. 병원에서는 다리를 절단해야 된다고 했다. 그것도 아랫배 가까이까지 바짝 잘라낸다는 것이었다. 그래서 목숨이 살아날 수 있다면야 응당 해야 할 일이었다. 다리만 잘라내면 살 수 있느냐고, 그전처럼 다시 아프지는 않겠느냐고 애달아 물었다. 의사는 고개를 저었다. 장담할 수 없다고 했다. 장담을 하기에는 병세가 너무 심할 뿐만 아니라 이런 상태에서는 열에 여덟 아홉은 병균이 복부에 침투했을 위험이 크다고 했다. 복부에 병균이 침투했을 경우에는 다리를 절단해도 또 재발한다는 것이었다. 앞뒤가 막힌 캄캄한 절망이었다. 그럼 왜 다리를 자르라는 거냐고, 그게 무슨 심보냐고 주먹으로 가슴을 퍽퍽 쳤다. 보호자나 의사는 어떻게 해서든지 환자를 살리는 것이 목적이고 그러기 위해서는 할 수 있는 한 최선을 다해 보아야 하는 것 아니냐고, 만에 하나라도 불행한 일이 생겼을 경우에도 후회는 없을 게 아니냐며 젊은 의사는 뜻밖에도 조란조란 말해 주었다. 왜 의사가 병균이 침투했는지 안 했는지를 모르느냐고 그는 애가 탔다. 의사는 물끄러미 바라보고 있더니, 최선을 다해 조사해 보자는 말을 남기고 돌아섰다. 그런 답답한 상태에서 마누라는 매일 주사를 맞고 있었다. 아프다고 곧 숨이 넘어가게 소리를 질러대던 마누라는 주사를 맞고 나면 반 시간이 못 가 화색(和色)이 돌아오는 것이었다. 그런데 이상한 것은 다리가 점점 더 표나게 부어오르고 색깔도 차츰 붉은색이 없어지며 검게 변해가는 것이었다. 그리고 주사도 날이 갈수록 자주 맞아야 했다.

열여드레 되는 날이었다. 간호사가 안내한 방에는 그 젊은 의사와 머리가 희끗희끗한 의사, 두 사람이 앉아 있었다.

"그동안 조사를 해본 결과 절단 수술을 해도 가망이 없습니다. 이미 복부에 균이 침투했어요."

늙은 의사의 말이었다.

"그러면, 그러면……"

복천은 혀가 말리면서 굳어져 말을 잇지 못했다.

"오늘 중으로 퇴원하십시오."

늙은 의사는 일어섰다.

"의사 선상님, 그러면 우리 마누래년…… 선상님……."

복천은 마룻바닥에 무릎을 꿇고 손바닥을 모았다.

늙은 의사는 나가버렸다.

"선상님, 마누래가 저리도 아퍼허는디 퇴원을 허면 워쩔 깨라우, 저 불쌍헌 것을……, 선상님……."

복천은 젊은 의사의 다리를 붙들었다.

"어차피 가망이 없는 병입니다. 돌아가실 날까지 병원에 있다간 아마 치료비 감당을 못할 겁니다. 어차피 가망이 없는 병이니……."

젊은 의사는 또 복천을 물끄러미 내려다보고 있었다. 그 눈에 여러 가지 말이 담겨 있었다. 복천은 벌떡 일어섰다.

"그라먼 을매나 살 수 있다요?"

"길면 두 달 정돌 겁니다."

"웨메……!"

복천은 비틀거렸다.

"금메…… 무신, 무신 잡놈에 병이 고런 병이 다 있다요?"

"암의 일종입니다, 암. 퇴원 준비하십시오."

젊은 의사도 나가려고 했다. 금메 요런 야박헌 사람덜아, 복천은 다시 의사를 붙들었다.

"고 암이 무신 병인디요? 무식혀서 알 수가 있어야제라우."

"예, 그런 고약한 병이 있어요. 아직 고칠 수 없는 병이니 어쩌겠어요. 빨리 준비하세요."

"하늘이 뻔히 내래다보는디 너무들 허는구먼, 너무들 혀."

복천은 의사를 쫓아서 방을 뛰어나왔다.

"선상님, 퇴원헐 팅께 말이요, 우리 마누래 주사 한 방만 더 놔줏씨요, 돈이야 드릴 팅께. 을매나 아픔사 고렇크름 소리럴 질러쌀 것이요. 한 방 놔주제라우? 선상님……."

"그렇게 하지요. 처음에 손을 빨리 썼어야 되는데……, 너무 상심 마세요."

젊은 의사는 빠른 걸음으로 걸어갔다.

"고맙구만이라, 고맙구만이라."

복천은 멀어지는 의사의 등에다 대고 꾸벅꾸벅 절을 하고 있었다. 세상에, 병원에서도 못 고치는 병도 다 있구나. 요일얼 으쩔끄나, 으쩔끄나……. 복천은 속으로 통곡을 하고 있었다.

두 달……, 도저히 믿을 수 없는 일이었다. 마누라는 첫아이를 낳고는 몹시도 젖몸살을 앓은 일이 있었다. 반년을 넘게 온갖 좋다는 약은 다 해붙였지만 효험을 못 보고 결국 한쪽 젖이 큰 바가지 엎어놓은 것처럼 되어서야 한약방 침으로 찢고 나서 겨우 나았다. 누런 고름이 실히 두 사발은 나왔던 것이다. 그런 젖몸살의 아픔은 토사곽란이나 잇몸살 같은 아픔은 댈 것도 아니라고 나이 든 여자면 하나같이 입을 모았다. 어쩌면 애를 낳을 때의 아픔보다 더했으면 더했지 덜하지 않다고도 했다. 그때나 지금이나 남자인 복천 영감으로서는 애를 낳을 때 얼마나 아픈 것인지 알 도리가 없었지만, 토사곽란이나 잇몸살의 아픔이 얼마나 지독한 것인지는 잘 알고 있었다. 잇몸살은 기둥뿌리를 뽑을 수 있을 만큼 아팠고, 토사곽란은 벽을 들이받아 구멍을 낼 수 있을 지경으로 몸서리가 쳐지던 아픔이었다. 그런데 그보다 더한 젖몸살의 고통을 겪으면서도 마누라는 반년이 넘도록 큰소리 한번 치지 않았던 것이다.

10여 년 전, 도내(道內) 물산공진회를 열었을 때 그리도 구경을 가고 싶어했던 것을 보내주지 못했었다. 그런데 다리가 팅팅 부어오른 병자가 되어 그때 물산공진회가 열렸던 ㄱ시를 찾아왔다가 낫지도 못하고 두 달만 살면 그만이라는 말을 끝으로 병원을 쫓겨나다시피 하는 신세가 된 마누라가……, 너무 가슴이 아파 숨을 쉴 수가 없을 지경이었다. 그때 물산공진회에 왜 보내지 않았는지 또렷한 기억은 없지만, 보나마나 뻔한 일이었다. 어느 때 한번 마누라 행실을 의심해 본 적이 없는 터였으니까 여편네들이 떼로 몰려 타관에 가는 것이 못마땅해서 그랬을 리는 없고, 언제나 그렇듯 넉넉하지 못한 살림 때문이었을 것이다. 돌로 발등을 찍어도 시원찮을 이다지 허망한 일을 당할 줄 알았더라면 물산공진회는 말할 것도 없고, 오동도 동백 구경이며, 초파일 선암사 관등

놀이 구경도 시켰을 것 아닌가. 지금은 논을 한 마지기 팔아 찾아와서도 울고 떠나야 하는 신세지만, 그때 눈 딱 감고 돼지만 한 마리를 팔았더라면 노자는 물론이고 읍내 부잣집 마누라들이 입고 뻐기던 그 파란색 나일론 한복도 한 벌 해 입혀서 흥겹게 돌아오게 해줄 수 있었을 것이다. 그렇게 따지자면 후회스럽지 않고 안쓰럽지 않은 일이 없었다. 그렇게 평생 고생만 하고 살아온 가엾고 짠한 마누라였다.

복천은 병실 앞에서 소매를 끌어내려 눈을 훔쳤다.

열여드레 동안의 입원비는 자그마치 쌀 열 가마니 값이었다.

집에 돌아와서 보니 겨우 쌀 한 가마니 정도의 돈이 남아 있을 뿐이었다. 그때가 7월 초순이었고, 가뭄으로 물싸움이 한창이었다. 마누라는 뼈만 남은 얼굴로 고통을 못 이겨 밤낮없이 소리를 질렀다. 복천은 불볕 속을 헉헉거리며 쏘다녔다. 돈을 구해야 했다. 죽는 날 죽더라도 그렇게 아파서 눈 한번 못 붙이고 몸부림치는 아내의 모습을 보고만 있을 수는 없었다. 아무리 쏘다녀도 돈 구경하기는 어려웠다. 농사철인 농가에 돈이 있을 턱이 없었고, 줄기찬 가뭄으로 인심은 거칠 대로 거칠어져 있었다. 돈을 구하는 길은 집을 잡히는 수밖에 없었다. 마지막 남은 방법이었다. 그것도 논이 아니면 안 잡는다는 것을 애걸하다시피 했던 것이다. 그러고 보니 돌릴 수 있는 액수는 점점 내려갔다. 쌀 다섯 가마니 값에 집문서를 넘겨주고, 두 달 치 5부 이자를 미리 떼주고 나니 정작 손에 쥔 돈은 쌀 네 가마니 값이 조금 넘었다. 그 돈도 보름이 못 가 바닥이 났다. 그런데 미칠 일은 마누라의 얼굴에 사색이 완연해지면서 썩는 냄새가 퍼지기 시작한 것이다. 팅팅 부어오른 다리는 이젠 검은색에 가까웠다. 복천이 제발 가뭄이 그만 끝나주기를 간절히 바라는 것은 마누라의 다리 때문이었다. 날이 이다지 푹푹 쪄대지만 않아도 마누라의 다리는 그처럼 급히 썩어가지는 않으리라 싶었던 것이다. 손이 닿는 데까지 몇백 원씩이고 구해 모아 가까스로 하루에 한 번밖에 주사를 못 놔주고 애만 태우며 나흘째 보낸 날이었다. 아침에 일어나니 하늘에 먹구름이 가득 끼어 있었다. 살 것 같은 기분이었다. 반나절 동안 읍내를 쏘다녀서 주사 한 대 값을 마련해 의사를 데리고 집에 돌아왔을 때 마누라는 혼수 상태에 빠져 있었다. 두 자식은 숨이 턱에 닿아 있는 어머니 옆에서 겁에 질려 떨고 있었다.

"밤을 넘기기가 어렵겠는데요."

의사는 주사를 놔도 소용이 없다며 그냥 돌아갔다.

어두워지면서부터 번갯불이 번쩍이며 천둥이 치고 하더니만 비가 퍼붓기 시작했다. 혼수 상태에서 가쁜 숨을 허덕이던 마누라는 자정이 가까워 숨을 거두고 말았다. 두 살이 손아래인 마누라의 나이는 겨우 마흔셋이었다.

 마누라를 묻고 돌아온 날 밤 새삼스럽게 떠오르는 말이 있었다. 처음에 손을 빨리 썼어야 되는데……, 퇴원을 하던 날 젊은 의사가 한 말이었다. 더 말하여 무엇하랴. 3년 전에 그 대학병원으로 갔어야 했다. 3년 만에 그렇게 모질게 죽을 병이었던 것을 읍내 병원에선 뭐라고 했던가. 그리고 ㅅ시의 도립병원놈들은 또 뭘 하는 물건들이었던가. 읍내 그 의사는 뭐 염려할 것 없다고, 수술만 하면 된다고 하지 않았던가. 그래서 장딴지를 한 뼘이나 찢어선 두 달이나 병원에 처박아두더니 논 한 마지기를 게눈 감추듯 해버리지 않았던가. 1년 후에 다시 장딴지 살이 굳어지기 시작해서 찾아갔더니 도립병원으로 가라며 발뺌을 해버린 놈이었다. 도립병원놈들은 뭐 종기의 일종이라고 해놓고는, 병원에서 활동사진은 만들지 않을 텐데 무슨 놈의 사진은 그리도 찍어대는지 알 수가 없었다. 결국 수술을 해야 된다는 말이었고, 재발하지 않겠느냐고 물었더니 그런 염려는 아예 하지도 말라며 떵떵 장담을 하지 않았던가. 한 달 만에 퇴원을 하고 보니 또 논 한 마지기가 없어졌다. 그런데 이번에는 반년도 못 가 그것도 급작스럽게 부어오르기 시작했던 것이다. 모두 생사람 잡을, 호랭이가 칵 씹어갈 놈들이었다. 기왕 논 한 마지기씩을 날려보냈을 바에야 처음부터 대학병원으로 갔더라면 썰어내든 절단을 하든 이렇게 허망하게 죽지는 않았을지도 모를 일이었다. 돌이킬 수 없는 후회요, 너무 시퍼런 나이에 죽어간 마누라였다.

　마누라가 남겨놓고 간 회한은 마을 뒤의 저수지보다 넓고 깊었다. 끝도 없이 깊게 빠져드는 회한의 수렁에서 벗어날 수가 없었다. 마누라에 대한 죄스러움이 사무치고, 남달리 많은 고생을 하고서도 뒤끝을 보지 못하고 떠나버린 마누라가 그리도 안쓰럽고 안타까울 수가 없었다. 가진 것이라곤 없는 자신에게 시집을 와서 마누라는 집안을 남부럽지 않게 일으켜보겠다고 몸 부서지게 온갖 험한 일들을 다 해냈던 것이다. 농사일만이 아니라 길쌈까지도 어찌나 열성으로 해댔던지 손톱이 자라날 새가 없었다. 소작을 부치는 형편에서 논 서너 마지기를 장만하게 된 것도 마누라의 길쌈 벌이가 큰 힘이 되었던 것이다. 길쌈 잘하는 마누라는 보물 중에 보물이라는 말은 바로 마누라를 두고 하는 말이었다. 길쌈이란 단순히 기술이 아니었다. 머리가 좋고, 끈기가 있고, 손맵시가 남달라야 이루어지게 되는 쉽지 않은 기술이었다. 그러나 마누라의 고생이 극심했던 것은 자신이 5년의 징역살이를 치렀던 때라는 것을 모를 리 없었다. 그전에 했던 고생이 몸고생일 뿐이었다면, 그 기간에 마누라는 몸고생 마음고생을 겹치기로 치른 것이었다.

갑작스럽게 터진 전쟁은 그 갑작스러움 만큼 세상을 완전히 뒤바꿔놓고 말았다. 지주 소작인 없는 세상! 모두 공평하게 논밭을 갖고 농사를 짓는 세상! 꿈에서나 꿈꿀 수 있었던 그런 세상, 꿈을 꾸려고 애써도 꿈이 꾸어지지 않았던 그런 세상이 전쟁과 함께 왔다는 것이었다. 평생 불볕 속의 목마름처럼 바라왔던 그런 세상이 왔는데 어찌할 것인가. 가난뱅이 모든 소작인들이 환호성을 지르며 반기고 나섰다. 복천이도 두리번거리고 망설이고 할 것이 없었다. 너무 신명나고 살맛이 나서 남들에게 뒤질세라 덩기덩기 춤바람을 일으키듯 그 물결을 탔던 것이다. 그러나 그 덩실덩실 일어나던 신바람은 오래 가지 못했다. 논밭을 고루 나누어 받기도 전에 그 세상은 끝나고 말았다.

"아무 걱정할 것 없다. 임시로, 잠시 잠깐 물러서는 것 뿐이다. 곧 우리 세상이 될 테니 그때까지만 입산하면 된다. 모두 우리를 따라라."

그들이 한 말이었다. 입산, 산으로 피하자는 것이었다. 처음 듣는 말이었다. 어떻게 해야 좋을지 전혀 알 수가 없었다. 다른 농사꾼들도 어리둥절하고 당황하기는 마찬가지였다.

요걸 으쩐디야? 믿을 수도 읎고, 안 믿을 수도 읎고. 긍께 말이여. 무신 놈에 일이 요리도 허망허까? 아그덜이 허는 병정놀이도 아니고 말이시. 누가 아니려. 참말로 헛짐 빠지고 헛방구 새는 일이랑께로. 근디 말이시, 입산혔다가 일이 뜻대로 안 되믄 우리 신세는 워찌 되는 것이여? 금메 말이시, 소문으로는 미군들이 무서운 심으로 밀어닥친다고 허는디. 아니여, 아니여. 그 소문 말고 딴 소문도 있덜 안 혀. 거그 편들고 얼씨구나 나슨 것들은 보리 타작 허디끼 싹 다 졸갱이럴 치게 될 것이라는디 말이시. 와따매, 요거 참말로 싸카쓰에서 허든 연극 그대로 아니라고. 애인얼 따르자니 어무니가 울고, 어무니럴 따르자니 애인이 운다. 참말이제 이도 저도 못 허고, 오도 가도 못 허는 꼬라지가 딱 요것이구마 이.

"안 된당께요. 그 말 믿고 따라나서서는 안 되어라."

마누라는 고개를 짤짤 내둘렀다.

"쪽집게 점쟁이헌테 찾아간 것도 아닐 것이고, 워째 그리 딱 짤라서 말허고 그려?"

복천은 마누라를 빤히 쳐다보며 의심쩍어했다.

"그 사람덜 큰소리 뻥뻥 쳐대는 것 적거 보고도 그러요?"

"큰소리 뻥뻥 쳐대는 것……?"

"아 세금을 아조 쪼깐만 걷어간다고 해놓고 재산 조사 허등 것 말이요. 하이고, 논에 들어가 나락 모가지꺼정 다 시고, 집에 들이닥쳐서는 돼지 새끼가 몇 마리인지 싹 다 시는 것으로도 모지래 달구새끼덜꺼정 쫓아댕김서 시다니, 고

다시 못 갈 고향

것이 무신 사람 사는 세상이다요. 그 징헌 왜정 때도 고런 일은 없덜 안 혔소. 근디 그 야박헌 짓이 워디 거그서 끝납디여. 논두렁에 심은 메주콩꺼정 시는 디는, 아이고메 그만 오만 정 다 떨어져 뿌렀소. 지아무리 독허고 인정사정 읎는 지주라고 혀도 작인이 심은 논두렁 메주콩은 못 본 디끼 그냥 넘어가는 것이 시상 인심 아니냔 말이오. 근디 모다 공평허니 사는 시상 맹근다고 말은 뻔지르르허니 잘헌 사람들이 그 악독헌 왜놈덜보담도, 고약헌 지주보담도 더 야박허니 혀서 실인심 다 혀불지 안 혔소. 그런 사람덜 어디럴 또 믿고 산으로 따라들어간단 말이오. 안 되어라, 죽어도 안 되어라."

"어허, 사람 참 땁땁허시. 사람 살판 난 새 시상 왔다고 얼싸덜싸 거그 편들고 나슨 놈덜언 싹 다 잽혀들어가 졸갱이럴 칠 것이라고 허는디, 나 잡아다 죽이씨요 험스로 목 내놓고 지둘리란 말이여?"

"그 소문을 워찌 다 믿겄소. 글고 당신이 인민위원회 머시다 머시다 허는 벼슬을 허기럴 혔소, 감투를 쓰기럴 혔소. 그냥 따라댕기고, 모이라면 나가서 만세 불르고 헌 것 뿐인디, 고것이 무신 큰 죄가 되겄소. 근디 공연시 겁묵고 그 사람덜 따라서 산에 들어갔다가 영 못 나오는 신세가 되면 워쩔 것이요. 글고, 산에서 잽히게 되면 그때는 참말로 빼도

박도 못허는 중죄인이 되고 만단 말이오."

"글씨, 나가 헌 것은 큰 죄가 안 될랑가?"

"하면이라. 당신 겉은 사람 다 죄인으로 몰면 이 시상 남자 하나또 안 냄기게 될 판인디, 그래 갖고서야 워찌 나라가 지탱이 되겄소. 안 그요?"

"잉, 그 말 듣고 봉께 그럴 법 허기넌 헌디……"

가슴이 조마조마하면서도 마누라의 말을 따라 입산을 하지 않았다. 그래서 자신 앞에 떨어진 것이 5년 징역살이였다. 그 벌이 너무 중하다고 마누라를 타박하지도 못했고, 벌을 준 사람들을 원망할 수도 없었다. 입산한 사람들은 거의가 산에서 총 맞아 죽었고, 뒤늦게 자수한 사람들도 총살 당하거나 무기징역을 살았기 때문이다.

자신이 5년 징역살이를 하는 세월 동안 마누라는 옥바라지 마음고생에, 혼자 논농사까지 지어야 하는 몸고생까지 덮어써야 했다. 마누라의 다리는 그때 논농사를 하면서 거머리에 뜯기고, 해충에 쏘이고, 종기가 나고, 곪고 하는 동안에 시나브로 병이 살 깊이 파고든 것이었다. 결국 모든 것이 자신의 잘못 때문이었다. 그 죄책감은 갈수록 커져갔다.

"이 사람, 자는가?"

강 영감이 소리를 질렀다. 복천 영감은 천천히 몸을 일으켰다.

"요새도 점심은 안 묵고 댕기는가?"

"하면 워쩔 것이요."

복천 영감은 길게 한숨을 쉬었다.

"안 되는 것이여, 안 돼야. 나이 듬스로 묵는 것이 실해야써. 하로 세끼밥이 불로장생 보약이라는 명언이 있지 않더라고. 을매나 사는 목심인디 이 나이에 끼니럴 굶고 살 것잉가."

태평스러운 소리요, 배부른 말이었다. 복천 영감은 다시 바가지에 물을 받아 들이켰다. 시원한 기분이라곤 조금도 없는 수돗물이 쉽사리 갈증을 걷어갈 리가 없었다. 세상에 수돗물처럼 맛이 없는 물도 있을까 싶었다. 우선 샘물이야 맛을 따지기 전에 여름이면 시원하고, 겨울이면 따뜻한 게 그보다 더 격에 어울리는 순리는 없었다. 그런데 덤덤하고 게심심하다가 어떤 때는 구역질이 솟는 약 냄새를 풍기는 수돗물은 여름이면 뜨뜻미지근하고 겨울이면 손도 못 넣게 차가워지는 것이다. 밥보다 더 자주 찾는 물이 그 모양이고 보면 서울에서 여름에는 콜라가 판을 치고, 겨울이면 다방이 커피를 팔아 한밑천씩 잡는다는 것은 그럴 법한 일이기도 했다. 콜라라는 것이 제아무리 시원하단들 갈증을 씻어내는 데야 샘물에 담갔다가 꺼낸 찹쌀막걸리를 당할 수가 있을 것인가. 한여름 논매기를 한 마지기쯤 하고 나면 허리도 뻑적지근하고 갈증도 심했다. 그때 샘물에 담갔던 찹쌀막걸리를 한 사발 쭉 들이켜고 나면 갈증이나 허리 아픈 것은 물론이고 온갖 시름까지 다 걷히는 기분이었다. 마누라의 찹쌀막걸리 담그는 솜씨는 별난 데가 있었다. 자주는 못했지만 농사가 한창일 때면 마누라는 잊지 않고 찹쌀막걸리를 담갔다. 찹쌀막걸리 담그는 솜씨도 길쌈 솜씨 다음으로 귀히 여겨주는 여자의 솜씨였다.

복천 영감은 물지게를 지고 일어섰다.

"어두운디 조심혀서 올라가드라고."

"아아, 낼 아칙에 뵙씨다."

강 영감과 매일 저녁 나누는 인사였다. 물통과 물지게를 하루 종일 맡아주는 강 영감이 고마웠다. 물은 하루에 한 지게, 두 통이면 족했다. 아침에 집을 나서면서 지게와 물통을 가지고 내려와 강 영감에게 맡겨두었다가 저녁때 한 지게를 지고 가는 것이다. 만약 강 영감이 그걸 맡아주지 않는다면 그 산비탈을 올라갔다 내려와서 다시 올라가야 하는 수고를 치러야 했다. 아무려나 강 영감이 그런 호의를 베푸는 것은 같은 나이 또래에다, 고향이 같은 전라도이기 때문이었다. 엄동설한같이 차갑기만 한 서울 인심 속에서 그래도 살아갈 맛을 영 잃지 않는 것은 그런 일이라도 있기 때문인지도 몰랐다.

물지게를 질 때는 연장통을 그대로 어깨에 멜 수가 없었다. 지게 때문에 옆구리에 얌전하게 붙어 있는 것이 아니라 앞으로 쏠려 늘어져서는 걸음을 옮길 때마다 무릎에 부딪혔다. 또한 그 무게 탓에 어깨가 한쪽으로 기울어져 여간 힘들지 않았다. 그래서 멜끈을 목에다 걸어보았다. 무릎에 부딪히거나 어깨가 기울어지지는 않았지만 연장통은 배꼽짬에 축 늘어져 흔들렸고, 한참을 걷다 보면 목줄기가 뻣뻣해지며 숨이 차서 견딜 수가 없었다. 생각다 못해 연장통을 가슴께에 받쳐 안았더니 좁은 비탈길을 오르는 동안 양쪽에 매달린 물통이 제멋대로 요동을 쳐서 물이 엎질러지는 일이 벌어졌다. 물이 엎질러지지 않게 하려면 두 팔을 벌려 물통을 걸고 있는 양쪽 쇠갈고랑이를 붙잡아야 했다. 그럼 연장통은 어쩐단 말인가. 손쉬운 대로 연장통 멜끈을 다시 목에 거는 수밖에 없었다. 그런 꼴로 숨을 씩씩거리며 판자문을 밀치고 들어서는데 영수놈이 달려나왔다. 영수놈은 축 늘어진 연장통부터 받쳐들어 멜끈을 벗겼다.

"아부지, 힘들게 왜 이렇게 했어요. 지게 뒤에다 매달면 훨씬 힘이 덜 들잖아요."

후유, 한숨을 몰아쉬던 복천 영감은 아들의 말에 귀를 모았다.

"워쳤게 헌다고?"

"지게 뒤에다 매다는 거예요. 내가 해볼게요."

영수놈은 지게를 가져다가 등받이 판자의 양쪽 끝에서 뼈대 노릇을 하는 네모진 통나무가 등받이 판자보다 반 뼘쯤 솟아 있는데, 거기다가 연장통 멜끈을 두 번 감아돌려 그럴듯하게 매달았다. 하아, 그걸 몰랐었구나! 평생 지게를 동무 삼고 살아온 이 애비보다 낫구나. 항, 이 애비보다 나아야 되고말고. 열 곱 나아야지. 그 영리한 머리는 영축 없이 에미를 닮은 거지. 그래서 다음날부터 연장통은 지게 뒤에다 매달기 시작했던 것이다.

"아부지, 이제 오세요."

귀가 안 맞아 비틀어져 돌아가는 부엌문을 밀치고 영수놈이 쫓아나왔다.

"오냐, 느그 누님은 안즉 안 왔나?"

"예, 곧 마중 나갈 거예요."

영수놈이 물지게를 받아들었다. 복천 영감은 손바닥만한 마루에 털썩 주저앉았다.

"아부지, 빨리 세수하세요. 밥은 다 됐으니까 누나만 오면 돼요. 갔다 올게요."

영수놈은 대야에 물을 떠다 놓고 제 누나를 마중하러 판자문을 뛰어나갔다. 복천 영감은 아들이 사라져버린 판자문 쪽을 넋 놓고 바라보고 있었다. 저것이 어느덧 중학교 2학년이 되었다. 덧없이 흘러간 세월이었다. 국민학교 2학년이던 아홉 살 때 에미를 잃어버린 후, 어느 명절이라고 새 옷은 고사하고 푸지게 배를 채워보지도 못하고 커온 녀석이었다. 그러면서도 크게 아픈 일이 없었고, 에미 없는 자식이라고 기가 꺾이거나 그늘진 구석이 있는 것도 아니었다. 그보다 더 대견하고 고마운 일은 없었다. 큰아들놈의 소식이 10년이 다 되도록 캄캄해진 지금으로서는 저놈이 막내이자, 장남이고, 자신의 대를 이을 유일한 핏줄인 독자이기도 했다. 제 누나가 스물하나고 영수놈이 열다섯이니까 6년 터울로 나이 차이가 많기도 했지만 서로 다투는 일이라곤 없었다. 궁한 살림 속에서 살다 보니까 영수놈이 나이에 걸맞지 않게 철이 들어 있기도 했지만, 생김새는 말할 것도 없고 성미까지 천상 에미를 빼박은 딸 영자가 그저 감싸고 다독거리고 하니 싸움이 될 리 만무였다. 영수놈은 밤마다 제 누나를 큰길까지 마중을 나가는 것이다. 외등도 없는 비탈길이 험한 탓도 있었지만 영수놈은 그렇듯 제 누나를 좋아했다. 영자가 제본소라던가 책 만드는 공장에서 종이 접는 일을 한 지도 다섯 해가 되나 보다. 지난해부턴가는 1급 기술자로 인정되어 일당 120원에서 30원을 더 올려받고 있었다. 딸애는 처음 서울에 올라오자마자 돈벌이를 하겠다고 나섰다. 어림없는 일이었다. 이 삭막하기 이를 데 없는 땅에서 계집애가 무슨 수로 돈벌이를 할 것인가. 고등학교, 대학을 나와서도 빈둥거리는 실업자가 드글드글한 판에 중학교는 문턱도 밟아보지 못한 주제에, 그것도 촌구석 국민학교를 나와 무슨 돈벌이를 할 수 있을 것인가. 눈 부릅뜨고 찾아도 아는 얼굴이라곤 없는데다 돈까지 없는 타향에서 애비 혼자 허덕거리고 다니는 꼴이 안 되어서 하는 말인 줄은 알지만, 그때 나이 열다섯 살짜리 계집애가 할 수 있는 돈벌이라고는 백번 생각해 보아도 찾을 수가 없었다. 설령 있다고 하더라도 애비의 마음이 또 그런 게 아니었다. 그런데 산동네 판잣집 셋방을 얻고 나서 남은 돈을 몽땅 털어 땅콩 장사를 시작한 지 보름 만에 리어카까지 통째로 잃어먹고, 강도질을 하지 않고서는 당장 끼니를 굶게 되었을 때 딸애는 또 돈벌이를 하겠다고 나섰다.

"와따매, 참말로 니가 무신 수로 돈벌이럴 허겄다고 그래 싼다냐와."

"끔이라도 폴든지 식모살이라도 헐라요. 예, 아부지."

"워쩌? 식모살이럴 혀? 가당찮은 소리 허지도 말어라."

식모살이? 안 될 말이었다. 그게 종놈이지 뭔가. 머슴살이와 뭐가 다를 것이 있는가. 식모, 여자 머슴이라는 말이다. 머슴살이, 치가 떨리고 넌덜머리가 났다. 잔뼈가 굵기도 전부터 시작한 머슴살이였다. 그렇게 뼈가 휘도록 짐승처럼 일을 했지만 남은 게 무엇이었던가. 철이 없던 시절에 그저 일을 해야만 먹고 사는 줄 알고 멋모르고 한 번 당할 일이지 두 번 다시 못할 짓이었다. 정 못살 판에는 두 자식을 양쪽에 끼고 강으로 뛰어들든지, 목을 매달았으면 매달았지 딸애를 식모살이로 보낼 수는 없었다.

"아부지, 아수운 대로 이 돈 쓰싯씨요."

어느날 딸애는 꼬깃꼬깃 접은 백 원짜리 몇 장을 내놓았다.

"워쩐 돈이라냐? 워디서 났어?"

복천 영감은 눈부터 부라렸다.

"당당허니 일혀서 번 것인디 아부지는 맥읎이 역정부텀 내고 그러시요."

딸애는 입술을 쭉 내밀며 시무룩해졌다.

"니까징 것이 무신 일을 혔다는 것이여. 아, 싸게 말혀 보랑께."

딸애는 손이 심심해서 주인집 아주머니가 맡아다가 하는 상자 만들기를 거들었다는 것이다. 하루 이틀 하다 보니까 일이 손에 익으면서 아주머니가 두 개를 만들 때 하나는 만들 수 있게 되어갔다. 아주머니는 차츰 일거리를 많이 가져왔다. 일을 해주다 보니까 슬그머니 화가 났다. 남 좋은 일만 시키는 짓이었다. 아주머니의 눈치를 살펴도 다소나마 돈을 줄 것 같은 기미는 보이지 않았다. 그렇다고 돈을 달라는 말을 꺼낼 수도 없었다. 그래서 하루는 몸이 아프다는 핑계로 일을 거들지 않았다. 다음날도 마찬가지였다. 그러자 아주머니가 부르더니, 한 개 만드는 데 50전씩 쳐줄 테니까 일을 같이하자고 했다.

  딸애의 말을 들으며 복천 영감은 고개를 젖혀 벽에 기댄 채 눈을 꼭 감고 있었다. 목젖에 큰 멍울이 걸려 올라가지도 않고 내려가지도 않았다. 한 개에 50전…… 3백 원이면 몇 개를 만들어야 되는고. 복천 영감으로서는 도무지 계산이 나오지 않았다. 취직을 해서 돈벌이를 하겠다고 졸라대는 딸애의 목소리 때문만은 아니었다.

  "아, 지금도 취직얼 헌 것이나 진배 읎는 돈벌인디 취직은 또 무신 취직얼 헌다고 그래 싼다냐."

  "아부지는 참말로……, 아짐씨(아주머니)는 한 개에 2원씩 받는다 안 그러요. 일거리 맡아왔다 으시허고 내 돈 1원 50전씩 손꾸락 하나 까딱 안 허고 묵어분단 말이요."

  듣고 보니 그것 참 억울한 일이었다. 그래서 옆집 처녀가 소개한 대로 그 제본소라던가 책 만드는 공장을 하루에 50원씩 받기로 하고 나가게 된 것이었다. 일이 숙달되면 돈을 올려받을 수 있다는 조건이 붙어 있었다. 딸애는 반년이 못 가 70원을 받았고, 1년이 넘고부터는 백 원을 받더니 다시 반년 만에 보통 기술자가 받는다는 120원을 받기 시작했고, 작년부터는 여자로서는 쉽지 않다는 1급 기술자가 되어 150원씩을 받고 있었다. 부지런하고 깔끔한 에미의 성미에다 길쌈 잘하고, 찹쌀막걸리 잘 담그던 그 솜씨를 닮아서 그러려니 했다. 딸애는 거기를 나가고 얼마 지나지 않아 밤일을 하겠다고 했다. 찬바람이 나면 일거리가 많아져서 야근을 해야 하는데, 야근은 한 시간마다 일당만큼씩의 야근수당을 받는다고 했다. 아무리 돈벌이가 좋다 해도 어림 반 푼어치도 없는 소리였다. 사기그릇과 계집은 내돌리면 금이 가는 법이었다. 시대가 시대이니만큼 여자라고 옛날처럼 집 안에 처박아둘 수는 없는 일이고, 또 형편이 형편이라서 내보내고 있긴 하지만 밤일이라니, 그 무슨 해괴망측한 일인가. 일당의 열 곱을 줘도 안 될 일이었다. 예나 지금이나 여자는 오로지 행실이 발라야 하는 것인데 어딜 밤늦게 나돈단 말인가. 다음날 옆집 처녀가 와서 또 사정을 했다. 복천 영감의 생각은 차돌멩이였다. 처녀는 자기가 영자를 책임지겠노라고 했다. 말 같지 않은 소리였다. 그 처녀를 못 믿는 판에 백번 책임지면 무슨 소용이 있을 것인가. 곧 그 말이 나오려 했지만 겨우 참고 나서는, 정 밤일을 해야 될 형편이라면 내 딸은 거길 그만두게 하겠다고 잘랐다. 그래서 딸애는 언제나 같은 시간에 집을 나가고 돌아오고 있는 것이었다. 딸애는 아침에 나가면서 저녁거리 쌀을 씻어놓고 갔고, 영수놈은 학교에서 돌아오기가 바쁘게 밥을 안쳤다. 애비가 배고 파할까 봐 두 어린것들이 그렇게까지 마음 쓰는 것이 복천 영감으로서는 그저 눈물겨웠다.

"에이, 누나는 얌체야."

"내 말이 틀렸니? 1등은 하지도 못하면서 선물을 바라는 네가 얌체지."

복천 영감이 손발을 씻고 들어와 담배를 한 모금 빠는데 애들 말소리가 들렸다. 얼굴을 내밀었다.

"아부지, 시장하시지요."

"오냐, 얼렁 들오니라. 노곤허지야?"

딸애와 매일 나누는 인사였다.

"괜찮아요. 빨리 저녁 차릴게요."

딸애는 언제나처럼 부엌으로 먼저 들어갔다.

복천 영감은 시름시름 잠이 들다가 저녁상을 받았다. 밥상에는 오랜만에 대하는 색다른 반찬이 두 가지나 놓여 있었다. 고등어찌개와 가지나물이었다. 군침이 돌았다.

"웬것이라냐?"

"많이 드세요, 아부지."

딸애는 고등어찌개가 담긴 그릇을 바짝 앞에다 놓아주었다.

"니 쓰잘데 읎는 짓거리 허는 거 아니여?"

"염려 마세요, 아부지. 이번에 우리가 제본한 책이 베스트

쎌러가 됐거든요. 내용도 좋았지만, 제본이 잘 돼서 더욱 그리됐대요. 그래서 우리 사장이 뽀나스로 백 원씩을 줘서 그 돈으로 산 거예요."

"거 무신 소리여?"

제본이란 말이야 알겠고 '뽀나스'란 말도 알겠는데 거 베, 어쩌고 하는 꼬부랑말은 흉내조차 낼 수도 없었던 것이다.

"베스트쎌러라는 말 말이죠?"

영수놈이었다.

"그려, 고게 무신 소리다냐?"

"그건 책이 인기가 좋아서 제일 많이 팔렸다는 말이에요. 누나는 괜히 영어를 쓰고 야단이야."

영수놈은 제 누나를 툭 치면서 핀잔을 했다. 그만 나도 모르게 어쩌고 하면서 딸애는 어쩔 줄을 모르고 있었다. 그런 딸애를 바라보며 서당 개 3년이라더니……, 복천 영감은 빙그레 웃었다.

"다 식는디 얼렁 묵자."

복천 영감은 침을 꿀떡 삼키며 상머리로 다가앉았.

복천 영감은 자신이 칼갈이로 나서고부터는 딸이 버는 돈은 한 푼도 못 쓰게 했다. 칼갈이 수입으로는 영수놈을 학교에 보내고 세 식구가 먹고 살기에 빠듯했다. 그렇다고 딸애가 버는 돈까지 헐어쓸 수는 없었다. 고기 한 점 덜 먹고, 보리를 더 얹어먹으면 될 일이었다. 외상 소 잡아먹는 격으로 손쉬운 대로 딸애의 돈까지 헐어쓰다가 막상 빈주먹으로 나이 들어가는 딸애의 시집은 어떻게 보낼 것인가. 귓가로 듣는 이야기였지만, 잘 해서 보낸 것도 아닌데 30만 원이 들었느니 40만 원이 들었느니 하는 말들을 들을 때면 가슴이 철렁 내려앉고, 바로 자신 앞에 닥친 일처럼 마음이 무거웠다. 에미가 있나, 배운 것이 많기를 한가. 그렇다고 남들처럼 푸지게 해줄 돈이 있나. 애비 된 도리로 당연히 해야 할 일을 못하는 처지에 제가 번 돈이나마 알뜰히 모아 시집갈 때 쓰게 하려고 한 푼도 헛되이 쓰지 못 하게 하고 있는 터였다.

복천 영감은 찌개 국물을 한 숟가락 뜨다 말고 눈길을 돌렸다. 영수놈은 억척스레 밥을 퍼넣고 있었다. 복천 영감은 자신의 국그릇을 들어 영수놈 앞에다 놓아주고, 영수놈 걸 들어다가 딸애 앞에 놓았다. 그리고 딸애의 것을 집어오려는데 그릇이 움직이지 않았다. 딸애가 두 손으로 그릇을 붙들고 있었던 것이다.

"인내라. 고걸 나가 묵을란다."

"아부지이……."

딸애의 얼굴이 울상이었다. 영수놈은 밥을 한입 가득 물고 눈알만 굴리고 있었다.

"금메, 본시 생선 대가리넌 어런이 묵는 것이여. 어두일미란 말 니도 암스롱도 그래 쌓나와."

 복천 영감은 딸애에게서 찌개 그릇을 빼앗듯이 했다. 국물을 뜨다가 보니까 자신의 그릇에 가운데 토막이 들어 있었고, 그래서 살펴보았더니 영수놈 그릇에 아래 토막이, 대가리는 딸애의 그릇에 들어 있었던 것이다.

"식는디 싸게싸게 묵자."

 복천 영감은 다시 숟가락을 들었다.

 어느 때 없이 달게 먹은 저녁이었다. 담배를 끄고 나자 딸애가 설거지를 마치고 들어왔다.

"너 그것 아부지한테 안 보여드려?"

 딸애의 말에 영수놈은 종이 한 장을 내밀었다.

"멋이라냐."

"성적표래요."

 딸애가 옆에 앉으며 대신 대답을 했다.

"또 한 달이 됐드라냐. 요분에년 몇 찌나 혔을 꺼나?"

"3등밖에 못했대요."

 영수놈은 고개를 숙이고 앉아서 제 누나를 옆눈길로 흘겨대고 있었다.

"와따 내 새끼, 잘혔구먼 그랴, 잘혔어. 워디 이리 오니라, 보자."

 복천 영감은 영수놈의 팔을 끌어당겨 머리를 쓰다듬었다.

3등, 기특하고 장한 일이었다. 남들은 몇만 원씩을 들여서 과외 공부를 시킨다고 했다. 학원인지 학관인지도 보낸다고 들었다. 공부시키는 데 돈을 그렇게 물 쓰듯 하면 먹기는 얼마나 잘 먹일 것이며, 책인들 오죽 많이 사대랴. 과외고 학관이고 다 그만두고 푸지게 먹이기나 하고, 참고서는 못 사줄망정 교과서라도 새것으로 사주었으면 이렇게 안쓰럽지는 않을 것이다. 기름지게 먹고, 많은 책으로 과외까지 해대는 애들 속에 끼어 3등을 하다니. 제 누나라도 많이 가르쳤더라면 누나한테 배울 수나 있었을 것을, 혼자 공부를 하느라 얼마나 힘이 들었고, 모르는 것이 있을 때는 오죽 답답했을까. 복천 영감은 아들의 머리를 쓰다듬고 또 쓰다듬었다. 3등을 하고서도 이렇게 풀이 죽어 있는 이유를 아는 복천 영감은 더 가슴이 쓰리고 아팠다. 언젠가 제 누나가 아버지 고생하는데 1등을 해서 돈 안 내고 학교 좀 다니도록 하지 못하고 마냥 5등 안에서만 빙빙 도니 그 무슨 맹추 같은 짓이냐고 꾸짖던 것을 엿들은 일이 있었다. 딸애에게 그러지 말라고 하려다가 저희들 말을 엿들은 것 같아서 뒤로 미루다가 잊어버렸던 일이 성적표를 보자 생각이 났다.

  그리고 복천 영감의 눈앞에는 선하게 떠오르는 얼굴이 있었다. 큰아들 영기였다. 몹쓸 놈……, 그만 복천 영감의 목은 콰악 메이고 말았다. 큰놈 생각만 하면 으레 목이 메이는 복천 영감이었다. 에미 임종도 못 지킨 불효 자식 같으니라구. 어느 하늘 아래라도 살아만 있다면야 또 모르지만, 눈치 없고 꾀 없이 굴다가……. 더 이상 생각하기가 끔찍하고 무서웠다. 설마 그러기야 했을라고, 자위를 하면서도 10년이 다 되도록 종무소식인 것을 되짚다 보면 불길한 생각은 다시 회오리 바람을 일으키는 것이다. 작은놈이 공부만 파고들거나 인정이 두터운 것을 보면 마누라를 닮은 것인데, 큰놈은 공부보다 운동이 먼저였고, 무뚝뚝한 성미며 남에게 지기 싫어하는 것은 남들의 말이 아니더라도 자신을 많이 닮은 건 사실이었다. 주위 사람들은 큰놈을 가리켜 자신의 화상이라고들 했다. 공부는 중간을 넘어섰다 벗어났다 하는 식이었는데, 운동은 못하는 게 없었다. 뜀박질이고 철봉이고 씨름이고 가리지 않았다. 어려서부터 동네 아이들과 놀 때도 언제나 대장 노릇이었다.

국민학교 5학년 때였던가. 학예회를 한다고 부모들을 부른 일이 있었다. 운동회는 매년 가을이면 벌이는 학교의 큰 잔치니까 다 아는 것이지만, 학예회란 처음 듣는 말이었다. 운동회하고 어떻게 다르냐고 물었더니 큰놈은 씨익 웃으며 와보면 알 거라고만 했다. 무뚝뚝한 그놈의 성미를 아는지라 더 묻지를 않았다. 학예회고 운동회라. 회자 돌림이니 학교 잔치는 잔치겠구나 생각했다. 그리고 다음날 마누라와

학교엘 갔다.

　그날은 운동회 때와는 달리 아들놈이 말한 대로 음식 장만을 하지 않았다. 손에 든 것도 없이 내외가 학교에 가자니 뭔가 허전했는데, 막상 운동장에 들어서고 보니 그 허전한 기분은 한층 더했다. 색색의 국기들도 펄럭거리지 않고 차일도 쳐져 있지 않았다. 이상한 일이었다. 썰렁하기 그지없는 운동장을 가로질러 교실에 가까워지자 어린것들 떠드는 소리가 대숲에서 참새떼 지저귀듯 와자하게 울려 퍼지고 있었다. 복도를 기웃기웃하는데 몇 놈이 종종거리며 달려오더니 학예회에 오셨느냐고 물었다. 그렇다니까 다짜고짜 옷소매를 끌어당겼다. 고무신을 벗어들고 거울처럼 반들거리는 긴 복도를 지나서 어느 교실로 떠밀려 들어갔다. 거긴 교실 셋을 터서 하나로 만든 것이었는데, 의자가 가지런히 놓여 있었다. 어린것들이 끄는 대로 자리를 잡고 보니 맞은편에 높은 단이 눈에 띄었다. 그리고 그 단의 끝에서부터 천장까지는 광목으로 높이 가려져 있었다.

　근디 저런 것을 워디서 본 상싶은디? 오려, 싸카쓰(서커스)단에서 심순애와 이수일을 허던 단이구만 그랴. 젊은 복천은 연신 고개를 끄덕였다. 비로소 학예회가 무엇인지 알 듯싶었다. 신문지 쪽에 침을 흠뻑 발라 만 담배를 두 대째 피우고 나서야 학예회는 시작되었다. 몇 사람 없던 그 넓은 교실에 그동안 사람들이 꽉 차 있었다. 단을 가렸던 흰 광목이 걷히고 교장 선생님의 인사가 있었다. 여러분의 귀여운 자녀들이 평소에 익힌 춤이며 노래, 연극 등으로 학부형님들을 위로해 드리려고 이런 자리를 마련했으니 부족한 점이 있더라도 귀엽게 보시고 많은 박수를 쳐달라는 교장 선생님의 말이었다. 맨 처음이 〈콩쥐 팥쥐〉라는 연극이었다. 어찌나 재미있고 귀엽게 잘하는지 장내는 줄곧 웃음바다였다. 다음 순서가 춤이었다. 어린것들이 어디서 나오는지도 모를 곡에 맞춰 나물 캐는 춤을 추는데 그 한들한들 나긋나긋한 손놀림이며 몸놀림들이 어설픈 기생 뺨 맞고 쫓겨갈 판이었다. 그 다음 순서는 노래였다. 한복 치맛자락을 잘잘 끌고 나온 조그만 계집애가 마이크에다 대고, 지금부터는 노래 순서로 여러 부모님께 5학년 2반 박영기 군의 독창을 보내드리겠습니다, 했다.

"지끔 멋이라 허등가, 들었는가, 자네?"

깜짝 놀란 복천은 자신도 모르게 마누라에게 소리쳤다. 그 소리가 너무 커서 주위 사람들의 눈길이 한꺼번에 복천에게로 쏠렸다. 그런 건 알 바 아니었다. 계집애의 말을 듣는 순간 귀가 번쩍 했고, 곧 가슴은 두근두근 펄떡펄떡 방망이질이 시작되었다.

"금메 말이요. 영기 이름을 듣기는 들었는디……"

마누라도 얼떨떨한 표정이었다.

"와따 이 사람아, 워째 똑똑헌 귀신만도 못헌 소리럴 혀."

마누라에게 쏴대는데 장내에 박수 소리가 진동했다. 깜짝 놀라 무대를 보니 아들 영기가 인사를 하고 고개를 드는 참이 아닌가.

"요기여, 요기."

와아, 장내에 웃음이 터졌다. 복천은 벌떡 일어나며 냅다 소리를 지른 것이었다. 마누라가 옷깃을 끌어당겨서야 아차 싶어 주저앉았다. 그런데 영기놈은 당황하는 빛도 없이 씨익 웃고 서 있었다.

장내가 조용해지기를 기다려 영기놈은 노래를 시작했다. 애기 재우는 노랜데, 저 목소리, 저 목소리……, 복천은 엉덩이가 들썩거려 그대로 앉아 있을 수가 없었다. 아들의 크고 맑은 목소리는 사람 가득찬 그 넓은 교실을 찌렁찌렁 울리면서 솟구치고 휘어지고 감겨들다 간드러지며 잘도 흐르고 넘어가고 있었다. 마이크도 안 대고 저 큰소리가 어디서 나온단 말인가. 귀신이 곡할 노릇이었다. 어느 때 한번 집에서 노래라고 부른 일이 없었던 것이다. 노래가 끝나자 박수 소리가 〈콩쥐 팥쥐〉 때보다도, 춤이 끝났을 때보다도 더 크게 더 오래 울렸다. 누가 재청이요! 하자 여기저기서 재청을 외쳐댔다. 그러자 들어갔던 영기가 다시 나왔다. 허리가 반이나 굽도록 깊은 인사를 했다. 또 박수가 터졌다.

"나보담은 우리 아부지가 훨씩 잘허시는디, 우리 아부지가 쩌그 저 와 기신께로 우리 아부지헌티 한 자락 시키는 것이 좋겄는디, 워쩔깨라우?"

영기놈이 느닷없이 한 말이었다.

장내는 다시 박수와 웃음 소리로 범벅이 되고 있었다. 그래서 텃골 복천이는 선생에게 팔을 잡히고 학부형들에게 등을 떠밀려 방망이질하는 가슴으로 학예회 단 위에서, 논바닥이나 잔치마당에서 했던 육자배기를 시원하게 뽑아댔던 것이다. 그 일이 있은 후로 육자배기 하면 텃골 '복천이 육자배기'가 제일이라는 소문이 읍내에까지 파다하게 되었던 것이다.

"이 자석아, 고것이 무신 짓거리여. 애비 간 떨어지는 줄도 몰르고."

집으로 돌아오는 길에 아들의 머리에 군밤을 먹였다.

"워째라우, 학예회넌 잘허는 것 발표허는 자린디."

영기놈의 꿍한 표정의 대꾸였다.

"학상덜이 발표허는 자리제 워디 부모가 허는 자리드라냐."

"학상덜언 누구 자식인디라우."

"그라고 니가 뽑혔음사 먼첨 말이나 비쳐얄 것 아니여. 애비가 너무 놀래 벌떡 일어나게 맹글다니, 애비가 그 무신 망신살이다냐."

"노래 한번 허는 것이 무신 큰 벼슬이라고라. 그라고 부모가 자석 보고 아는 체허는디 망신살은 무신 망신살이어라. 안 그러는 부모가 요상허제."

영기놈은 그런 식으로 엉뚱한 데가 있었다. 그런 아들이 미덥고 실하게 느껴지는 까닭은 무엇일까. 그리고 그 많은 사람들 앞에서 난데없이 육자배기를 뽑은 일이 더없이 기분 좋고, 자식 키우는 보람을 새삼스러이 느끼는 것이었다. 마누라도 돼지가 새끼를 아홉 마리 낳았을 때보다도 더 싱글벙글이었다.

중학교에 들어가자마자 유도라는 것을 시작해서 2학년 때에는 중등부 군(郡) 대표로 뽑혀 도내(道內) 체육 대회에 참가하여 상을 받아온 것은 또 한 번 가슴 뿌듯하고 어깨 벌어지는 일이었다. 그때 복천은 스무 살 안쪽에 읍내 씨름 대회에서 황소는 못 탔지만 쌀 가마니를 차지하여 장사로 불려졌던 자신을 다시 보는 기쁨을 느꼈다.

그런데 큰아들은 3학년에 올라가서 끔찍한 사고를 저질렀다. 상급생인 고등학생을 반죽음이 되도록 두들겼던 것이다. 코피가 터지거나 멍이 드는 것쯤이야 어린것들의 싸움에서 으레 있는 일이라 하더라도 팔을 부러뜨려놓은 것은

다시 못 갈 고향 75

입이 열이라도 변명할 여지가 없었다. 영기놈의 말로는 그 상급생이 건방지다는 이유로 변소 뒤로 끌고 가서 무조건 엎드리라고 하더란다. 얼굴은 알고 있지만 말 한번 해본 기억이 없는 상급생이었다. 그러니 하등 잘못한 일도 없었다. 경례를 하지 않았다거나 말대꾸를 했다거나 하는 이유라면 그까짓 볼기짝 서너 대쯤 맞아주는 것은 대수로운 일이 아니었다. 그런데 아무 잘못이 없이 무조건 건방지다는 게 이유였다. 엎드릴 수 없었다. 몇 번 실랑이를 하다가 그 상급생은 몽둥이를 휘둘렀다. 피한다고 피했는데 몽둥이는 팔을 후려갈겼다. 또 몽둥이가 날아들었다. 눈에서 불이 번쩍했다. 그리고 눈앞이 아찔했다. 목줄기를 얻어맞은 것이었다. 저놈을……, 그대로 몸을 날렸다. 업어치기로 상급생을 떡치듯 했다. 솟구친 피가 가라앉을 때까지 잡히는 대로 메다꽂았다. 잘잘못이 누구에게 있건 결정적인 피해를 입은 건 상급생이었다. 그 상급생 부모에게 손이 발이 되게 빌고, 입에 침이 마르도록 사죄를 하는 것은 자식 가진 부모로서 응당 할 일이었다. 그리고 치료비를 무는 것도 당연한 일이었다. 그런데 문제는 학교에서 퇴학을 시키려는 것이었다. 상급생에게 반항을 했을 뿐만 아니라 폭행을, 그것도 팔을 부러뜨리는 폭력 행위는 학생의 신분으로서 도저히 용서할 수 없는 일이라 했다. 살려달라고, 한번만 살려달라고 학생과

장에게 빌다 못해 교감, 교장에게까지 매달렸다. 못 배운 것이 한이 되어 가르치는 자식인데 퇴학을 시키면 어쩌느냐고, 자식놈 죄야 중하지만 퇴학을 당하고 나면 이 애비의 한은 어쩌느냐고, 내가 볼기를 맞아도 좋고 주리를 틀려도 좋으니 퇴학만 시키지 말아달라고 몸부림을 했다. 그래서 간신히 퇴학을 면하고 받은 처벌이 무기정학이었다. 치료비는 쌀 두 가마니 값이 들었다. 생각지도 못한 돈이 날아간 게 부담이 적잖았지만, 속 탄 것에 비하면 아무것도 아니었다.

그 전 언젠가는 최 서방네 소에서 떨어져 간이 파삭 타게 한 일이 있었다. 열서너 살이 되고 보면 꼴 먹이던 소를 타는 것쯤이야 으레 하는 놀이였다. 한데 이놈은 소를 타도 꼭 방정맞게 탄 것이었다. 제까짓놈이 무슨 서커스단 재주꾼이라고 소 등에서 일어섰는지 모를 일이었다. 일어서는 것도 좋고, 한 발만 소 등에 붙이고 한 발은 들어서 뒤로 뻗친 다음 두 팔을 벌려 윗몸을 구부리는 재주를 부리는 것까지는 또 좋다. 한데 제 놈이 환장을 하지 않고, 눈앞에 염라대왕이 어른거리지 않은 바에야 어찌 그런 괴상한 꼴을 하고, 뛰는 소 위에서 견딜 수 있다고 생각을 했을 것이며, 무엇을 믿고 내기를 걸었을 것인가. 그런 장담을 하는 놈도 열두 번 환장을 한 놈이지만, 그런 꼴로 서 있는 것을 보면서 넋 놓고 풀을 뜯고 있는 소 불알을 회초리로 후려갈긴 놈은 또 어찌 돼먹은 놈인가. 서커스단 재주꾼이라도 못 당할 짓을 제 놈이 참새나 제비가 아닌 바에, 난데없이 불알을 후려치는 회초리질을 당하고 길길이 뛰는 소 등에서 그런 꼴로 버티면 얼마를 버티었을 것인가. 보나마나 소 등에서 떨어져 땅바닥에 찰파닥 개구리 뻗듯 해버린 게 아니었을 것인가. 어디 사람만 불알이 급소인가. 소도 말도 돼지도 개도 불알을 채이거나 다치면 그 얼마나 크게 비명을 질러대면서 정신없이 펄쩍펄쩍 뛰어대고, 엎어지고 뒤집어지며 몸부림쳐대던가. 소중한 생명의 씨가 담긴 불알은 짐승에게도 모두 급소였던 것이다. 아들은 허리를 상해 꽤나 고생을 했었다. 성질 뻗치는 대로 하자면 몇 번 쥐어박고도 싶었지만 그래도 저것이 사내답기는 하지 하는 생각이 들고, 그런 일이 벌어질 때마다 자신의 옛날을 보는 듯싶어 마누라 몰래 웃음을 짓곤 했던 것이다.

영기놈은 한사코 농사일을 배우려고 하지 않았다. 고등학교에 진학하지 못한 것은 별로 섭섭해 하지는 않았다. 그런데 농사일을 가르치려고 들면 펄펄 뛰었다.

"농새일언 배와서 멀 헌다요?"

"농새짓제 멀 해야, 멀 허길."

"백날 농새지면 무신 소양이 있다요. 평상 요 모양 요 꼬라지 못 면허고, 도시놈덜 종 노릇만 쎄빠지게 허다 만단 말이요."

"그라면 농꾼이 농새짓제 무신 일얼 헌다는 것이여?"

"그럴라면 중학교는 멋헐라고 보냈습디여?"

"아, 사람이 삼스롱 무식은 면해얄 것 아니여."

"아부지넌 무신 말쏨이다요. 무식 면헐랐음사 소학교만 나와도 그만이랑께요. 중학교 나와서 농새질 참이었음사 소학교 끝내고 농새짓는 것이 훨썩 이문이었당께요. 중학교 댕김서 읎애뿐 고 아까운 돈으로 논을 샀어도 두 마지기는 샀을 것 아니다요."

그럴 수도 있는 일이었다. 어찌 보면 아들은 늦가을 알밤처럼 철이 들어 있는 것이기도 했다.

"그라면 워쩌겠다는 것이다냐?"

"밑천을 뽑아야지라우. 디린 밑천을 멫 곱쟁이로 다 뽑아야지라우."

"그려, 말이야 청산유수로 이도령이 춘향이 맘 후리디끼 꼬시고 단디, 무신 수로 디린 밑천을 멫 곱쟁이로 뽑겄다는 것이냐. 워디 속 씨언허니 말얼 혀봐라."

"야아, 얼렁 농새일 때래엎고 도시로 나가야제라."

"도시로 나가서는?"

"그야 달라진 시상에 맞춰 기술을 배와야제라."

"이눔아, 시상이 어찌크름 변혀도 사람이 하로 세 끄니 안

다시 못 갈 고향 79

묵고는 못 사는 법이여. 그 사람 입에 묵는 것 들어가는 것 맹그는 것이 바로 농사짓는 것이고, 농사 잘 짓는 것도 아조 큰 기술인 것이란 말이여. 긍께로 천년만년 가도 변허는 일 읎는 땅얼 딱 믿고 농사일 착실히 잘허는 것이 질로 안전헌 직업이란께로."

"아이고메 아부지, 워찌 그리 시상 돌아가는 것 몰르고 앞캄캄헌 심 봉사요, 그래. 인자 농사고 농촌이고 농민이고 다 엎어지고 깨져 끝장나부렀당께라. 눈 크게 뜨고, 정신 똑똑허니 채리고 변해가는 시상을 보랑께라."

"이눔아, 두 눈 요렇타께 딱 뜨고 있는디 애비가 심 봉사는 무신 심 봉사! 워째서 농사고 농촌이고 농민이 끝장나부렀다고 얼토당토 않은 소리럴 씨부리고 자빠졌냐."

"아이고 참말로 아부지, 땁땁허기가 선암사 돌부처님이요, 이 나라에서 미국 원조미 끝도 읎이 풀어대서 쌀값 똥값 맹글어뿌는 것 안 뵈이시요? 요리 쌀값이 똥값 되면 천년만년 농사 지어봤자 도로아미타불에 거지꼴 못 면헌단 말이요."

"요눔아, 그까징 것얼 누가 몰라? 그 원조미 풀어대는 것이야 여름 한철 태풍 지내가는 것이나 마찬가지여. 쪼깐 참으면 될 일얼 갖고 초라니 방정 떨고 그러덜 말어. 붕알 단 사내 자석이 붕알값도 못허고 공연시……."

"아부지, 고것이 아니랑께라. 미국서 퍼붓어대는 원조민지 원조쌀인지 그 니기미 씨펄 것이 태풍맹키로 여름 한철로 끝나는 것이 아니랑께요."

"머시여? 글먼 멫 해고 계속혀서 준다는 것이여?"

"금메 그렇탕께요. 썩을 놈덜이 원조릴 줄람사 돈으로 줄이제 워쨰 그 맛대가리도 읎는 안남미를 앞으로도 멫 년이고 퍼붓어댈지 모른다는 소문이랑께요. 그리 되면 농사짓는 사람덜 신세가 워쩌 되겠소. 다 쪽박 신세제."

"어허, 그 소문이 참말이람사 큰 탈나게 생겼는디. 대체 나라가 정신이 있는 것이여, 읎는 것이여."

"대통령이란 것이 늙고 늙어부러서 노망이 잔뜩 들었시니 머시가 지대로 되겠소. 나라는 진작에 망해분 것이제."

"워메 요 사람 잡을 놈아! 그 주딩이는 가죽이 모지래서 뚫어논 구녕이 아닝께 쎗바닥 되나캐나 놀리덜 말어. 한 치 쎗바닥 잘못 놀려 황천객 된다는 말 몰러?"

"치이, 나만 그런가 머……. 사람들 앉은 자리서마동 욕 삼태기로 퍼묵는 것이 대통령인디……."

"이눔아, 목심은 둘이 아니라 한나 뿐잉께 꿍시렁대덜 말어. 다시는 농사일 안 허겄다는 말 입에 담지도 말고. 알겄지야!"

"……."

큰아들은 뿌루퉁해져서 끝내 대답을 하지 않았다. 그러나 세상 물정을 그만큼 알고 앞일을 걱정하는 아들이 대견스럽게 여겨지는 마음도 없지 않았다. 자신은 열여섯 살의 나이에 세상 돌아가고, 변해가는 것에 맞추어 앞날을 걱정해 본 일이 있었던가.

 박 진사네 꼴머슴으로 새경도 받지 못하고 하루 세 끼를 얻어먹기 위해 죽을 둥 살둥 일만 했었다. 세 끼 밥을 먹기 위해서 일을 하는 것인지, 일을 하기 위해서 세 끼 밥을 먹는 것인지 구분이 되지 않던 시절이었다. 머슴 노릇을 하는 신세였으니까 세 끼 밥을 얻어먹기 위해 일을 하는 게 뻔한 이치였다. 그러나 어쩌자고 그리도 힘든 일을 해내면서도 그것이 아니면 곧 죽는 것처럼 불평 한번 해볼 염도 없이 뼈가 녹아내리도록 일만 해댔을까 싶었다. 아들놈 영기의 하는 양을 대하고 나니 그때의 자신이 얼마나 바보짓만 했었던가를 새삼스레 느꼈다. 영기놈을 중학교까지만이라도 잘 가르쳤다 싶었다. 그런 소견이 트인 것도 중학을 가르친 때문이라 여겨졌던 것이다.

 영기놈은 굼뜬 소처럼 마지못해 지게질을 하고 논일을 거들었다. 녀석은 논갈이를 하다가도 기차가 지나가면 일손을 멈추고 서서 한참씩이나 바라보았다. 그러다가 기차가 산굽이를 돌아가면 꺼져라 한숨을 내쉬곤 했다. 그러던 녀석이 집을 뛰쳐나간 것은 중학을 졸업하고 2년이 지난, 가을걷이가 끝나고서였다. 마누라와 이웃 마을 환갑 잔치에 갔다가 늦어서 돌아오니 녀석은 쪽지 한 장을 방바닥에 던져놓고 떠난 뒤였다. 윗동네 강 서방 아들과 함께였다. 추수한 쌀 세 가마니가 없어진 것을 알기는 며칠이 지난 뒤였다. 훌쩍거리는 마누라의 울음 소리를 등뒤로 들으며 먼 산만 바라보았다.

젊은 것들만 서울로 떠나는 것이 아니었다. 큰아들 말대로 농사 지어서 살아갈 가망이 없어진 농부들이 이 동네, 저 동네에서 짐을 쌌다는 소문이 날마다 퍼지고 있었다. 그 농꾼들은 모두가 소작인들이었다. 원조미가 시장에 넘쳐나 쌀값이 폭락해 버리니 소작으로 겨우겨우 살던 농민들은 당장 닥친 생계 위협 앞에서 속수무책일 수밖에 없었다. 그렇다고 지주들이 소작료를 내려줄 리도 없었다. 뼛골 빠지게 농사짓고 굶어 죽게 되느니 그들은 고향을 등질 수밖에 없었던 것이다. 서울로 가면 막노동, 날품팔이로라도 목구멍에 풀칠은 할 수 있다는 한 가닥 기대가 있었다. 전쟁이 끝났으니 이제 좀 편안히 살 수 있게 되려나 기대했던 사람들에게 닥친 것은 그런 황당한 바람이었다. 농민들이 서울로 단봇짐을 싸는 것은 날이 갈수록 심해지는 새로운 유행이었다.

행여나 행여나 하던 영기놈의 편지를 받은 것은 달포가

가까워서였다. 짤막한 편지였다. 안부를 물었고, 곧 일자리가 생길 것이라 쓰고는, 한밑천 잡으면 부모님 편히 모셔 불효를 갚겠노라는 것이 전부였다. 봉투에는 '서울에서'라고만 씌어 있을 뿐 주소가 없었다. 마누라는 또 훌쩍이는 것이었지만 복천의 심중은 무어라 형용할 수가 없었다. 아직 일자리도 구하지 못한데다가, 주소도 없는 것을 보면 잠자리도 일정하지 않다는 뜻이었다. 그동안 돈이나 다 써버리지 않았을지, 부모 편히 모실 생각 말고 제 놈 몸이나 성해야 할 텐데. 날씨는 추워지기 시작하는데 말만 들어도 가슴 서늘해지는 그 서울이라는 타관에서 어쩔 셈인지. 제발 당장에라도 내려와 주었으면 좀 좋으랴. 주소가 없으니 소식도 전할 수가 없고……. 밤이 깊도록 잠을 이루지 못했다.

 장사를 시작했다는 두 번째 편지가 온 것이 한겨울이었다. 무슨 장사인지 밝히지도 않았고, 이번에도 주소가 없기는 마찬가지였다. 일부러 주소를 밝히지 않는 것인지 여전히 잠자리가 일정하지 못한지. 아니면 편지도 들어가지 못할 곳에 거처를 정하고 있는지. 도무지 종잡을 수가 없이 답답하고 속이 터져 죽을 노릇이었다. 이런 촌구석에도 편지가 들어오는 세상에 명색이 서울인데 편지 안 들어갈 곳은 없을 것이었다. 첩첩이 쌓인 저 먼 산줄기들처럼 가슴에 겹겹이 쌓이는 근심을 떼칠래야 떼칠 수가 없었다. 그러나 그런 갑갑하고 야속스런 편지일망정 자주나 왔으면 좋으련만 그 두 번째 편지가 마지막 소식이 되고 말았다.

윗동네 강 서방 아들이 이름 모를 병을 얻어 거지꼴이 되어가지고 돌아온 것은 다음해 3월이었다. 강 서방네로 내달아서 아들 영기의 소식을 물었지만 강 서방 아들은 고개를 가로 저었다. 서울에 도착해서 서로 살길을 찾아 한 달쯤 되어 헤어졌다고 했다. 그후로는 한 번도 만나보지 못했다는 것이었다. 참 허망하고 황당한 일이었다. 그저 강 서방네 아들처럼 병이 들었더라도 당장 돌아와 주기만 하면 얼마나 고마우랴 싶었다.

그때 이미 마누라의 장딴지는 말썽을 부리기 시작했다. 마누라의 병세가 그리도 급작스럽게 나빠졌던 것은 어쩌면 영기놈 때문이었는지도 모른다. 마누라는 첫 번째 수술을 하지 않으면 안 되게 병세가 악화되었을 때부터 부쩍 영기놈 걱정으로 애를 태우며 마음병까지 도지기 시작했던 것이다.

영기놈의 소식이 감감한 채로 징병 신체검사 통지서를 받았고, 마누라는 썩어가는 다리의 고통을 못 이겨 외쳐대는 비명과 함께 아들의 이름을 부르다가 숨을 거두었던 것이다. 결국 영기놈은 장남으로 에미의 임종도 못 지킨 천하에 몹쓸 불효 자식이었다.

마누라의 장례를 치르고 나서 방 가운데 덩그러니 앉은 복천의 가슴엔 먹구름이 가득 끼어 있었다.

 내다 버린 것처럼 치른 장례였지만 그 비용도 전부 빚이었다. 아무리 생각해도 앞으로 살아갈 일이 캄캄한 밤처럼 암담하기만 했다. 마흔다섯의 나이가 많지는 않았지만 어린 두 자식을 데리고 살아갈 방도가 서지 않았다. 이미 논밭은 다 없어졌고, 서너 달만 있으면 집마저 빼앗겨 고샅으로 나앉을 판이었다. 거기다가 사방에 깔려 있는 빚은 그 액수마저도 기억하기 어려웠다. 마흔다섯의 나이면, 그전 논밭을 전심전력으로 알뜰히 일구며 살아도 딸애는 그만두고 막내인 영수놈도 중학까지밖에는 못 가르칠 형편이었다. 더 젊었던 나이에도 큰놈 영기를 중학에 보내느라고 논밭을 늘려보지 못했는데 나이 들면서는 더 말할 것도 없는 일이었다. 남자 나이 마흔다섯이란 낮근력으로나, 밤근력으로나 이미 기울어진 해였다. 농꾼으로 사는 목숨들이란 누구나 열다섯, 여섯에 그 무거운 볏짐을 지기 시작해 마흔이면 벌써 농사꾼 환갑 나이를 맞게 마련이었다. 뼈 휘고 등골 빠진다는 농사일로 몸뚱이를 25년쯤 부려먹고 나면 마흔 나이란 온 삭신을 골병들게 만들어버렸다. 그런데 이미 마흔다섯이 되어버렸으니 농사 지을 낮근력은 표나게 딸리고, 밤근력이야 보나마나 낮근력 따라 정해지는 법이니 남자로서 단풍 들고

기 꺾이는 세월이었다. 그런데 남은 건 빚뿐 아무것도 없었다. 집을 쫓겨나면 남의 집 헛간에서라도 살 수는 있는 일이었다. 두 자식을 굶기지 않으려면 소작 논이라도 얻으면 될 일이었다. 그러나 날로 늘어나는 이자를 물고, 사방에 흩어져 있는 빚을 무슨 수로 갚는단 말인가. 그것도 날 죽여라 하고 나자빠지면 죽이기야 할까 싶었다. 그렇지만 소작도 하루 이틀이지 쉰이 넘고 예순이 되도록 그 짓을 어떻게 할 것인가. 내 힘으로 할 수 있다 하더라도 젊은 사람들이 많은 판에 나이 많은 사람에게 소작 차지가 올 리 만무였다. 그렇게 되면 이제 겨우 국민학교 2학년인 막내는 중학교 문턱을 밟기도 전에 굶지 않을 방도부터 마련해야 될 막다른 골목에 몰리는 것이었다. 사내가 농촌에서 굶지 않을 방도를 마련하는 것. 그건 뻔한 길이었다. 머슴살이뿐이었다. 생각이 여기에 미치자 복천은 뿌드득 이를 갈았다. 하늘이 두 쪽이 나도 안 될 일이었다. 자식이 무슨 죄가 있다고……, 죽어서도 풀리지 않을 한이 쌓인 머슴살이를 또 다시 자식에게까지 시킬 수는 없었다. 복천은 몇 밤을 뜬눈으로 새우다시피 했다.

 옆 읍내에 장이 서는 날이었다.

 건넛마을 홍씨네의 소를 빌렸다. 쟁기를 올린 지게를 지고 김 주사네 산밭으로 소를 몰았다. 밭둑에 지게를 받치고 해부터 살폈다. 해는 한 뼘 반쯤 솟아 있었다. 사방을 샅샅이 살폈다. 어디에도 사람의 그림자는 보이지 않았다. 잠시도 망설일 수 없이 촌각이 다급했다. 힘껏 쇠고삐를 잡아챘다. 그리고 뛰다시피 하여 산등성이 길을 타고 넘었다. 오늘 장이 서고 있는 읍으로 통하는 지름길이었다.

30리가 넘는 옆 읍내 쇠전에 다다르기는 정오 두어 시간 전이었다. 쇠전이 먼발치로 보이는 데서 냄새를 맡고 달려드는 거간꾼을 만났다. 다른 때와는 달리 반가운 사람이었다. 그 거간에게 마누라의 급한 병 때문에 그러니 값은 고하간에 빨리 흥정을 붙여달라고 했다. 물론 구전을 톡톡히 주겠다는 말도 잊지 않았다. 이에 덩달아 거간꾼은 복천이더러 술집에서 한잔하며 먼저 가 기다리라고 한술을 더 떴다. 지금 마음으로는 값을 따지지 않겠다고 하지만 막상 작자가 나서고 보면 욕심이 생겨 더 받고 싶어지고, 그러다 보면 거래가 빨리 이루어지지 않는다는 것이 거간꾼의 날랜 입놀림이었다. 그것도 영 틀리는 말은 아니었지만, 정작 값을 속여 제 뱃속을 채우겠다는, 속이 뻔히 들여다보이는 약은 수작이었다. 그러나 그건 오히려 복천이 쪽에서 더 바라던 것이었는지도 모른다. 시세가 있는데 떼먹으면 얼마를 떼먹을까. 괜히 사람 많은 쇠전에서 얼씬거리다가 아는 얼굴이라도 만나는 날엔…… 복천은 머리 끝이 쭈뼛해짐을 느꼈다.

거간꾼의 등을 밀어 답쳐 보내고 약속한 술집으로 들어섰다. 가슴은 그칠 줄 모르고 계속해서 벌떡벌떡 뛰고 있었다. 어떻게 해서 30리 길을 왔는지 기억이 없었다. 하여튼 소 등에 땀이 내배도록 고삐를 후렸던 것이다. 막걸리 한 주전자를 불렀다. 잇대어 잔을 기울였지만 오금이 조여들기는 매일반이었다. 두 번째 주전자를 반쯤 비웠을 때 거간꾼이 들어섰다. 그가 내놓은 돈은 시세에서 쌀 네 가마니가 빠진 액수였다.

"시세에 쪼깐 빠지긴 혔어도 급허게 헐라닝께 별수 읎구만이라."

"띠어도 염치 코치가 있시 띠야지, 요것은 혀도 너무혀 부렀는디."

복천은 급하게 돈을 세어 넘기며 쏘아붙였다.

"그 무신 말씸이다요, 점잖언 체면에. 고런 짓거리 혔음사 시방 당장 날베락 맞어 죽어도 싸요."

거간꾼은 자못 핏대를 올렸다. 그러나 복천으로서는 그 한마디쯤 안 할 수도 없는 입장이었다.

"사람 못 믿는 것도 죄는 죈디……, 글먼, 을매나 받어야 쓰겄능가?"

복천은 손가락을 건성으로 움직이고 있었다.

"병 수발헐라고 농새꾼 재산 폴아묵는 판인디 워디 욕심

대로 바라고 어쩌고 허겄소?"

오냐, 니 놈이 무신 양반 예절 갖춘다고 인사치레꺼정 혀? 썩을 놈, 묵어도 오지게 쳐묵었는갑구만.

상례의 반에 해당하는 구전을 치르고 읍내 역에 도착하니 딸애가 동생 영수놈의 손목을 붙든 채 겁먹은 얼굴로 여기저기 두리번거리고 있었다.

"영자야, 오래 기둘렀지야?"

"……아부지이이."

딸애는 와락 달려들며 울먹거렸다.

"싸게 가자, 싸게."

정신없이 기차 표를 샀다.

약간의 액수를 제하고는 허리춤에 찼던 돈을 풀어 손가락에 침을 묻히고 또 묻혀가며 다시 차근차근 세어본 것은 기차가 어둠을 가르며 달리는 시간, 변소 안에서였다. 거간꾼이 말한 액수는 틀림이 없었다. 그 돈을 다시 허리춤에 꼭꼭 차고 자리로 돌아와서도 눈을 붙일 수가 없었다. 잔뼈가 굵은 고향, 돌이켜 보면 좋았던 일보다 궂은일이 더 많았던 땅이었지만 이런 식으로밖에 떠날 수 없게 된 신세가 너무 기가 막혔다. 도망을, 그것도 갚을 길 없는 죄를 짓고 도망을 가는 것이다. 이미 초저녁에 동네가 뒤집혔을지도 모른다. 그렇지 않았다면 내일 아침이면 분명 온 동네가 뒤집힐 거였다. 건넛마을 홍씨가……, 배내기 암소를 하루아침에 잃어버린 홍씨가……. 복천은 다시 소주를 사서 들이켰다. 가재가 물을 떠나서는 못 산다고 했다. 한평생 배우고 익힌 일이라곤 농사일뿐인데 땅을 등지고 나서 무슨 짓으로 살아갈 것인가. 그러나 이러지도 저러지도 못할 처지였다. 기왕 각다분할 바에는 하는 심정으로 저질러버린 일이었다.

그동안 세상이 또 한바탕 바뀌어 있었다. 늙은 대통령이 태평양 한가운데 하와이로 쫓겨나고, 세상이 뒤숭숭하고 어수선한 채 몇 개월 지나더니 느닷없이 군인들이 권력을 잡고 나섰다. 그 군인들은 자기네를 신용하지 않는 세상 사람들에게 인심을 사려 한 것인지 어쩐지, 그들은 국민 모두가 잘 살게 되는 나라를 만들겠다는 바람을 일으키기 시작했다. 이긴 쪽도 없고, 진 쪽도 없는 멍청하고 부질없는 전쟁이 남겨놓은 상처는 전국민을 가난에 빠뜨린 것이었다. 가난에 허덕이고 있던 국민들에게 모두 잘살 길을 열겠다는 말만큼 반가운 말도 없었다. 그 전 정치인들은 저희들끼리 치고 박고 쌈박질하느라고 세월을 다 보냈는데, 정작 싸움밖에 모르는 줄 알았던 군인들이 눈치 빠르게 민심을 꿰뚫고 나섰던 것이다.

군인덜이 시상살이 돌아가는 그 속을 알랑가 몰라? 글씨 말이여, 총만 잡고 산 사람덜이라서. 아녀, 아녀, 쌈박허니,

속 씨언허니 잘 헐 것이로구마. 그 정치깡패 놈덜 하로 아칙에 싹 다 저승 보내뿐 것 보드라고. 그려, 그려. 민주당 놈덜언 즈그찌리 박 터지게 싸우니라고 손도 못댄 일 아니었어. 하면, 그런 식으로 앗싸리(일본말)허니 해나가면 못 헐 일이 머시가 있겄어. 허기넌 그려, 목심 내걸고 전쟁터에서 싸우든 맴으로 나랏일 험담서야 안 될 일이 옳겄제. 항, 백성만 잘살게 맹근다면야 군인 아니라 남사당 패거리가 권력 잡아도 암시랑 안혀. 잉, 그거 공자님 말씸이시. 미친놈에 전쟁으로 온 시상이 싹 다 잿더미 되야불고 백성덜이 이리 가난에 허덕허덕허는디, 무신 수럴 써서라도 배불르게 사는 시상 맹글먼 그보담 더 고마울 일이 워딨겄어. 하면, 성군이 워디 따로 있가디. 백성덜 배불르고 등뜨시게 살게 허는 사람이 성군이제. 두말허먼 잔소리제. 좌우지간 요분에는 거짓말 안 허고 우리 모다 잘살게만 혀줬으면 좋겄네. 그려, 또 속는 셈치고 기둘려봐야제 워쩔 것이여. 발써 권력 딱 잡아부렀응께.

  그 군인들이 일으키는 새 바람이 일자리를 많이 만들어내고 있으니 서울만 가면 살 길이 트인다는 소문이 파다하게 퍼지고 있었다. 시골에서는 죽어라고 농사일 해봤자 보릿고개에는 으레 밥을 굶어야 하는데 서울에서는 막노동이나 날품팔이를 해도 사시장철 쌀밥을 먹는다는 소문도 그 바람결에 실려다니기도 했다. 그 달콤하고 간질간질한 소문이 농촌 사람들의 '무작정 상경'을 부추기고 있기도 했다. 복천도 그 말에 은근히 기대면서 힘을 얻으려 하고 있었다. 물에 빠진 사람이 지푸라기라도 움켜잡는다는 말은 꼭 지금의 복천의 마음이기도 했다.

배운 것도 기술도 없지만 사지가 멀쩡한데 설마 굶어 죽기야 하랴 하면서 마음을 달랬고, 어쩌면 큰아들을 찾게 될지도 모른다는 생각을 하고, 자식들까지도 다시는 고향에 돌아가지 못할 죄를 지었다는 가책에 시달리며 날이 밝았다. 그리고 서울이라는, 혼이 쑥 빠져나가는 도시에 부려졌던 것이다.

삶의 거센 파도

"이만허면 잘혔어. 고상혔응께 오늘 저녁에는 얼렁 자그라."

복천 영감은 또 영수놈의 머리를 쓰다듬었다.

"그까짓 3등을 하구선 무슨 고생예요. 얘 영수야, 빨리 공부해."

딸애의 사정없는 다그침이었다.

"누나는 괜히 야단야. 내가 다 알아서 할 테니까 걱정 마셔."

"1등도 못한 주제에 입만 살아서……."

복천 영감은 눈짓으로 딸애를 말렸다. 딸애는 웃음을 머금었다.

"아부지, 빨리 주무세요. 많이 피곤하실 텐데……."

"그려, 그려. 느그덜도 얼렁 자야 혀."

딸애가 보아준 잠자리에 눕고 나니 몸은 돌덩이였다. 팔다리가 조근조근 쑤시고 허리가 등짐을 지고 있는 것처럼 무거웠다. 잠을 청하려 했으나 영어를 읽는 영수놈의 목소리만 또렷해질 뿐 잠은 멀기만 했다.

이제는 만성이 되어 눈에 보이지도 않고 귀에 들리지도 않지만 그때는 어쩌면 사람도 차도 그리 많고, 시끄럽기는 어찌 또 그리 시끄러웠던가. 어디가 어딘지 종잡을 수 없는 채로 사방을 둘러봐도 산덩이같이 큰 집채들뿐이고, 곧 부딪칠 것처럼 내달리다가 빵빵 소리를 질러대는 자동차의 홍수뿐이었다. 거기다가 읍내 장터 거리는 어림도 없을 만큼 사람들이 북적대는 바람에 더욱 정신을 차릴 수가 없었다. 그런데 어찌된 일인지 그 많은 사람들이 하나같이 소나기라도 피하려는 것처럼 부산스럽게 오가는 것이었다. 누구든 붙들고 말을 물으려 해도 대꾸를 해줄 것 같은 사람은 하나도 없었다. 두 아이의 손목을 잡고 어찌할 바를 모르는 복천은 역 광장에 서서 연신 사방을 두리번거리고만 있었다. 그러면서 줄곧 큰아들을 생각하고 있었다. 이런 세상에서 무슨 수로 돈을 벌겠다고, 철도 안 든 나이에 어찌 했을 것인

가. 자신이 막연하고 답답할수록 큰아들이 안쓰럽고 가엾기 그지없었다.

"아저씨, 식사하세요. 싸고 맛있는 식당이 있어요."

복천은 반사적으로 몸을 사렸다. 더벅머리 녀석이 위아래를 훑고 있었다. 서울은 눈감으면 코 베어가는 세상이라는 말과, 믿을 놈 하나도 없으니 사람 조심해야 된다는, 시골에서 귓가로 들어왔던 말이 퍼뜩 떠올랐다.

"묵었네, 묵었어."

복천은 두 아이의 손목을 더 꼭 잡고 급히 돌아서서 걷기 시작했다. 온 신경은 허리에 쏠려 있었다.

광장을 벗어나자 사람 다니는 길 양옆으로 즐비하게 늘어선 장사들이 눈에 들어왔다. 사과·떡·계란·잡채·국밥·돼지비계볶음·닭발볶음, 그런 것들을 차려놓고 있었다. 어린 것들 요기를 시키기는 시켜야 되겠는데 식당이 어딘지도 모르겠고, 쉽게 식당을 찾는다 해도 돈만 터무니없이 비쌀 것인데……. 이런 생각을 하며 걷고 있는 복천 영감의 귀에는 장사들의 손님을 끄는 외침이 겉스쳐갔다.

"……?"

복천은 멈칫 발길을 세웠다.

"맛 읎음사 돈 안 받을 팅께, 떡 사씨요, 떠억!"

어기찬 그 외침은 잘못 들은 것이 아니었다. 어느새 복천은 떡장수 앞으로 다가서 있었다. 그런 그의 얼굴은 환하게 밝아졌다.

"어서 오시씨요. 무신 떡으로 허실께라우?"

"근디……, 떡언 쪼깐 있다가 묵기로 허고……."

복천은 도무지 무슨 말부터 해야 좋을지 알 수가 없었다.

"워메, 한 땅 사람 아니요이, 그렇지라우?"

마흔대여섯이 나보이는 떡장수 여인은 떡 쌀 종이를 든 채 반색을 했다.

"그렇게 말이오. 말씨 듣고 반가와서 얼렁 돌아슨 것 아니 겠소."

복천은 목이 메일 지경이었다. 떡장수 여인이 자신의 심중을 빨리 알아차려준 것이 그렇게 고마울 수가 없었다.

"하먼이라. 까마구도 지 땅 까마구는 반가운 법인디 사람 찌리야 비문헐랍디여. 얼렁 자리잡으씨요."

복천은 떡장수 여인이 권하는 대로 두 자식을 양쪽에 나란히 앉히고, 자신도 떡이 가득 담긴 큰 양은 함지박 앞에 쪼그리고 앉았다.

"시방 온 차로 오셨는갑소이?"

복천은 고개를 끄덕였다.

"그라먼 새끼덜 배고프겄다와. 얼렁 묵어라, 얼렁."

여인은 찌그러진 양은 접시에다 빠른 솜씨로 떡을 이것저

것 놓고는 설탕 가루를 듬뿍 쳐서 아이들 앞에 놓아주었다.

"아부지……."

딸애가 복천을 올려다보고 있었다.

"와따매, 아부지 걱정 말고 느그덜이나 싸게싸게 묵어. 언칠라, 물 묵어감시로."

여인은 물까지 따라주었다. 떡값이야 응당 치를 것이지만 그다지 살갑게 대해주는 여인이 더없이 고마웠다. 정신없이 떡을 먹고 있는 두 자식을 물끄러미 내려다보고 있는 복천의 가슴은 미어지고 있었다. 에미 일찍 잃어버리고 집도 절도 없는 타향으로 도망 와 길가에서 이 무슨 꼴이냐. 철없는 너희들이 무슨 죄가 있다고. 복천의 흐려진 눈앞에는 죽은 마누라의 모습이 선하게 떠오르고 있었다.

"얼렁 시장기나 때우씨요."

여인의 말에 복천은 자리를 고쳐앉으며 코를 들이마셨다.

"서울은 초행인갑는디, 아들네 집이라도 댕기로 오는 질입디여?"

"무신 소리다요. 초행은 초행인디, 아들네 집에 옴사 넋 빠졌다고 질가에서 떡얼 사묵을랍디여. 그라고 요런 문딩이 꼴얼 해갖고 왔을 택이 있겄소?"

"금메 말이요. 나도 아들네헌티나 일가 집에 댕기로 온 것이 아닌지 암시롱 안 물었드라요. 워쩔라고 요 험헌 서울로

왔습디여?"

"고향서넌 더 못 살게 되야부렀는디 워쩔 것이요. 움치고 뛸라야 방도넌 읎고, 서울이 험허고 순허고럴 따질 틈이 워디 있기나 혔드라요. 서울서는 무신 일얼 허든지 간에 묵고 살 질이 많다고 혀서 산 입에 거무줄 칠라디냐 허고 올라왔구만이라."

"살 방도넌 섰을께라?"

"그라면 멋이 답답헐 것이 있겄소. 워째야 쓸지 막막허고 땁땁허요."

"수중에 돈언 잠 지녔을께라우?"

"그 무신 태평시런 소리다요. 돈이 있음사 염병헌다고 밤차로 도망얼 나왔을 것이요!"

복천은 돈 가진 것을 눈치 채지 못하게 하려고 절로 목소리가 커졌다.

"배 덜 찼지야. 떡 더 묵어라."

복천은 설탕 가루 하나 남기지 않고 말끔히 비워진 애들 앞의 접시를 보며 말했다.

"아그덜이 그만허면 되얐제 더 묵어 탈나면 안 묵음만 못허요."

복천은 그만 비위가 상했다. 여인의 태도가 달라진 것 같은 것을 직감했다.

"아, 우리 아그덜언 더 묵어도 암시랑토 안 허요. 떡값 치를 돈이야 있응께 걱정허지 말고 한 접시 더 놓씨요."

"음마, 사람 잡겄네웨. 그라고 봉께 돈 못 받을 성불러 나가 그런 소리 헌 것맹키요이. 참말로 무정허요."

여인은 서운한 기색으로 떡을 접시에 옮겨놓고 있었다. 여인의 말을 듣고 보니 자신이 괜한 오해를 한 것 같기도 했다.

"근디 아그덜 엄니넌……?"

여인은 조심스럽게 물었다. 복천은 여인의 눈길을 피해 얼굴을 돌렸다.

"야속허게……, 먼첨 가부렀다요."

"짐작언 혔는디, 생떼 겉은 새끼덜얼 냉게놓고 워찌 눈얼 감었을꼬. 타관서 살라면 혼자서 심이 곱으로 들 것인디……."

여인은 혼잣말을 하며 다시 아이들에게 물을 따라주었다.

여인은 고향을 떠나온 지 3년이 넘었다고 했다. 부모에게 물려받은 전답으로 다섯 식구가 살아가기는 부족함이 없었는데, 평소에 술 좋아하고 노름에 손을 대곤 하던 남편이 한 해 겨울에는 타고장에서 숨어든 노름꾼들에게 빠져 재산을 다 날리고 말았다는 것이다. 전답이 없는 농군이 농촌에서 살아갈 길이 없었다. 남편은 반 미친 사람이 되어 매일 술만 퍼댔다. 호랑이가 열두 번 물어가도 정신을 차려야 살아나더라고 곧 굶어 죽게 된 판국에 남편의 그런 꼴은 죽기를 재촉하는 가당찮은 짓이었다. 말로 해서 될 일이 아니었다. 그 고장을 떠나야 나을 병이었다. 친정아버지가 죽었다고 거짓말을 했고, 남편은 장인의 상을 입으러 가는 줄 알고 기차를 탔다. 남편은 몸을 가눌 수 없이 술에 취해 서울에 도착할 때까지 밤새껏 코를 골았던 것이다. 잠이 깨고서야 서울인 것을 안 남편은 기가 막히는 모양이었고, 며칠을 계속해서 입에 못 담을 욕을 퍼부었다. 아무 대꾸도 하지 않고 하루에 소주 한 병씩을 디밀었다. 그러기를 며칠 계속하자 남편은 욕을 그쳤다. 그렇다고 다른 무슨 말을 하는 것도 아니었다. 그저 시무룩한 표정으로 판잣집 단칸방 벽에 등을 기대고 앉아 있을 뿐이었다. 그렇게 또 며칠이 지났다. 그때도 계속해서 소주 한 병씩을 사다놓는 것을 잊지 않았다. 그런데 그 소주가 남아돌아가기 시작했다. 그러던 어느 날 밤 드디어 남편은 무겁게 입을 열었다.

"대체 워쩔 심판이여?"

"……."

"아, 답답혀 환장얼 허겄는디 말 잠 혀보랑께로!"

남편은 속이 답답한 것만큼 그녀의 어깨를 거칠게 흔들어댔다.

"워쩌긴 워째라. 이 집 쥔이 누군디, 쥔이 알아서 헐 일이제."

 "무신 소리 허는 겨 시방. 멀쩡헌 사람 쇡여 서울 온 건 누구랑가, 귀신이여 도깨비여!"

 "고것도 남정네 헐 소리라고 헌다요? 지집년 소갈머리에 무신 장헌 소견이 있었을랍디여. 기왕 굶어 죽을 팔짜에 남새시럽게 아는 사람덜 앞에서 죽느니 평상 서울 귀경이나 한분 허고 죽을라고 혔소."

 "어허, 사람 열두 번 잡을 사람이시웨. 고렇크름 억지 소리 험서 뻗대지만 말고 사람 잠 살리소, 사람 피 보타 죽겄네."

 이렇게 하여 남편과 살아갈 구체적인 방법을 의논하기에 이르렀다. 남편은 술도 멀리하고 팔을 걷고 나섰다. 뒤늦은 속차림이었지만 고맙지 않을 수 없었다. 그동안 여러 가지 장사를 거쳐 지금은 떡장사로 자리를 잡은 것이라 했다. 남편도 장사를 하고 있다는 것이었다.

 복천은 여인의 말을 들으며 신경은 다른 곳에 쏠려 있었다. 여인은 별로 길지도 않은 그 이야기를 하는 동안에 서너 차례 말을 멈추어야 했다. 손님에게 떡을 싸주기 위해서였다.

 "장사가 참 잘돼요이. 손님이 영판 많은디……."

 복천은 마음이 급했다. 이 많은 떡이 하루에 다 팔리는 것이 분명하다. 떡은 하루만 지나면 쉬고, 날씨가 차서 쉬지 않는다 해도 굳어져서 팔지 못 하게 된다. 이 떡을 다 팔면 이익이 수월찮을 것인데, 하루 벌이가 대체 얼마나 될까? 이런 생각을 하는 복천의 마음은 달고 있었다.

"요만치도 읎음사 워찌 묵고 살라고라."

늘 이 정도 손님은 있다는 여인의 대꾸였다. 그렇다면……, 복천은 우선 안심이 되었다. 그러나 자신이 여자가 아니라는 생각에 그만 또 마음이 급해졌다.

"남정네가 떡얼 폴지도 못헐 일이고, 워째야 쓸께라?"

가슴에서 맴돌기만 하던 말을 빠르게 털어놓았다.

"금메 말이요. 묵고 살 일도 일이제만 잠자리부텀 정해야 쓸 것 아니겄소? 서울서넌 맨주먹 쥐고는 굶어 죽고 얼어 죽기 딱 좋은 시상잉께. 근디……."

여인이 왜 말꼬리를 흐리는지 복천은 언뜻 알아차렸다. 조금 전에 여인이 돈을 가졌느냐고 물었을 때 한마디로 대질러버린 일이 떠올랐다. 그러고 보면 아이들에게 떡을 그만 먹이라고 했던 말도 돈을 못 받을까 봐 그런 것이 아님은 분명한 일이었다. 복천은 자신의 터무니없는 오해를 뒤늦게 깨닫고는 미안한 생각과 함께 여인이 더없이 믿음직스러워 보였다.

여인의 말은 맞는 말이었다. 요즈음도 벌써 조석으로 산들거리는데 우선 급한 것은 잠자리 해결이었다.

"을매나 비싼지는 모르겄지만서도 돈이 쪼깨는 있는디,

워디가 워딘지 몰르는 눈뜬 봉사가 돼갖고 이 북새통에서 잠자리를 구허자니 워디다 구헐 것이요."

"그려라? 무신 남정네가 고렇크름 우뭉허다요, 우뭉허긴."

복천의 걱정에 여인은 손바닥을 칠 지경으로 반가워했다.

"아그덜언 나한티 맽게놓고 싸게 일어나씨요, 싸게."

여인은, 잠자리는 자기가 사는 동네에다 구해주겠노라고 했다. 자기가 집에 돌아가려면 떡이 다 팔려야 하는데, 그때가 대개 해가 질 즈음이라는 것이었다. 그러니 그때까지 진종일 기다릴 수도 없고, 잠자리는 해결되었으니 한시인들 허송할 필요가 어디 있겠느냐며, 돈벌이할 구멍을 찾아나서야 한다는 것이었다. 그래서 복천은 과히 내키지 않으면서도 여인에게 떠밀려 난생처음 서울 시내 버스를 올라타게 되었다. 여인은, 백번 말해도 소용이 없으니 동대문시장에 가서 밑천 안 들이고 돈벌이할 일을 찾아보라고 다그쳤다. 차장에게 말을 해줄 테니 차장이 내리라는 곳에서 내리고, 돌아올 때는 갈 때와는 반대로 길을 건너가서 아무 버스나 타면 서울역에 올 수 있다는 것이었다. 무슨 말인지 아리송했지만 되물을 여유도 없이 버스에 떠밀려 올랐다. 버스에 오르기 전에 여인은 돈 간수 잘하라고 일렀고, 해지기 전에 돌아오라고 다짐을 했다. 버스가 움직이기 시작해서야 정신을 가다듬은 복천은 귀신에 홀리는 것이 이런 것이로구나

삶의 거센 파도 107

싶었다. 돈은 허리춤에 있고, 애들 걱정이 되기는 했지만 이제 어쩔 도리가 없었다. 동대문시장에서 내려달라고 서너 번 다짐을 하다가, 좀 가만히 있지 못하느냐고 차장에게 호되게 핀잔을 맞고 나서, 차장이 낚아채는 대로 끌려내리기는 버스가 두 번인가 더 정거를 하고 난 다음이었다.

동대문시장, 복천은 질겁을 했다. 사람도 사람도 무슨 사람이 그리도 많단 말인가. 시장의 골목골목마다 사람들이 와글와글 바글바글 들끓어대면서 왁자지껄 시끌벅벅 떠들어대는 소리가 어찌나 요란한지 복천은 정신을 차릴 수가 없었다. 추석 명절 앞둔 시골 장터에 사람들이 미어터진다고 했을 때도 이러지는 않았던 것이다. 그는 무섬증으로 배를 잔뜩 움켜잡았다. 두 손아귀에는 큼직한 돈 뭉치가 잡혔다. 걷는 것도 걷는 것이 아니었다. 사람의 물결에 그냥 떠밀려 걸음을 옮겨놓고 있는 복천은 고개를 이리저리 질정 없이 돌려대고 있었다. 보는 것마다 새로 보는 것이었고, 어느 것 하나 신기하지 않은 구경거리가 없었던 것이다. 그러다가 맞은편에서 오는 사람과 부딪치기도 했고, 발을 헛디뎌 비틀비틀 허둥거리기도 했다. 그러나 복천은 또다시 사방으로 눈길을 돌리며 두리번거리기를 멈추지 못했다.

"와따매, 저놈에 괴기 잠 보소!"
"허어, 무신 과실이 저렇크름 많단가이."

"여기넌 또 워디여. 포목상 줄줄이 수백개시!"

"음마, 참말이제 요상허시. 반지락도 까서 폴고, 너물도 아조 디쳐서 포내 그랴. 글먼 여편네덜이 집구석에서 허는 일은 암것도 읎는 것 아니여."

　길목이 바뀔 때마다 색다른 상점이 나타났고, 그때마다 복천은 감탄과 탄복을 금치 못해 한마디씩 토해 내고 있었다. 그 절로 솟아터지는 소리는 육자배기 잘하는 그의 입에서 자연스럽게 육자배기 가락을 타고 있었다. 그 소리들을 다 엮어 놓으면 복천이가 새로 지은 판소리 한마당, '동대문 시장전'이 될 수 있을지도 몰랐다. 보는 것마다 새롭고 눈에 띄는 것마다 놀라운 것들뿐이었다. 어느 길목에는 어물전만 주루룩 줄을 섰는데, 어쩌면 그리도 크고 탐스러운 생선이 많을까 싶었다. 하여튼 이름도 모를 갖가지 생선이 그득그득 쌓였는데, 갈치 하나만 해도 손바닥보다 넓고 두꺼운 것이 실히 한 팔 길이는 넘는 것들이었다. 과일상점은 과일상점대로, 포목점은 포목점대로 물건들이 산더미로 쌓여 있었다. 무엇보다도 이상한 것은 조개를 까서 팔고, 나물을 미리부터 데쳐서 파는 것이었다. 서울 사람들은 빨래도 맡겨서 빨아 입는다더니 헛소문이 아니었구나 싶었다. 그렇게 시장 구경에 정신을 빼앗긴 복천은 발길 닿는 대로 걷고 있었다. 얼마를 그렇게 밀려다녔는지 모른다. 복천이 시장기를 느낀 것은 수십 개의 돼지 대가리를 삶아놓은 상점 앞에서였다. 그 집은 떡도 팔고, 부침개며 술도 파는 집이었다. 시루떡에서 김이 오르는가 하면, 갓 부쳐낸 녹두전은 기름을 흠뻑 뒤집어쓰고 있었고, 솥에서 막 삶아져나온 돼지 대가리는 칼질을 잘 받게 푹 익어 있었다. 저 돼지 대가리 아래쯤을 비계 섞어 서너 점 썰어 새우젓에 찍어 소주 한잔을 꺾으면……. 그새 복천의 입 안에는 군침이 흥건하게 돌았다. 자리를 잡을까 말까 망설이다가 입에 고인 침만 꿀꺽 삼키고 돌아섰다. 역전에 두고 온 두 아이들이 눈에 밟혔던 것이다.

서너 걸음을 옮기던 복천은 그 자리에 푹 주저앉고 말았다.

"쌍, 눈 똑바로 뜨고 다녀."

어깨를 움켜잡은 복천은 소리 나는 쪽으로 겨우 고개를 돌렸다.

"……!"

상소리를 내뱉으며 지나쳐가는 사내를 보는 순간 복천은 눈이 번쩍 뜨였다. 그 사내는 지게에 짐을 잔뜩 짊어지고 있었던 것이다. 복천은 지게에 부딪힌 어깨의 아픔도 잊었다. 아, 바로 저것이다! 장사도 많고 사람도 많은 이 시장 바닥에서 등짐을 하면 된다! 지게질이야 평생 뼈에 익고 몸에 붙은 일이고, 마흔은 넘었지만 아직 쌀 한 가마니는 거뜬히 질 수 있는 기운이었다. 그러고 보니 자신은 시장에 들어서서 여태껏 구경을 하느라고 정신을 팔았지 정작 일거리를, 밑천이 안 드는 일거리를 찾는 일은 까맣게 잊고 있었던 것이다. 복천은 부리나케 일어섰다. 시장 골목을 샅샅이 뒤지기 시작했다. 그러면서 그날 밭에 버려두고 온 지게를 생각했다. 이럴 줄 알았더라면 지게를 가져왔어야 하는 건데……. 그러나 지금이니까 말이지 그날 소를 몰고 산등성이 길을 타고 넘을 때는 무슨 경황이 있었던가. 아마도 그 지게는 그날 저녁때나 다음날 아침쯤 소 임자인 홍씨의 손에 박살이 나도 심하게 났기 십상이었다. 홍씨가 분풀이할 데는 지개밖에 없었으니까.

얼간고등어 서너 마리를 들고 다니며 백 원 떨이를 외치는 사람도 있었다. 당근 대여섯 개를 바구니에 담아서 지나가는 사람들 앞에 디미는 사람도 있었다. 저고리 동정을 한 주먹 들고 다니며 싸구려를 노래 부르듯 하는 사람도 있었다. 그런데 그런 장사는 모두가 여자였다.

남자의 경우는, 긴 장대에 고무줄을 늘이고 다니며 신들린 것처럼 10원, 10원을 쉴새없이 떠들어대고 있었다. 또는 조그만 수레에 변색한 멸치를 쌓아 올려놓고 멍청히 서 있는가 하면, 바구니를 팔에 끼고 좀약이나 이약이요를 외치며 비좁은 사람들 틈을 생쥐처럼 빠져다니기도 했다. 그런데 어찌된 일인지 그 사람들은 하나같이 파랗게 젊은 사람들이었다. 여자건 젊은 남자건 간에 그들은 모두 장사였다. 명색이 장사고 보면 밑천이 안 들 리가 없었다. 그런데 떡장수 여인은 분명 밑천 안 들이고 돈벌이할 일거리를 찾아보라고 했다. 해가 설핏하도록 시장 바닥을 헤매다녔지만 밑천 안 들이고 할 수 있는 돈벌이는 찾을 수가 없었다. 지게 품을 파는 사람들을 네댓 만나기는 했는데 그것도 밑천이 전혀 안 드는 일은 아니었다. 어느 길모퉁이에서 지게에 누워 잠이 든 사람을 만났다. 그 사람은 돈을 벌 만큼 벌고 힘이 들어서 그러는지, 일거리를 찾다 지쳐서 그러는지 알 수는 없지만 입을 떡 벌린 채 그 시끄러운 소란 속에서 드르드렁 코를 골며 태평 세상으로 자고 있었다. 하도 그꼴이 볼품 사납고 어이없어 물끄러미 내려다보다가 눈길이 지게에 머물렀다. 영 이상했다. 분명히 지게는 지게인데 이상한 지게였다. 복천은 고개를 갸웃거렸다. 첫눈에 이상하게 보이긴 했는데 막상 살펴보니 지게는 분명 지게였다. 빌어먹을, 하룻밤 사이에 눈이 어떻게 됐나 싶어 쪼그리고 앉아 자세히 들여다보니 그건 아주 희한하게 만들어진 지게였다. 시골에서 쓰던 지게는 등뿔이 가지로 뻗어나간 통나무로 된 것이었는데, 그건 나무토막에다 못을 박아 나무토막을 이은 것이었다. 그리고 등받이나 양쪽 등뿔 사이의 이음나무(윗세장, 밑뻬세장, 허리세장, 밑세장 등)는 원래 끌로 구멍을 파서

끼우는 법인데, 그건 손쉽게도 등발에 판자를 놓고 그냥 쾅쾅 못질을 해버린 것이었다. 등받이도 짚으로 엮어 짜서 실팍하면서도 푹신하게 하는 것인데, 그건 그냥 쉽게 만들려고 넓직한 판자를 붙여버렸고, 밀삐(멜끈)도 짚으로 두툼하고 튼실하게 땋아내린 것이 아니라 무슨 두꺼운 천을 겹으로 접어 대신하고 있었다. 참으로 희한하고도 괴상망측한 지게였다. 그 지게의 생김새가 어떻든 간에 지게가 없고 보면 지게질로 돈을 벌려고 할 경우에는 최소한 저런 괴상한 지게라도 만들 밑천은 들어가지 않을 수 없었다. 밑천 안 들이고 돈벌이할 일거리는 하나도 보이지 않았다.

아침에 버스에서 내리며 눈여겨보아 둔 건물을 찾지 못해 이 길, 저 길로 한참을 헤매다가 결국 교통순경의 도움으로 서울역으로 가는 버스를 탈 수 있었다. 버스에 자리를 잡고 나서 비로소 배를 움켜잡고 있었던 손을 풀었다. 손아귀가 뻐근했다.

"밑천 안 디린다고 생판 공짜가 워디 있다요? 모를 논에 박아놓고 밥이 입에 들어올 때꺼정 비문히 밑천이 듭디여? 고런 지게 맨드는 밑천 드는 것임사 서울서 입에 풀칠허는 택치고 싸고말고라."

밑천 안 들이고 할 일거리는 하나도 없더라는 복천의 말을 듣고 난 떡장수 여인의 시원스런 대꾸였다. 이치에 맞는 말이었다. 여인의 말을 듣고 나자 복천은 마음이 가벼워졌다. 그전까지는 밑천 안 들일 돈벌이가 있는데 자신이 잘못 찾은 것이 아닌가 싶어 마음이 개운하지 못했던 것이다. 그런데 여인은 눈여겨 잘 보았다며 칭찬 비슷한 말까지 해주었던 것이다.

여인을 따라 버스에서 내렸을 때에는 어둠이 짙어 있었다. 여인은 날이 어두워 방을 구할 수가 없다며, 밥만 사먹으면 잠은 그냥 재워주는 집으로 데려다 주었다. 하룻밤만 고생하라고, 타향에서 무슨 돈으로 비싼 여관에 들겠느냐며 여인은 염려를 해주었다. 말마다 옳은 말이었다. 고생을 아는 사람이라 마음 씀씀이가 그렇듯 자상하고 따스했다. 생각보다 헐한 밥값을 치르고 잠자리까지 얻은 복천은 몸이 가라앉는 듯 피곤하면서도 별의별 궁리를 다 하느라고 쉽게 잠을 이룰 수가 없었다.

지금 또 다시 생각해도 여인네 일가족의 떼죽음은 허망하기로 쳐서 그런 허망함이 또 있을까 싶었다. 그해 첫추위가 몰아닥친 날 여인네 내외와 세 자식, 다섯 식구는 밤사이에 뻣뻣한 시체로 변해버렸던 것이다. 연탄 가스 중독이라 했다. 연탄 가스라는 것이 생생한 사람 다섯을 하룻밤 사이에, 아니 겨우 몇 시간 사이에 죽여버린 것이었다. 참으로 끔찍스럽고도 무시무시한 일이었다. 다음해 봄이 되면 판잣집이

나마 사서 셋방살이를 면하게 될 것이라며 그리도 부지런히 살던 내외의 모습이 곧 잡힐 듯이 너무나도 선했다. 시름시름 앓다 죽어갔던 마누라의 죽음에서 미처 느끼지 못했던 허망함이요 또다른 슬픔이었다.

그놈의 연탄 가스 중독으로 일가족이 몰살했다는 뉴스는 라디오에서 하루도 빠지는 날이 없이 나오는 겨울철 뉴스였다. 그 억울한 죽음을 당하는 것은 거의가 가난한 사람들이었다. 산동네에 사는 가난한 사람들의 집은 모두가 허술했고, 도배마저 제대로 하지 못하고 살았다. 판자나 시멘트 블록으로 허술하게 지어진 집에는 여기저기 틈이 많을 수밖에 없었고, 거기다가 도배까지 신문지 한 장씩을 겨우 바르는 식이었으니 연탄 가스가 쉽게 새들지 않을 수 없었다. 그리고 온 식구가 단칸살이를 하니 연탄 가스가 샜다 하면 일가족 몰살은 피할 길이 없었다. 마셨다 하면 죽게 되는 독가스를 내뿜는 연탄은 총 못지 않은 살인 무기였다. 그러나 그것은 겨울이면 때지 않을 수 없는 유일한 땔감이었다.

아무리 부자라 해도 그 위험하기 짝이 없는 연탄 이외에는 다른 땔감을 구할 수가 없었다. 전쟁 3년 동안 양쪽에서 쏘아대는 포탄으로 수많은 산의 나무들은 산불 속에 사라져야 했다. 그런데다 인천상륙작전으로 퇴로가 막힌 인민군들과, 그들을 따르는 민간인들이 산으로 들어가 빨치산 활동을 전개하게 되자 그들을 빨리 제거할 수 있는 효과적인 방법 하나가 산불 놓기였다. 그래서 남쪽의 많은 산들에는 빨치산 퇴치 산불이 춤추기 시작했다. 그렇게 전쟁이 끝나고 나니 남쪽의 산들은 붉은 속살을 드러내며 남루한 꼴이 되어 있었다. 더이상 땔감으로 베어낼 나무도 없었고, 얼마 남지 않은 나무들을 더 베어냈다가는 전국에서 대형 산사태들이 일어날 위험에 처해 있었다.

그런 상황에서 국민의 땔감으로 등장한 것이 연탄의 발명이었다. 값이 싸고, 화력이 좋으니 땔감으로 안성마춤이었지만, 살인가스를 내뿜는 것이 결정적 흠이었다. 그러나 나라에서도 그 땔감을 다른 것으로 대체할 방법이 없었다. 한 가지 길이 있다면 기름을 때는 것이었는데, 그것은 부자 나라 미국 같은 데서나 하는 일이지, 기름이라고는 한 방울도 나오지 않고, 당장 세끼밥 먹기도 어렵게 가난에 찌들린 나라에서 기름을 때다니, 언감생심 꿈도 꾸지 못할 일이었다. 그래서 나라에서 내놓은 방책이란 것이 방바닥이 금 간 데 없도록 단속하고 도배를 잘 하라, 특히 굽도리를 몇 겹씩 발라라, 창문을 좀 열어놓아 환기가 되게 하라, 이런 정도일 뿐이었다. 그리고 신문과 라디오에서는 그런 방법을 반복해서 알렸다. 그러나 그런 노력들이 아무런 효과가 없는 듯이 연탄 가스 중독사는 해마다 겨울행사로 반복되고 있었다.

여인의 시동생이 고향에서 올라온 이틀째 되는 날 오후까지 상제 노릇을 한 복천은 다음날 아침 일찍 다섯 구의 시체를 화장터로 옮겼다. 시동생이란 사람은 도착하자마자 상제 노릇은 젖혀두고 고인이 된 형이며 형수, 조카들의 시체를 넘어다니다시피 하며 살림을 샅샅이 뒤져 저금 통장과 도장을 찾아내기에 바빴다. 그 저금 통장을 보자 복천은 또 가슴 미어지는 슬픔을 느꼈다. 그런데 쓴 소주 한잔 올리기는커녕 염(殮)도 하지 않은 시신을 짐짝 다루듯 하는 시동생의 행동에 온몸의 피가 머리로 솟구치는 울분을 견뎌야 했다. 시동생은 염을 할 필요가 없다고 한마디로 잘랐다.

"거 무신 넋 나간 소리여. 염 안 혀서 저승길 보내는 법도 있드랑가?"

"법은 무신 법이 있드라요. 다 산 사람이 호사시런 맘으로 허는 짓거리제, 죽어뿐 사람이 멀 알기나 헌다요."

"입으로 뱉으면 다 말인 줄 아는가? 영전에서 못 허는 소리가 읎는디, 안 되야, 워쨌거나 염은 혀서 모셔야 써."

"아, 사람 환장허겄네요이. 산 사람 묵고 죽을 돈이 읎는 판에 염은 무신 놈에 염을 허겄다고 그래 쌓소. 어차피 화장 허면 암것도 안 남고 다 타뿌는디, 그 비싼 삼베로 염혀서 화장허는 것은 아까운 쌩돈 태워뿌는 미친 짓거리란 말이오, 당신은 넘잉께 더 배 놔라 감 놔라 허덜 마씨요."

"머, 멋이여······?"

복천은 어금니를 맞물며 더 말하는 것을 포기했다.

장의사 운구비까지 깎아대는 사람 덜된 짓을 해가며 다섯 구의 시체를 흡사 넝마 태우듯 해버리고, 장례비로는 반의반도 못 쓴 저금 통장의 돈과 전셋방 돈까지 빼서 떡장수 여인의 시동생이 가버린 날, 복천은 먼 산을 바라보며 목젖이 아프도록 몇 번이고 마른침을 삼켰다. 그러면서 자신이 땅콩 리어카를 송두리째 잃어버려 이꼴이 되지 않았더라면 염만은 해서 마지막 길을 보냈을 거라는 안타까움을 떼치지 못하고 있었다.

칼갈이로 나선 둘째 날 첫 손님이 된, 식모살이를 왔다던 처녀를 대했을 때 복천 영감의 반가움은 여간한 것이 아니었다. 집 생각에 몸살이 나던 판에 자신의 목소리를 듣고 뛰쳐나왔다는 처녀의 심정은 더 말이 필요없이 절절하게 느낄 수 있었다. 그 처녀를 진심으로 위로하고 따뜻하게 대해주었던 것은 서울에 처음 발을 딛었던 지난날의 자신을 생각해서만은 아니었다. 자신은 처녀에게 떡장수 여인이 되고 있다는 생각이 들었기 때문이었다. 어떻게 해야 좋을지 정신을 차릴 수 없던 그때에 떡장수 여인은 그 얼마나 고맙고도 고마운 부처님 같은 사람이었던가. 떡장수 여인이 자신에게 그러했듯 이제 자신도 처녀에게 훌륭한 떡장수 여인이 되어주고 싶었던 것이다.

한차례 거친 동네를 다시 들르려면 대략 보름쯤 걸렸다. 보름 간격을 두고 여섯 번째인가 들렀을 때였다. 그날도 그 골목을 들어서면서부터 복천 영감은 목청을 한껏 더 높게 뽑았다. 두 번 세 번……, 이상한 일이었다. 다른 때 같으면 한 번이면 부리나케 뛰어나오던 처녀였다. 낮잠이라도 자는 건가. 다시 목청을 돋우었다. 그러나 대문 열리는 소리와 함께 한 손에 부엌칼을 든 처녀의 활짝 웃는 얼굴은 나타나지 않았다. 어디 심부름을 갔나……. 또 목소리를 가다듬었다. 여전히 대문은 굳게 닫혀 있었다. 멀리 심부름이라도 간 게지. 우선 다른 골목부터 돌고, 가는 길에 다시 들르기로 하고 발길을 옮겼다. 갑자기 온몸의 기운이 풀려버리며 어깨가 처져 내렸다. 그리고 여태껏 느끼지 못했던 늦가을 추위가 전신을 휩싸고 들었다. 김장철이 지나서 그런지 온 동네를 다 돌았어도 고작 두 자루밖에 갈 수 없었다. 칼을 갈면서도 복천 영감의 머리는 처녀의 생각으로 가득 차 있었다. 고향으로 내려간 것일까. 다른 집으로 옮겨갔나. 혹시 쫓겨나지나 않았을까. 생각나는 것은 모두 불길한 것들뿐이었다. 다시 그 골목으로 들어서자 복천 영감은 아까보다 더 큰 목소리로 외쳐댔다. 그러나 끝까지 대문은 열리지 않았다. 아까부터 지금까지……, 멀리 심부름을 갔다고 해도 능히 돌아왔을 시간이었다. 복천 영감은 몸이 달았다. 이 집에 없는 것이 분명하다. 그럼 어떻게 한다? 이대로 돌아갈까. 그럴 순 없는 일이었다. 그럼……, 복천 영감은 어느새 대문을 두들기며 "카알 가아씨요"를 외치고 있었다.

"도대체 누구야, 거지같이!"

이런 표독스러운 목소리는 대문이 벌컥 열림과 동시에 쏟아졌다. 깜짝 놀라 물러선 복천 영감 앞에는 서른대여섯쯤 되어 보이는 여자가 눈꼬리를 치켜세우고 서 있었다.

"미안스럽구만이라. 칼 가실……."

"닥쳐요, 능청맞게. 그년을 꾀어낸 게 바로 당신이지?"

"……?"

"가요, 경찰서로 가. 단단히 콩밥을 먹여줄 테니까."

여자는 사납게 복천 영감의 어깨를 밀치며 서슬이 푸르렀다.

"아, 무신 소리다요? 통 땅짐 못헐 소리럴 허는디."

"시치미 떼지 말아요. 그년한테 도둑질 시킨 게 당신이 아니면 누구야!"

"머시가 워째라우? 그 무신 쌩사람 잡는 소리다요?"

복천 영감은 겁 실린 얼굴로 두어 걸음 물러섰다.

"뭐 생사람 잡아? 그년이 돈이고 반지를 훔쳐 달아나서 생사람 죽게 생긴 게 누군데? 요 전라도 개똥쇠 종자들은 곤조통이 틀려먹었어. 가, 당장 경찰서로 가!"

여자는 복천 영감의 소매를 틀어잡았다. 복천 영감은 세차게 팔을 뿌리쳤다. 그리고 뒷걸음질을 했다.

"고런 쌩사람 잡을 소리 씹떡껍떡 해대덜 말어. 읎이 산다고 시퍼 보는 갑는디, 요놈에 시상은 있는 놈덜이 더 도적놈들잉께로!"

복천 영감은 연상 뒷걸음질을 치며 내쏘아댔다.

"흥, 아가리는 살아서. 어디 또 나타나기만 해봐라. 그땐 꼭 영창에 처넣고 말 테니까."

여자는 이런 말을 내쏘고는 대문을 소리가 나게 닫았다. 복천 영감은 으스스 몸을 떨었다.

그때 이미 떡장수 여인은 저세상으로 가버린 뒤였다. 그래서 복천 영감의 가슴은 한층 더 허전했는지도 모른다. 넓디나 넓은 서울, 넓은 만큼 인종이 많고, 그 값을 하느라고 인심마저 얼음장 같은 속에서 떡장수 여인 네 식구들이나 그 처녀는 유일한 의지요 위안이었었다. 무엇으로도 메울 수 없는 허전함과 감당할 수 없이 밀려드는 고적감을 이겨내는 일이 밥을 굶은 고통이나 마찬가지로 견디기 어렵다는 것을 복천 영감은 다 늙어가면서 경험하고 있었다.

금품을 훔쳐 달아나다니……. 그러나 주인 여자의 그 표독스러운 인상하고, 오죽했으면 그런 짓을 했을까. 어쨌거나 잡히지 않았으니 큰 다행이었다. 그 돈을 가지고 고향으로 내려가 시집이나 잘 갔으면 좋으련만, 혹시 어떤 건달 놈의 꼬임에라도 빠져 그런 짓을 했다면 어쩌나. 이런 험한 세상에서 잘못 풀려 신세라도 망치게 되면…… 좋지 않은 생각들만 꼬리에 꼬리를 물었다.

서울에 있기만 하다면 언제 어디서든 다시 만나게 되리라는 생각만은 버리지 않았다. 그래서 그날부터 아들을 찾는 일에다가 처녀까지 곁들였던 것이다. 그러나 몇 년이 지나는 동안 서울의 길이란 길은 발길 안 닿는 곳이 없을 정도로 헤매고 다녔지만 아들도 처녀도 만날 수가 없었다. 언제부턴가 복천 영감의 마음에는, 한사코 떼쳐내려는 생각이었지만, 아들은 죽었을 것이라는 체념이 자리잡기 시작했고, 처녀는 고향으로 내려간 것이라는 생각이 굳어지고 있었다.

떡장수 여인이 손을 써서 다음날로 산동네에 방 한 칸을 세들었다. 그때 비로소 전세니 사글세니 하는 말을 알게 되었다. 그 말을 이해하기까지 복덕방 영감과 떡장수 내외, 세 사람이 번갈아 가며 설명을 해야 했다.

생각보다 비싼 방세였다. 더구나 복덕방이라는 이상야릇한 이름을 내걸고 앉아 말 몇 마디에, 글씨 몇 자를 내갈기고 양쪽에서 돈을 뜯어내는 영감이 생각할수록 뻔뻔스러워 보였다. 시골에서는 막걸리 한잔이면 될 일이라 억울한 생각이 자꾸 솟았지만 이것이 서울이거니 할 수밖에 다른 도리가 없었다. 수중의 돈은 반 정도 남아 있었다. 떡장수 내외는, 경험이 없으니 장사는 아직 이르다는 결론을 내렸다. 경험이 있다 해도 서울 물정이 몸에 익을 때까지는 장사를 시작해선 안 된다고 했다. 그래서 결국 지게 품을 파는 것이 밑천도 적게 들고, 몸에 익은 일이라 가장 적당하다는 데 의견이 모아졌다. 떡장수 내외는 당장 그날로 지게를 만들어 다음날부터 돈벌이를 나서라고 했다. 수중에 있는 돈 까먹기는 쉬워도 벌기는 어려운 세상이고, 서울에서는 돈 없으면 그대로 굶어 죽게 마련인데, 옆에서 굶어 죽어도 눈 하나 깜박하지 않는 것이 서울 인심이라고 일깨워주었다. 그런 것쯤은 복천으로서도 벌써 알아차리고 있었다. 어제 서울역에서, 그리고 동대문시장에서 가슴이 조여드는 겁에 질려 어렴풋이 느꼈고, 시골 같았으면 그냥이라도 빌려줄 그런 허술한 방의 비싼 전세며, 터무니없이 많은 구전을 받아내면서도 얼굴색 하나 변하지 않는 복덕방 영감의 소행에서 돈이 곧 목숨인 무서운 서울을 느꼈던 것이다. 그래서 복천은 지게 품팔이로 나서는 것을 거절했다. 그리고 몸만으로 할 수 있는 돈벌이를 찾을 수 없겠느냐고 눈치를 살폈다.

"지게 맹그는 돈꺼정 애끼겠다는 고런 맘으로 험사 지아무리 독헌 서울 인심도 이겨내기에 에롭지 않겄구만이라.

고것이 존 생각은 존 생각인디, 그라면 천상 글로 가보는 수밖에 읎구먼 그랴."

그래서 떡장수 여인의 남편이 장사를 나가는 길에 데려다 준 곳이 집 짓는 공사장이었다.

"여그넌 막노동판잉께 몸띵이 하나만 있으면 돈벌이럴 헐 수 있는 디요. 발 벗어붙이고 나슨 판인께 체면 챙기지 말고 뎀베야 쓰요."

떡장수 여인의 남편은 헤어지며 또 당부했다.

"하먼이라, 발등에 불 떨어진 판인디 개릴 것이 따로 있제라. 잘 댕겨오씨요."

복천은 이렇게 마음을 다지며 그와 헤어졌다.

산을 뒤로 업은 넓은 평지에 집 짓는 공사가 한창이었다. 이미 지어진 집들이 띄엄띄엄 자리잡고 있었는데, 사람이 사는지 안 사는지 알 수는 없었지만 어쩌면 그리도 크고 좋은지 몰랐다. 기어들고 기어나는, 방문도 제대로 맞지 않는 산동네의 판잣집들은 여기에 비하면 갈 데 없는 돼지우리였다. 좁고 비탈진 골목에 지린내며 쿠린내를 풍겨대는 산동네 집들은 바위에 엉켜붙은 굴딱지이거나 기계독을 앓는 머리에 덕지덕지 앉은 부스럼이었다. 그런 찌든 가난이 꼬약꼬약 괴어 오르는 동네가 머지않은 곳에 이런 궁궐 같은 집들이 들어서고 있다니 알다가도 모를 일이었다. 읍내에 하나뿐인 양조장을 가진 데다가 읍장까지 지내는 최가의 집이 좋다고들 떠들어댔지만 저런 집들에 비하면 선하품밖에 안 나오는 시골집일 뿐이었다. 대체 저런 집에 사는 사람들은 무엇을 하는 사람들일까. 무슨 수로 돈을 벌어 저런 집들을 지을 수 있을까. 읍장보다 더 높은 사람들이면 군수? 도지사? 군수도 한둘이고, 군수면 군에 살지 서울에 살 리가 있는가. 읍내의 돈을 다 쓸어모으던 양조장보다 더 돈이 잘 벌리는 장사라면 그게 뭘까? 어떤 놈들은 벼락을 맞아도 골라가며 돈벼락을 맞아 저런 궁궐 같은 집에 살고, 어떤 놈은 전생에 무슨 모진 죄를 졌길래 고향을 도망쳐 나와 산꼭대기 판잣집 셋방살이 신세란 말인가. 잘사는 것들은 갈수록 팔자가 처지고 늘어지고, 못사는 놈들은 갈수록 신세가 비틀리고 쪼그라드니 평생 저런 집에 살아보기는 아예 틀려먹은 거 아닌가⋯⋯. 차가 빵빵거리는 바람에 정신을 차린 복천은 길을 비켜서며 씁쓸한 웃음을 지었다. 다 부질없기만 한 생각이었다. 그는 공사장으로 걸음을 서둘렀다.

우선 공사장을 두루 살펴보았다. 거의 다 되어가는 집이 있는가 하면, 한창 벽돌을 쌓아올리는 집이 있고, 어떤 곳은 기초 공사를 하고 있기도 했다. 일도 가지가지였다. 문을 짜고 대패질을 하는 목수, 벽돌을 쌓거나 벽에 시멘트를 바르는 미장이, 철창을 만드는 용접공이 자기네들 일에 열중하고 있었다. 그러나 그런 일은 시켜줘도 할 수 있는 일이 아니었다. 자신이 할 만한 일은 트럭에서 부려진 벽돌이나 모래를 져나르는 등짐이나, 기초 공사를 위해 땅을 파내는 일이 고작이었다. 그러니까 집이 거의 완성되어 가고 있는 공사장에는 할 일이 없었다. 한 공사장에서 발길을 멈추었다. 반 팔 높이로 벽돌이 쌓아 올라가고 있는 그곳에서 일손을 놓고 있는 사람은 찾을 수 없도록 바쁘게 돌아가고 있었다. 복천은 한 사람 한 사람을 살펴나갔다. 마침내 눈길이 한곳에 고정되었다. 검은 안경을 쓴 남자는 뒷짐을 지고 서서 사람들의 일하는 양을 살피고 있었다. 책임자임이 분명했다. 그렇게 생각이 들자 갑자기 가슴이 두근거리기 시작했다. 생각과는 달리 발이 말을 듣지 않았다. 체면 챙기지 말고 뎀베야 쓰요. 떡장수 여인의 남편 말이 떠올랐다. 되든 안 되든 말이나 해봐야 할 일이었다. 담배꽁초에 불을 붙여 거푸 서너 번을 빨고 나니 약간 마음이 가라앉았다. 꽁초를 꺼서 다시 조끼 주머니에 넣고 발을 떼어놓았다.

"저어 선상님, 실례하겄는디요."

"⋯⋯?"

고개를 돌린 그 남자는 좀 멀리서 옆모습으로 볼 때와는 달리 꽤 젊은 사람이었다.

"저어, 일얼 잠 혀봤으면 허는디요."

"일자리를 구한단 말이죠? 글쎄……, 무슨 일을 할 수 있는데요?"

"배운 기술이 따로 읎응께, 저런 등짐은 헐 수 있는디요. 평상 농사럴 지었응께이……."

"일이 급하긴 한데, 잠깐 기다려보시오. 어이 이씨, 이씨이! 나 잠깐 봅시다."

벽돌이며 모래를 져나르고 있던 대여섯 중에서 한 사내가 나섰다.

말을 다 듣고 난 사내는 "되겠나 따져보지요" 하고는, 엉거주춤 서 있는 복천을 향해, "따라오시오" 퉁명스럽게 말하고는 앞서 걸어갔다.

벽돌과 모래가 산더미로 쌓인 곳에 이르러서였다.

"당신, 저 사람과 어떤 사이요?"

사내는 갑자기 돌아서며 물었다.

"무신 말씸이요?"

"이런 참, 저 안경 낀 사람과 어떤 사이난 말요."

"사이넌 무신 사이어라. 첨 대허는 사람인디."

"그럼, 남남이란 말이지?"

나이도 많지 않은 사내는 대뜸 반말을 걸쳐왔다.

"워찌 그래 쌓소. 첨 보는 넘넘이란께."

"이거 봐, 보다시피 개새끼처럼 몸뚱이 하나 굴려서 벌어

먹고 사는 신센데, 우리 배 채울 것도 모자라니까 나눠 먹을 것까진 없어. 그러니까 잔말 말고 딴 데로 가보라구."

"가기넌 워디로 가라. 저 사람이 일얼 허라고 안 헙디여?"

"이거, 밤차로 올라온 촌놈이 세상 무서운 줄 모르고 설쳐, 설치길. 우리가 이 일을 따낼 때 너 같은 핫바지한테 뜯기려고 맡은 줄 알아? 점잖게 말할 때 딴 데로 꺼져!"

사내의 목소리는 낮았지만 독이 서려 있었다.

복천은 물러날 수밖에 없었다. 더 이상 맞설 말이 없었던 것이다. 더 할말이 있었다 해도 그만두는 것이 꾀 있는 짓이었는지도 모른다. 사내의 하는 품으로 보아 더 말을 했다가는 주먹이라도 날릴 기세였던 것이다.

그 사내의 말은 틀린 데가 없었다. 한 사람이라도 더 끼여들면 벌이가 줄어드는 것은 당연한 일이었다. 그 사내는 '우리'라는 말을 썼다. 등짐을 하고 있는 사람들은 같은 패거리라는 뜻이었다. 그리고 사내는 곧 잡아먹을 듯이 얼러댔다. 그건 그만큼 살기가 어렵다는 뜻이었다. 그래서 사내는 패거리를 짜가지고 다니는지도 모를 일이었다. 무서웠다. 처음 당하는 일이 너무 무서웠다. 또, 허전했다. 패거리를 짜지는 못하더라도 단 한 사람도 의지가 없는 처지가 너무 허전했다.

수십 군데가 넘는 공사장은 제각기 바쁘게 돌아가고 있었다. 저 많은 사람들이 모두 제 나름대로 패거리로 묶여 있겠지 생각하는 복천의 가슴엔 서늘한 바람이 일고 있었다. 어느 한곳인들 다시 찾아가 일거리를 청해볼 엄두가 나지 않았다. 내팽개쳐진 것 같은, 슬픈 것도 서러운 것도 아닌 마음은 달랠 길이 없었다. 흥청거리는 잔칫집 대문 밖에 쫓겨나 눈치만 살피고 있었던 거지들의 모습이 떠올랐다. 아, 그 거지들의 마음이 이랬을지도 모른다. 뒤미처 갖게 된 깨달음이었다.

얼마를 걸어서 시멘트 벽돌을 찍어내는 곳에 다다랐다. 얼굴이 검게 탄 사내 혼자서 일손을 부지런히 놀리고 있었다. 쇠로 된 틀에 시멘트로 반죽한 모래를 두 삽 퍼넣고는, 삽등으로 탁탁 두 번 두들기고 나서 삽을 모래 더미에 꽂는다. 그리고 쇠틀 양쪽 손잡이를 잡아 한쪽을 들어올렸다가 탕 내리치고, 반대쪽을 또 그렇게 하여, 같은 동작을 세 번 되풀이했다. 쇠틀 속의 시멘트와 반죽된 모래를 그렇게 다지는 것이었다. 그 다음 왼쪽에 쌓인 판자 받침대를 집어 아직 쇠틀 위에 남은 모래를 뒷박질하듯 쭉 밀어붙여서는 쇠틀을 뒤집었다. 그리고 먼저 쇠틀의 겉을 들어낸 다음, 일곱 개의 벽돌을 구분하는 속틀을 빼냈다. 그러고 나면 판자 받침대에는 반듯반듯한 일곱 개의 회색 벽돌이 나란히 키를 맞추어 모습을 드러냈다. 그것을 들어다가 먼저 것 옆에 맞취놓고 돌아와서 쇠틀을 짜고 다시 삽을 드는 것이었다. 그런 사내의 동작은 몇십 번을 계속하는 동안에도 흐트러지는 일이라고는 없었다. 빠르고 정확하고 절도 있는 몸짓은 흡사 기계였다. 복천은 그런 사내를 물끄러미 바라보고 있다가, 도대체 저 일은 벌이가 얼마나 될까를 생각하기에 이르렀다. 재료값이고 뭐고 다 제하더라도 줄잡아 벽돌 한 장에 1원은 남지 않을까 싶었다. 그렇다면 한 번 찍어내는 데 7원이고, 저런 빠르기로 찍어낸다면 하루에 천 장은 실히 찍을 거였다. 그럼 한 달이면……, 그만 머리가 아리송해지고 있었다. 하지만 팔리지 않으면 많이만 만든다고 다 돈이 되는 것은 아닐 터였다. 그러나 집을 짓는 곳이 한둘이 아니고 보면 그런 것쯤은 괜한 걱정일지도 모를 일이었다. 그런데, 장사가 잘된다면 왜 사내는 혼자 일을 할까. 어쩌면 저 사내는 주인이 아니라 일꾼인지도 모른다. 아니 주인인데 미처 사람을 구하지 못했는지도 모른다. 밑져봐야 본전이라는 생각이었다. 면박이나 무안을 당한다 하더라도 아까 그 사내에게 당했던 것보다 더 심하랴 싶었다. 더욱이 복천이 그런 용기를 낼 수 있었던 것은 상대가 패거리가 아니고 사내 혼자였기 때문이다.

"혼자 욕보씨요."

"……?"

모래를 퍼넣던 사내는 복천을 흘끗 곁눈질하고는 그만이었다.

"요것 한 장에 을매나 헌다요?"

"몇 장이 필요한데요?"

사내는 삽 등으로 모래를 두들겨 다지며 되물었다. 복천은 그만 찔끔했다. 사내는 벽돌을 사러 온 줄 아는 모양이었다.

"그런 것이 아니고, 행여 일헐 사람얼 구허는가 싶어서……."

사내는 아무 대꾸가 없는 채로 일손만 빠르게 놀리고 있었다. 혹시 못 들은 건 아닐까. 얼굴을 살펴보았지만 사내의 표정은 아무런 변화가 없었다.

"여그서 일헐 자리가 읎을께라?"

복천의 목소리는 크고 또렷했다.

"혼자 해도 세 끼 밥 먹기가 힘드는데 어떻게 사람을 두겠소."

사내는 쇠틀을 벗기며 한숨을 내쉬었다.

담배를 한 대 피우며 사내는 혼자 일할 수밖에 없는 형편을 털어놓았다. 어느 벽돌 공장에서 직공 노릇을 했다는 것이다. 아무리 열심히 일을 해도 소용이 없었다. 주인의 이익이 얼마인지 뻔히 아는데도 월급은 언제나 그꼴이 그꼴이었다. 결국 주인 좋은 일 시키는 것밖에 되지 않았다. 끼니를 건너뛰다시피 해서 돈을 모아 따로 공장을 차렸다. 그러나

삶의 거센 파도

자본이 적고 보니 일이 뜻대로 풀리지 않았다. 재료비와 기계를 장만하는 것은 수중의 돈으로 겨우 해결이 되었다. 문제는 장소였다. 모래를 쌓아두어야 하고, 찍어낸 벽돌을 굳을 때까지 서너 번 물을 뿌려주며 늘어놓을 터가 있어야 했다. 그래서 월세로 빈터를 빌렸다. 그러나 일은 그것으로 끝나는 것이 아니었다. 뜯기는 곳이 한두 군데가 아니었다. 불날 일이라곤 없는데 소방소에서까지 시비를 붙고 들었다. 뜯어먹자고 덤비는 데는 버틸 재간이 없었다. 거기다가 날이 갈수록 동무 장사까지 늘어나고 보니 생각하던 것처럼 일이 잘 돌아가지 않았다. 물론 고용살이를 하던 때보다는 낫지만 사람을 두고 할 처지는 못 된다는 것이었다. 보아하니 나이도 꽤 들어 보이는데, 할 수 있으면 노동 같은 막일이 아닌 다른 일을 궁리해 보라고 했다. 힘 좋은 젊은 사람도 남고 처지는 세상에 누가 나이 든 사람을 쓰려고 하겠느냐는 것이었다. 듣고 보니 맞는 말이었다. 마누라가 죽고 나서 열 살은 더 먹어 보일 지경으로 늙어버렸다는 마을 사람들의 말이 새삼스럽게 떠올랐다. 대하는 사람마다 신수가 너무 못쓰게 상했다고 입을 모으기에 도무지 어떤 꼴이 되었나 싶어 거울을 들여다보고는 스스로도 놀라지 않을 수 없었다. 움푹 파인 볼이며, 쑥 들어간 눈자위에, 꺼칠하게 말라버린 주름진 살갗이 실히 쉰을 넘어 보이게 했다. 그런데 지금이야 더 말할 것이 무엇이랴. 굳이 마흔다섯이라고 해보았자 곧이들을 것 같지도 않았고, 일자리가 생기지도 않을 텐데 구구하게 나이까지 밝힐 필요는 없었다.

"적더라도 돈이 있으면 장사를 해봐요. 무슨 장사건 장사는 남는 거고, 노동보다야 힘이 덜 들 테니까요."

사내는 꽁초를 발끝으로 잉끄리고 일어섰다. 사람을 허물없이 대해준 사내가 고마웠다.

"명심허겄소. 돈 많이 벌어 얼렁 부자 되씨요."

사내와 헤어지고 나자 갈 곳이 없었다. 해는 중천에 걸려 있었다. 사먹은 밥이라서 그런지 시장기가 일었다.

그런 식으로 헤매다간 일자리는 구하지도 못하고 날만 보내다가 남은 돈 고스란히 까먹고 알거지가 되기 십상이었다. 떡장수 여인의 말을 들었어야 옳았다. 지게 만드는 돈쯤 아까워할 일이 아니었다. 이렇게 일거리 구하기가 힘든 세상에서 지게 만드는 돈쯤 들이고 입에 풀칠할 수 있다면 밑천이랄 것도 없다는 말이 맞는 말이었다. 처음부터 떡장수 내외의 말을 들었더라면 이런 헛고생은 안 해도 되고, 내일부터 당장 돈벌이를 나설 수 있었을 것이라는 후회가 생겼다.

몇 번인가 물어서 제재소를 찾아갔다. 어제 시장에서 본 지게를 생각해 가며 키에 대보고, 땅에 놓고 맞춰보고 해서

삶의 거센 파도

나무를 샀다. 길을 더듬다시피 해서 집으로 돌아오는 골목에서 철물점을 찾아 못도 구했다. 모두 손가락 두 마디 길이의 중못으로 하고, 대못은 지겟작대기에 쓸 것으로 딱 두 개만 샀다. 어느것 하나 돈 아닌 것이 없었다. 시골서 같았으면 지겟감으로 쓸 만한 나무를 눈여겨보아 두었다가 주인 눈을 피해 슬쩍 쳐오면 그만이었다.

 톱과 망치는 집주인 여자가 빌려다 주었다. 톱질도 톱질이었지만 못박기는 생각보다 힘이 들었다. 등받이가 될 판자를 붙이는 것쯤은 아무 일도 아니었지만, 짐을 얹을 지겟가지를 세워 붙이는 데 여간 애를 먹은 게 아니었다. 그 지겟가지는 끝이 몸체의 아랫부분인 동발 등받이 밑부분에 붙어야 하는데, 그것이 등받이 쪽으로 많이 기울어져 붙으면 짐을 받치는 힘은 좋지만 짐을 많이 얹을 수가 없게 된다. 그렇다고 등받이로부터 곧바르게 ㅓ꼴로 붙고 나면 못질하기에는 그처럼 쉬울 일이 없지만 짐을 받치는 힘이 전혀 없고, 막상 짐을 지고 일어서는 경우 무게가 뒤로 쏠리기 때문에 그걸 바르도록 버티려면 짐이 몇 갑절 무거워지게 되었다. 그러니까 지겟가지를 가장 적당하게 붙이는 것은 ㅓ 모양의 간격을 반으로 나누고, 등받이 쪽이 아닌 지겟다리 쪽의 반을 다시 반으로 나눈 정도의 기울기를 유지시켜야 했다. 그러니 양쪽의 가지가 같은 기울기가 되도록 못 박을 부분을 톱질하기도 쉽지 않았지만, 정작 못질은 더욱 힘이 드는 일이었다. 망치로 손가락을 대여섯 번씩 쳐가며 겨우 지겟가지를 고정시키고 허리를 폈을 때는 주위에 어스름이 퍼지고 있었다.

떡장수 여인이 들어선 건 그때였다. 여인은 우선 밥해 먹을 살림살이를 마련해 주려고 온 것이다. 언제까지 밥을 사먹을 수도 없는 노릇이고, 사먹는 밥은 살로 가지도 않는다며 여인은 아침에 약속을 했었다. 빨리 돌아오기 위해 떡도 다른 날보다 적게 받아가겠다고 했었다.

"지게 맹그는 것 봉께로 헛탕쳐 부렀는갑소이?"
"그렇게 말이요. 아짐씨 말이 빈말이 아니드만이라."
"장보로 가게 돈 챙게듯씨요. 나 얼렁 집에 잠 댕겨올라요."
여인은 곧 되돌아왔다. 여인의 손에는 헝겊이 들려 있었다.
"요것이 천막 쪼가링께 멜빵으로 쓰고라, 요거슨 헌옷 나부랭인디 등에 대면 될랑가 몰르겄소."

복천은 헝겊을 받아들면서도 감사하다는 말을 못하고 고개만 자꾸 조아렸다. 너무 고마우면 고맙다는 말이 안 나오는 것이 이상했다.

멜끈을 달고, 등받이 판자에 헌옷을 접어 붙이는 것으로 지게는 다 만들어졌다. 그러나 복천이는 그 지게가 무슨 보기 싫은 물건처럼 영 마음에 들지 않았다. 그건 엉성하고 어설프기 짝이 없게 우물쭈물 지게 흉내만 내고 있을 뿐 지게가 아니었다. 지게는 낫과 함께 농부가 가장 소중하게 여기는 농기구였다. 다른 농기구들은 예사로 빌려 주고, 빌려 쓰고 했지만 지게나 낫은 전혀 그러지 않았다. 지게와 낫은 각자 농부들의 얼굴이었고, 증표였기 때문이다. 사람의 생김이 제각각 모두 다르듯이 체구 또한 사람마다 다 달랐다. 지게는 사람마다 키의 크고 작고, 몸통의 두껍고 얇고, 어깨의 넓고 좁고에 따라 멜끈과 등받이가 달랐고, 지겟작대기 길이도 달랐던 것이다. 그리고 낫도 얼핏 보기에는 그게 그 낫 같았지만, 손아귀에 딱 잡으면 낫이 다 다르다는 것을 금세 알게 된다. 낫의 손잡이는 주인의 손 크기에 따라 다를 뿐만 아니라, 손기름이 배서 반들거리는 손잡이에는 주인의 손아귀 힘이 아로새겨진 손가락들의 자리가 잡혀 있었던 것이다. 그 느낌의 특이함 때문에 농부들은 캄캄한 어둠 속에서 낫을 잡아도 그것이 자기 것인지 아닌지를 금세 알아차리는 것이었다. 그리고 더 중요한 것은 날이었다. 쟁기의 생명이 보습이듯이 낫의 생명은 날이었다. 그 날은 또한 농부에 따라 다 달랐다. 같은 대장간에서 한 대장장이가 벼린 낫도 날을 어떻게 세우느냐에 따라 연장으로서의 효과가 판이하게 달라졌다. 그게 농부마다 다른 날 세우는 솜씨였다. 같은 징도 치는 사람의 솜씨에 따라 그 소리 울림이 천차만별이듯이 낫의 날도 낫갈이 솜씨에 따라 벼 베기의 속도며 양이 판이하게 달라졌다. 날이 모자라지도 않고 쇠지도 않게 한가운데로 곧추세우는 솜씨는 으뜸가는 농부의 자격으로 쳤다.

딸애를 데리고 여인이 돌아온 것은 지게를 판자 대문 옆에 세워두고 나서도 한참이 지난 뒤였다. 양은솥, 숟가락, 젓가락, 밥그릇, 조리, 도마, 칼 등속으로 부엌 살림이 빠진 것이 없었고, 쌀도 반 말을 팔아왔기 때문에 불만 지피면 곧 밥을 해먹을 수 있게 되어 있었다. 그런 것을 장만하는 데도 수월찮은 돈이 들어갔다. 당장 없어서는 안 될 물건들인 줄 알면서도 돈이 축나는 것을 생각하면 조바심이 일었다.

다음날 아침 복천은 지게를 지고 여인을 따라 시장으로 갔다. 여인은 버스를 타고 다녔지만 그날만은 지게 때문에 버스를 탈 수 없는 복천에게 길을 가리켜주기 위해 그 먼 길을 걸었던 것이다. 여인은 찾기 쉬운 큰길만 골라 걸으며 눈에 잘 띄는 병원 같은 것을 똑똑히 보아두라고 이르곤 했다.

"행여 질 잃어뿔면 맥 읎이 혼자 애태우지 말고 얼렁얼렁 순사헌테 물으씨요. 그라고 눈치껏 날래게 혀야 쓰요. 지게꾼 찾을 때꺼정 태평치고 있지 말고 큰 짐 들고 가는 사람헌테넌 먼첨 지고 가자고 운을 띠우란 말이요. 비우가 좋아야 살아지는 시상 아닙디여."

시장에서 헤어지며 여인은 또 이렇게 염려를 해주었다.

그러는 여인에게 그저 미안하고 고마워서 아무런 말도 할 수가 없었다.

"지고 가십씨다, 지고 가."

큰 짐을 든 사람이면 쫓아가서 말을 걸었다. 번번이 허탕이었다. 그러나 지치지 않고 같은 소리를 되풀이하며 사람들 틈을 비집고 다녔다. 과일 상점들이 늘어선 길목으로 들어섰을 때였다.

"어이 지게, 지게!"

귀가 번쩍 뜨였다. 헛들은 게 아니었다. 소리 나는 쪽으로 빠르게 고개를 돌리자 한 남자가 손짓을 하고 있었다. 얼씨구나, 복천은 힘을 다해 뛰었다. 그렇게 뛰던 복천은 상점을 서너 발짝 남겨놓고 그대로 곤두박이고 말았다. 눈에서 불이 번쩍하며 아찔해지는 정신을 겨우 다잡아 눈을 떴을 때는 상점 앞에 누군가가 지게를 받치고 있었다. 이게 어찌된 일인가! 복천은 벌떡 일어났다. 그러나 마음뿐이었다. 왼쪽 무릎에 찡 전기가 통하며 움직일 수가 없었다. 복천은 이를 뿌드득 갈았다. 저 자석이, 저 싸가지 읎는 자석이 내 다리럴 역부러 걷떠뿐 것이여! 저 자석이 짐을 지고 일어서기 전에 멱살을 틀어잡아야 된다는 생각만으로 복천은 일어서려고 안간힘을 썼다.

이를 앙다물고 지겟작대기에 의지해 가까스로 일어섰을

때 그놈의 지게에는 사과 궤짝이 세 개째 올려지고 있었다. 그놈은 아무 일도 없었다는 듯 지게를 받쳐잡고 휘파람을 불고 있었다. 당장 저놈의 대가리를 들바수고 말리라. 그러나 분통이 솟는 마음과는 달리 왼쪽 다리의 아픔은 한 발짝을 옮기기가 어렵게 심했다. 지겟작대기를 지팡이 삼아 한 발짝씩 떼어놓고 있는 복천의 입술은 경련을 일으켰다.

"요런 도적놈아, 싸게 그 짐 부려라!"

복천의 이런 호령은 그 사내의 팔을 낚아채는 것과 동시에 터져나왔다.

"……"

그 사내는 놀라는 기색도 없이 느릿하게 고개를 돌렸다. 그런 사내의 입술은 비웃음을 담은 채 비틀려 돌아가고 있었다.

"아, 싸게 그 짐 부리랑께 멀 고렇크름 빤히 처다보는 것이여. 누가 먼첨 왔는지, 양심이 있음사 잘 알 일 아니드라고?"

"아가리 닥쳐, 콱 모가지 비틀기 전에!"

복천은 그만 기가 질렸다. 그 사내는 크지도 않은 목소리로 이런 독한 말을 내뱉었다. 그 차가운 목소리는 칼날처럼 섬뜩했다. 그러나 사리는 사리대로 따져야 하고, 희고 검고는 확실하게 밝혀야 될 일이었다.

"멋이 워쩌고 워째? 모가지럴 팍 비틀어뿐다고? 요런 사람 잡을 놈 잠 보소. 넘 다리럴 걷떠뿔고 새치기헌 도적놈이 큰소리넌 혼자서 다 치고 자빠졌네. 싸게 그 짐 안 풀 것이여?"

"야이 개애새끼야, 정말 뒈지고 싶어? 대가리부터 깝죽을 확 벗겨야 정신을 차리겠냔 말야!"

사내는 이런 욕을 퍼부으며 눈을 확 부릅떴다. 복천은 등골이 오싹해짐을 느꼈다.

"뭘 하는 거야. 빨리 묶어."

지게를 불렀던 남자가 사내에게 쏘아붙였다.

"예에, 예, 바로 됩니다."

그 사내는 금세 웃는 얼굴로 꾸뻑 고개까지 숙였다. 그리고 줄을 뒤로 던져 넘기고는 지게 뒤로 돌아서며 팔꿈치로 복천의 옆구리를 사정없이 내챘다. 컥 숨이 막혔다. 저 놈을……, 그러나 복천은 생각을 고쳐먹었다. 사내에게 다시 따져본들 돌다가 부딪친 것이지 내가 언제 쳤느냐고, 누가 거기 서 있으랬느냐고 덮어씌울 놈이었다. 우선 급한 것은 사내가 지게를 지고 일어서지 못하게 하는 것이었다. 그러려면 조금 전에 짐을 빨리 묶으라고 이르던 그 남자에게 담판을 부탁하는 수밖에 없었다. 그 남자가 짐꾼을 부른 장본인이니 누가 먼저 왔으며, 누가 무슨 짓을 했는지 다 알고 있을 것이기 때문이었다.

"봇씨요, 나 잠 봇씨요. 우리 둘 중에 누가 더 먼첨 왔는지 판결얼 내려줏씨요. 먼첨 온 사람이 짐얼 져야 쓸 것 아니겄소."

"바빠 죽겠는데 저리 비켜요, 비켜. 저 사람이 먼저 왔으니까 짐을 맡은 거 아닌가."

"워쩨라? 내 다리럴 건떠뿐 건 누군디, 내 다리럴……."

"아, 비키라니까. 어쨌든 먼저 온 건 온 건데 뭔 말이 많아."

"머시라고라?"

복천은 멍한 얼굴로 그 남자를 바라보고 있었다.

"너 이 새끼, 한 발도 꼼짝 말고 여기서 기다려. 오늘이 네 놈 제삿날이다."

지게를 지고 일어난 사내가 낮은 목소리로, 그러나 찰고무같이 질긴 느낌이 묻어나는 이런 말을 내뱉으며 걸음을 옮겼다.

복천은 다리를 절룩이며 걸었다. 그러면서 떡장수 여인의 말을 생각했다. 눈치껏 날쌔게 하라고 했었다. 그리고 상점 남자의 말도 생각했다. 어찌됐건 먼저 온 건 먼저 온 것이라 했다. 이것이 서울이거니 여기고 마음을 다잡으려 했지만 사지에 맥이 빠질 뿐 도무지 자신이 생기지 않았다.

큰 짐을 들고 가는 사람에게 지고 가라고 말을 걸어가며 얼마를 걸었는지 모른다. 누가 어깨를 세차게 치며 획 낚아챘다. 눈앞에는 아까 그 사내가 기분 나쁘게 웃고 있었다. 지게를 지지 않은 홀몸이었다. 웬일인지 그를 보는 순간 가슴이 덜컥 내려앉았다.

"내가 술 한잔 살 테니까 같이 가실까? 아까의 잘못을 사과해야겠수다."

"무신 새 날아간 소리여, 사과고 능금이고. 술 묵을라면 혼자나 퍼묵어, 잡것."

"왜 이러실까. 여러 말 말고 따라오는 게 좋을걸?"

사내의 목소리는 사뭇 위압적이었다.

사내에게 끌려간 곳은 후미진 골목, 높은 두 건물의 사이였다. 거기에는 다른 지게꾼 세 명이 지게에 걸터앉아 담배를 빨고 있다가 그들이 들어서는 것을 보고 일어섰다.

"요 쌍놈에 새끼야!"

사내는 소리를 지르며 복천을 여지없이 구석에다 밀어붙였다. 복천은 비척비척하다가 끝내 쓰러지고 말았다. 그들 네 명은 빙 둘러섰다. 패거리, 복천의 머리를 번개처럼 스쳐간 생각이었다. 순간 전신에 소름이 쭉 끼쳤다. 그리고 무섬증이, 이대로 죽게 되면……, 하는 무섬증이 걷잡을 수 없이 몰려들었다.

"이 쏩새끼야, 지게 벗어!"

사내가 허벅지를 걷어차며 소리질렀다. 공포에 사로잡

힌 복천은 얼른 지게를 벗었다. 전신이 와들와들 떨리고 있었다.

"너 아까 뭐랬니? 갈비 몇 대 부러져야 알겠어!"

사내가 지겟작대기를 치켜들었다. 곧 후려칠 기세였다. 복천은 무릎을 꿇었다. 그리고 손을 싹싹 비볐다. 무슨 말을 하고 싶은 데도 아무 소리도 낼 수가 없었다. 다른 세 사람은 팔짱을 낀 채 내려다보고만 있었다.

"너 이 새끼, 여기가 어딘 줄 알고 함부로 발을 디밀어. 여긴 우리 땅이야, 우리 땅. 어느 놈이고 얼씬대다간 다리뼈 부러지고 골통 깨져. 무슨 말인지 알아?"

사내는 구둣발로 무릎 꿇은 복천의 허벅지를 짓밟았다. 입이 딱 벌어졌다.

"이 새끼 아까처럼 아가리를 나불댔으면 반 죽이고 말았을 텐데, 이만 봐준다. 내일 또 얼씬댈 테냐?"

복천은 고개만 빠르게 저었다.

"똑똑히 봐 둬. 저것 부숴버려!"

사내가 눈짓을 하자 다른 남자가 지게를 번쩍 들어올렸다.

"웨메……."

복천은 소리를 지르며 일어서려고 손을 땅에 짚었다. 그때 구둣발이 사정없이 손등을 짓밟았다.

"손 으깨지지 않으려면 꼼짝 말어!"

손을 뺄래야 뺄 수가 없었다. 낡은 군화는 점점 더 억센 힘으로 손등을 압박하고 있었다.

손등을 짓밟힌 채로 지게가 벽에 부딪혀 부서져나가는 소리를 들으며 복천은 몸서리를 치고 있었다.

"이 새끼 빨랑 꺼져, 당장 이 시장에서 꺼져버려!"

힘겹게 일어나 고개를 드니 산산조각이 난 나무토막들이 사방에 흩어져 있었다. 복천은 눈을 질끈 감았다.

어떻게 해서 큰길까지 나왔는지 정신이 없었다. 큰길에 나와서 보니 손등과 손바닥에 모래들이 그대로 박혀 있었다.

복천은 무엇에 쫓기기라도 하듯 시장을 뒤로했다. 어제 집 짓는 곳에서 등짐 하던 사내로부터 느꼈던 무서움에는 댈 수도 없는 무서움이었다. 허전했던 기분, 그런 것은 호강스러운 생각이었다. 한 발 앞도 안 보이는 캄캄한 밤이었다. 이런 세상에서 어떻게 살아가야 할지 마음은 캄캄한 밤이었다.

다리를 절룩이며 서투른 길을 걸어서 집으로 돌아오는 복천의 눈앞에는 마누라의 얼굴이, 소식 없는 큰아들의 모습이 겹쳐서 어른거리다가 사라지고 다시 떠오르곤 했다. 지옥이 따로 없을 이런 세상에서 아들놈이 무슨 일을 당했을지 알 것인가. 주먹이나 약하고 성질이나 고분고분했으면 또 모른다. 큰아들을 생각할수록 조바심이 일어나고 불길한 생각을 떼칠 수가 없었다.

 칼갈이 일을 시작하고 얼마 되지 않아서였다. 집으로 돌아오는 길이었다. 해가 지고 난 겨울은 시간이 별로 늦지 않았는데도 밤이 곧 밀어닥쳤다. 바삐 걸음을 옮기던 복천 영감은 주춤 발길을 세웠다. 가로등 밑에서 두 사내애들이 싸우고 있었다. 싸운다기보다는 하나는 제멋대로 주먹을 갈기고 있었고, 다른 하나는 몸을 웅크려박은 채 맞고만 있었다. 둘 다 옆구리에는 무언가를 끼고 있었다. 신문 뭉치였다. 많은 사람들이 두 녀석의 옆을 지나치면서도 누구 하나 눈길조차 돌리지 않았다. 형제일까? 아무리 형제라도 무슨 잘못을 했기에 저리도 독하게 때리고 맞는단 말인가. 우선 말리고 봐야 할 일이었다.
 "야 요놈 자석아, 요게 무신 짓이여. 고만 혀, 고만."
 복천 영감은 주먹질하는 녀석을 막아섰다.
 "어어? 비켜요, 당신이 뭔데. 저 새낀 뼈를 추려야 돼."
 녀석은 일단 주춤해지며 복천 영감을 빠르게 훑고 나더니 다시 기세를 올렸다.
 "이 새끼야, 왜 때려. 말로 하지 왜 때려."
 그때서야 맞고만 있던 녀석이 울음 섞인 목소리로 대들었다.

"저 새끼가 정말!"

녀석은 복천 영감을 밀치며 발길질을 했다. 복천 영감은 비틀거리면서도 잽싸게 녀석의 어깨를 움켜잡았다. 그래서 그 아이는 헛발질을 해댔고, 제 기운에 못 이겨 궁둥방아를 찧고 넘어졌다.

"씨팔, 뭐 저따위 늙은이가 다 있어?"

녀석은 벌떡 일어서며 소리를 질렀다.

"머시가 워쪄? 요런 보배운 디 읎는 자석아."

복천 영감은 화가 솟아 주먹을 쳐들었다. 녀석은 생쥐처럼 피하더니 또 발길질을 했다. 그 녀석의 발은 맞고만 있던 녀석의 얼굴을 여지없이 후려찼다. 그 아이는 푹 주저앉으며 얼굴을 감쌌다. 그 바람에 겨드랑이에 끼어 있던 신문 뭉치가 떨어져 사방으로 흩어졌다. 그리고 바람을 타고 이리저리 날아가기 시작했다.

"요런 무지헌 놈아, 대갱이에 피도 안 모른 자석이……."

녀석의 멱살을 붙들고 마구 흔들어대던 복천 영감은 윽 비명을 토하며 주저앉고 말았다. 녀석에게 사타구니를 걷어 차인 것이다.

"씨팔, 칼 갈아 먹는 주제에 뭐가 잘났다고 남 일에 간섭야, 간섭이."

열대여섯 살 먹어 보이는 녀석은 서너 걸음 간격으로 물러나서 이런 욕을 퍼대고 있었다. 저놈을, 저놈을…… 마음뿐 점점 더 찢는 듯, 비트는 듯 파고드는 아픔으로 사타구니를 거머잡은 채 복천 영감은 꼼짝을 할 수가 없었다.

"이 새끼, 또 한 번만 더 내 자리 침범해서 신문을 팔아봐라. 그땐 아주 골통을 까놓고 말 테니까."

그 녀석은 그때까지도 얼굴을 감싸쥐고 쪼그리고 앉은 아이의 엉덩이를 걷어차고 돌아섰다. 그리고 걸어가면서 흩어진 신문지를 일일이 발로 밟아 싹싹 잉끄려버리는 것이 아닌가. 저놈을, 저놈을……, 복천 영감은 가슴에서 불이 붙고 있었다. 그러나 가라앉을 줄 모르는 사타구니의 통증으로 어쩌는 도리가 없었다.

겨우 몸을 가누어 웅크리고 앉은 사내애에게 가까이 간 복천 영감은 그만 깜짝 놀랐다. 코를 감싼 녀석의 손가락 사이로 시뻘건 피가 흘러내리고 있었다. 녀석의 앞에 흩어진 신문지에도 이미 피가 범벅이 되어 있었다.

"요런 불쌍헌 자석아, 고개럴 젖혀라, 뒤로 젖혀."

복천 영감은 신문지를 찢어서 정신없이 비벼가지고 사내애의 코를 틀어막았다.

얼굴에 손에 묻은 피를 다 닦고 나서 그 아이와 함께 쓸 만한 신문을 추려보니 다섯 장이 못 되었다. 녀석의 말로는 서른 장을 받아 네 장인가를 팔았다고 했다.

삶의 거센 파도

"느그 아부지넌 멀 헌다냐와?"

복천 영감은 하도 마음이 답답해서 이렇게 물었다. 녀석은 고개만 가로 저었다. 아버지 없는 신세……, 복천 영감은 더 물을 말이 없었다.

"할아버지 감사합니다. 안녕히 가세요."

깍듯이 인사를 하고 돌아서는 사내애의 볼에는 눈물이 흘러내리고 있었다.

찬바람 속을 걸으면서 복천 영감의 가슴은 터질 것만 같았고, 자신이 시장에서 당했던, 생각만으로도 끔찍스러운 그 일을 떠올렸고, 그래도 자신이 당했던 것은 아무것도 아니라는 생각이 들었다. 자식들 때문에라도 어차피 한세상을 살아야 하는 것이 어른이요 부모들이었다. 살다 보면 무슨 일이 없을까마는 저 어린것이 앞으로…….

그날 밤 복천의 이야기를 다 듣고 난 떡장수 내외는 난색을 표할 뿐 별로 놀라는 기색은 없었다. 그런 일은 으레 일어날 수 있는 일로 치부하는 것 같았다. 무슨 일을 할 것인지 이런 저런 이야기 끝에 찬바람도 나고 하니 땅콩 장사를 해보기로 결정이 되었다. 그 결정은 떡장수 내외가 한 것이었고, 복천은 듣기만 했다. 여인의 남편 말로는 그래도 돈 빨리 만지려면 장사가 최고라고 했다. 장사 밑지는 일은 세상이 두 쪽 나도 없고, 장사가 망하는 것은 외상을 떼이거나 세금 때문이라는 것이었다. 그런데 그 땅콩 장사는 외상이란 아예 없고, 리어카를 끌고 이리저리 옮겨다니니 세금 또한 낼 필요가 없다는 것이었다. 그리고 리어카가 있으니 철따라 다른 장사로 바꿀 수도 있다고 했다. 채소 장사·과일 장사·냉차 장사·멍게 장사, 하다못해 이삿짐을 날라먹어도 되고, 김장 시장에서 김칫거리를 실어날라도 한철은 살 수 있다는 것이었다. 단 한 가지 흠이 있다면 리어카가 값이 좀 비싸고 목돈이 들어서 탈이라 했다. 그러나 리어카는 막벌이 행상에게는 가장 큰 효자노릇을 하는 소중한 물건이고, 가장 큰 재산이라는 것이었다.

"근디 땅콩만 폴아서 세 입이 묵고 살아질께라?"

"시작혀 보면 눈 깜짝헐 새에 도사가 되야불 꺼지만서도, 워디 땅콩만 폴아서 될 것이요. 장사넌 무신 장사고 구색이 맞어야 손이 잇대지는 것잉께, 묵는 것 포는 식품점서 치약이고 비누넌 멋났다고 갖다 놓고, 또 그 비싼 전화넌 멋헐라고 통해놀 것이요. 전화 쓰로 옴스롱 미안혀서라도 사가고, 손님은 천층만층이니께 식품점에 와서 치약이나 비누럴 찾기도 헌단 말이요. 그렁께 서울 사람덜이 삼동이면 잘 묵는 땅콩을 주로 폴고, 거그다가 쑤루매 다리, 끔, 사탕, 까치담배, 엿 등속으로 골고로 구색얼 맞치먼 세 입에 거무줄 칠랍디여."

"얼랴, 거무줄은 무신 거무줄이어라. 눈치 싸게 목 좋은디 찾어댕기면 겨울 한철에 짭짤허니 목돈도 맨지게 될 것잉마. 근디 당신이 한 가지 빼묵은 것이 있소."

떡장수 여인이 거들고 나섰다.

"머시럴……?"

"서울 사람덜이 삼동이면 땅콩맨치로 좋아하는 것이 또 있덜 않소."

"땅콩 맨치……? 고것이 머시까?"

"와따, 고등고시 치는 것도 아닌디 멀 그리 에롭게 생각허고 그요? 당신이 다 알고 있는 것인디."

"어허 이 사람, 시방 만담허잔 것이여 머시여. 죽냐 사냐 세 목심이 걸린 중헌 이약 허는 판에. 싸게 말해 부러."

"고것 안 있소, 연애 치는 젊은 사람덜이 아조 좋아허는 군밤!"

"이, 옳여! 군밤이 빠지면 안 되제."

그녀의 남편이 무릎을 쳤다.

떡장수 여인 부부는 아는 것이 많았다. 그거야 장사를 하고 있으니 그러려니 하지만, 그들의 말이 너무 수월해서 오히려 불안하기도 했다. 그러나 그런 것은 당장 따져야 할 급한 문제가 아니었고, 정작 장사를 시작하는 데 선뜻 마음이 내키지 않는 것은 다른 걱정 때문이었다.

"근디 장사럴 시작혀서 또 자리다툼이 벌어지면 워쩐다요?"

복천은 이 말을 물으며 지게가 산산조각으로 부서져나가는 소리를 듣고 있었다.

"와따 걱정도 팔짜요. 아 구데기 무서와 장 못 당그고, 서울이 무섭당께 장성 갈재서부텀 기는 꼴이요이."

서울 지리를 모르니 아예 복잡한 큰길로 나갈 필요가 없다고 했다. 그 장사를 하는 데는 자리다툼도 문제이긴 하지만 그보다 먼저 교통순경을 잘 피해야 된다는 것이었다. 교통순경에게 끌려가는 날에는 장사도 못 하고, 벌금도 물고 해서 이중 손해를 본다고 했다. 그러나 그것도 별문제가 아닌 것이 미리 피할 골목만 보아두었다가 순경이 나타났다 하면 삼십육계 줄행랑을 쳐서 숨으면 그만이라는 것이었다. 그리고 순경이 사라지면 다시 끌어다 내놓고 장사를 하면 되는데, 그만한 수고 안 하고서 어떻게 먹고 살 수 있느냐는 것이었다. 장소로는 극장 앞이나 버스 정류장 같은 곳이 좋은데, 자리다툼이 안 날 자리를 보아주겠노라고 했다. 리어카도 쓸 만한 중고를 사면 그다지 비싸지도 않으니 알아보겠다는 것이었다.

그들 부부가 돌아간 다음 자리에 든 복천은 오래도록 뒤척거렸다. 갖가지 생각이 머리를 어지럽히는데다가 낮에 차이고 밟히고 한 다리 통증이 예사롭지 않았다.

 이틀을 꼬박 자리에 누워서 보냈다. 밤을 지내고 나니 다리가 부어올라 움직일 수가 없었다. 변소길도 못 가고 누워서 냉수 찜질을 계속했다. 두 아이들은 번갈아 가며 주무르는 고역을 치러야 했다. 신문지로 발라진 천장을 바라보고 누워서 자신도 마누라처럼 다리병으로 죽는 것이나 아닌가 하는 생각이 들기도 했다.

 자리에서 일어나고 나흘째 되던 날 땅콩 장사로 리어카를 밀게 되었다. 리어카를 사들이고, 물건을 장만하고 나니 수중의 돈은 마침내 바닥이 났다.

 여인의 남편이 구해준 자리는 집에서 그다지 멀지 않은 버스 정류장이었다. 그 길을 지나서 얼마 안 가면 길은 세 갈래로 갈라졌다. 그래서 그 버스 정류장에는 세 갈래 길로 가는 버스가 전부 멈추는 것이었고, 그래서 손님도 많이 타고 내렸다. 자리다툼을 안 해도 되는 그런 좋은 자리를 구해준 여인의 남편이 한없이 고마웠다. 그뿐 아니라 리어카를 놓을 자리며, 교통순경이 나타났을 때 어디로 피하라고 골목까지 일일이 가르쳐주었다.

 "근디……, 워찌 자리다툼 안 혀도 되는 자리가 요리 비어 있을께라?"

 복천은 신기하기도 하고, 이상하기도 해 묻지 않을 수가 없었다.

"잉, 고것이 요상허요? 워디 한분 알아맞춰 봇씨요."

그녀의 남편이 복천을 골려주려는 듯한 장난기 서린 눈길을 보내며 싱그레 웃었다.

"와따, 나겉은 촌놈이 고런 것을 워찌 땅짐이나 허겄소. 그리 눈치 쌌음사 이도령 제치고 과거 급제럴 혔겄소."

복천은 아예 어림짐작도, 적당한 대답을 찾아볼 생각도 하지 않았다. 그건 장님 문고리 더듬기 식으로 답을 찾기 어려울 뿐만 아니라, 괜히 답을 맞히려고 이 말, 저 말 지껄여 대다가 너무 아는 것이 없는 촌뜨기로 무시당할지도 몰랐기 때문이다.

"니나 내나 사람덜이 모다 욕심이 앞서서 사람 많이 북댁이는 시내 한복판으로만 몰려가고 난께 쪼깐 변두리인 요런 존 자리가 비여 있는 것 아니겄소. 시상 사는 이치가 요런 것이랑께라."

"이, 인자 알겄소. 쪼깐 덜 벌어도 서로 치고박고 안 혀도 되는 요런 자리가 훨썩 낫구만이라. 맘 편헌 것이 워디라고……, 하면이라, 사람은 맴이 편해야 몸도 편허게 살아징께라."

"근디, 여그서 영영 자리다툼이 안 난다고 태평치고, 넋놓고 있어서는 안 돼요 잉."

삶의 거센 파도

그녀의 남편은 복천의 두 눈을 똑바로 응시한 채 말했다.

"고것이 무신 소리다요……?"

"무신 소리기넌, 여그도 언제 누가 치고들란지 몰른다 그 말 아니요. 긍께 정신 바짝 채리고 이 자리럴 잘 지켜야 헌다 그것이오."

"야아, 나도 인자 인정사정 읎이 독사가 될라요."

물건값에 혼동을 일으켜 당황을 하기도 했지만 물건이 팔리는 재미는 여간 쏠쏠한 게 아니었다. 새보기를 끝내고 벼가 고개를 숙이기 시작할 때 이삭을 훑어 몇 알을 입에 넣고 깨물면 약간 말캉한 듯하면서도 역력히 씹혀지던 쌀알의 육질의 감촉과 그 풋풋한 향내를 맡을 때 같은 기분이었다. 첫날의 장사는 생각했던 것보다 많이 팔렸다. 이대로만 되면……, 리어카를 밀고 늦은 밤길을 걸으면서 복천은 배고픈 줄을 몰랐다.

밤늦게까지 물건값을 달달 외운 덕에 둘째 날은 당황한 일이 없었다. 땅콩 장사를 시작하기 썩 잘했다 싶었다. 손님은 심심찮게 찾아들었고, 물건은 팔리는 대로 이익이 남았다. 손님이 없을 때는 앉아서 쉴 수 있는 여유도 있었다. 농사일에 비하면 그런 신선 놀음이 없었다.

며칠 후 점심때가 가까워서였다. 손님이 찾아들었다. 양복을 말끔하게 입은 청년이었다.

"이거 얼마요?"

청년은 땅콩이 담긴 세 개의 되 중에서 제일 작은 것을 가리켰다.

"50원인디요."

"주시오."

복천은 며칠 동안에 익혀진 빠른 손놀림으로 땅콩을 봉투에 비웠다.

"돈 여기."

"……!"

5백 원짜리였다. 복천의 눈살이 찌푸려졌다. 거슬러줄 돈이 없었던 것이다. 준비해 놓은 잔돈에 비해 그 돈은 너무나 컸던 것이다.

"혹 잔돈이 읎으실랑게라?"

"없으니까 이걸 내는 것 아니오."

청년은 퉁명스러웠다.

"잔돈이 읎는디, 사람 환장허겄네 웨."

복천은 사방을 두리번거리며 소변이 급한 사람 같은 몸짓을 지었다.

"그럼 관두쇼."

청년은 돌아섰다. 아까운 손님을 그냥 놓칠 수는 없었다. 팔면 그 귀한 이익이 남는다. 잔돈은 금방 바꿔오면 될 일이었다.

"봇씨요, 나 얼렁 잔돈 바까올 것잉께 쬐끔만 기둘려주실랑게라?"

"나 바쁜데……."

"야아, 금세 올거구만요, 금세!"

"그럼, 빨리 와야 합니다."

대답도 할 겨를이 없었다. 5백 원을 받아쥐고 냅다 뛰기 시작했다. 사진관, 여기는 안 된다. 양품점으로 들어섰다. 되돌아나왔다. 땅콩을 한 주먹이라도 집어넣으면 어쩌나 싶어 뒤를 돌아보았다. 청년은 리어카를 등지고 서 있었다. 그렇지, 양복을 말끔히 입었던걸. 괜히 사람 의심하면 죄 받지. 약국으로 들어갔다. 역시 바꾸지를 못했다. 양장점을 그대로 지나쳤다. 담뱃가게의 유리문을 급하게 두들겼다. 계집애가 꽥 소리를 질렀다. 식품점으로 뛰어들었다. 내가 바꾸려던 참이었는데, 하는 맥빠지는 소리를 듣고 나왔다. 식당의 문을 밀쳤다. 허탕이었다. 가구점으로 들어갔다. 주인은 미친놈처럼 웃었다. 다시 뒤를 돌아보았다. 행인들에게 가려 리어카는 보이지 않았다. 약국, 빵집, 식품점을 지나 수예점에서 돈을 바꿨다. 아들 운동회에서 달리기를 할 때처럼 숨이 닿도록 뛰었다.

"……?"

복천은 우뚝 섰다. 그럴 리가 없었다. 눈을 비볐다. 그러나 없었다. 분명 리어카는 보이지 않았다. 복천은 그 자리에서 몇 바퀴 뺑뺑이를 돌았다. 괴상한 소리를 질렀다. 그리고 돈을 바꿔온 반대쪽 길로 뛰기 시작했다. 얼마 후에 되돌아왔다. 입가에 거품을 문 복천의 눈에서는 이상한 빛이 내뻗치고 있었다. 이 골목, 저 골목을 헐떡거리며 뛰고 있었다. 흡사 미친 사람이었다.

장사를 시작하고 보름이 못 되어 당한 일이었다.

"정녕 위디다 묘를 잘못 썼는갑소이? 원 시상에 무신 놈에 일이 요렇크름 꾀일께라, 꾀이길?"

떡장수 여인의 탄식이었다.

"참말로 요상허요, 요상해. 나도 고상깨나 허고 오장육보가 썩어내리는 꼴 당해감서 이날 입때꺼정 살아옴시로 의지웂는 것이 젤로 서러바서 돈으로넌 못 도와도 맘으로라도 도울라고 혔는디, 참말로 재수도 더럽게는 읎소이."

여인의 남편도 어이없고 기가 막히는 모양이었다. 그리고 그런 도둑놈을 조심하라고 미리 가르쳐주지 못한 자신의 잘못을 후회했다. 그렇지 않았으면 거스름 잔돈을 넉넉히 준비하라는 말만은 잊지 말았어야 했을 거라며 안타까워했다. 장사가 거스름돈을 넉넉히 준비하는 것은 입에 올릴 것 없이 너무 뻔한 일이어서 말을 하지 않았다는 것이었다. 택시

운전수를 빼놓고는 어느 장사고 잔돈이 없어 이익을 보는 경우는 없다는 것이었다. 복천은 아무 할말이 없었다. 모두 자신의 잘못이고, 미숙한 데다가 욕심까지 부린 자신의 탓일 뿐이었다.

양복 입은 청년말고도 패거리는 두어 놈쯤 더 있을 거라는 것과, 정작 리어카를 끌고 간 놈은 패거리 중의 다른 놈이었을 거라는 것과, 소매치기나 날치기 같은 놈들이 옷은 더 기막히게 잘 입고 다닌다는 것과, 심지어 정거하려고 속도를 늦춘 택시를 잡는 체하며 뒷바퀴에 일부러 발을 넣어 치료비조로 돈을 뜯어내는 패거리도 있다는 등의 생전 처음 듣는 말이 많았다.

앞으로 어떻게 해야 될 것인지 뽀족한 수를 찾아내지 못하고 떡장수 내외는 돌아갔다. 그도 그럴 것이 이제 수중에 지닌 돈이 없었던 것이다. 그동안 물건을 팔아 모아진 돈으로는 사흘거리 새 물건을 채웠던 것이다. 상점이 아닌 리어카의 손바닥만한 좌판에 벌여놓은 물건이고 보니 사흘 정도 팔고 나면 뒤를 대지 않을 수 없었다. 다행하게도 오늘이 물건을 할 날이었기 때문에 그래도 수중에는 이틀 간 모은 돈이 남아 있었다. 그러나 그 돈으로 다른 무슨 일을 벌일 생각은 할 수가 없었다. 액수가 적기도 했지만 자신이나 떡장수 내외도 너무 갑작스럽게 당한 변으로 그럴 만한 여유를 가질 수가 없었다.

 잠자리를 뒤척이면서 많은 생각에 시달렸다. 그중에서도, 남의 가슴에 못을 박고 장만한 돈으로 시작한 일이라서 벌을 받느라고 이러는지도 모른다는 생각은 오래도록 마음에서 떠나지 않았다. 자신이 지은 죄가 자신을 괴롭히고 있었다.

 다음날 복천은 버스 정류장으로 나갔다. 리어카를 놓았던 자리에 쪼그리고 앉아 버스에 오르내리거나 길을 오가는 사람들의 얼굴을 샅샅이 살폈다. 점심때가 되어가자 어깨가 더 무거워지고 머리도 한층 뜨거워왔다. 잠자리에서 일어났을 때 벌써 몸은 으시시 냉기가 도는 것 같은가 하면, 어딘가 묵지그리한 느낌으로 심상치 않았던 것이다. 머리가 아픈데다가 너무나 많은 사람들의 얼굴만 보아서 그런지 그 얼굴이 그 얼굴로 구분이 잘 되지 않았다. 그래서 눈을 질끈 감았다 뜨고, 감았다 뜨고 하면서, 자꾸만 흐려지는 양복 입었던 그 젊은놈의 얼굴을 떠올리려고 애를 썼다. 날이 어두워질 때까지 그렇게 앉아 있었지만 헛일이었다. 몰려드는 한기로 으슬으슬 떨며 어둠 속을 걷고 있는 복천은 알아들을 수 없이 중얼거리고 있었다.

 "워디 고히 삭히나 바라, 고 돈이 워쩐 돈이라고, 고히 삭히나 바라. 뱃창새기가 싹 다 썩어 내려앉을 것잉께, 필경 칵 엎혀 꼬드라져 뒤질 것잉께."

그 다음날도, 또 그 다음날도, 연거푸 사흘을 그 자리를 지키다가 복천은 펄펄 끓는 몸으로 쓰러져버렸다.

징그럽게 독하고 몸서리나게 끔찍스러운 몸살이었다. 등 전체가 잘게 부스러진 사금파리처럼 조각조각 금이 가고 깨지는 것 같이 고통스러운 한편으로 전신이 빨랫감을 힘껏 짜대는 것처럼 비비꼬이고 비틀리며 통증이 극심했다. 거기다가 열까지 높아 정신마저 흐릿해지고 어질어질했다. 아무리 참으려고 이를 맞물어도 자신도 모르게 신음소리가 코로 흘러나갔다. 농사일을 하면서도 겪어보지 못한, 난생처음 겪는 무시무시하고 무지무지한 몸살이었다. 마누라를 잃고, 허허벌판 서울이라는 데에 올라와 겪은 온갖 어려움에 지칠 대로 지친 몸이 더는 못살겠다고 일으킨 반란이었다. 아니 그뿐만이 아니었다. 바로 그놈, 양복 뻔지르르하게 뽑아입고는 인간 말종 짓을 한 그 젊은놈에 대한 풀 길 없는 분노와 증오가 속에서 끓다끓다 못해 몸살로 폭발해 버린 것이었다. 복천은 몸을 비비꼬며 끙끙 앓아대면서도 결코 약값을 내놓지 않았다. 딸애가 이러다 큰일 난다며 울고불고 야단이었지만 그는 돈 없다, 괜찮다, 병은 나면 낫는다, 해가며 허리춤에 넣어둔 몇 푼 안 되는 돈을 꼭 움켜잡고 있었다. 그는 다시 해야 될 일이 있었다. 다 아는 병 몸살을 떨치고 일어나면 그 일을 시작할 참이었다. 칼갈이었다.

그놈을 찾아 이틀째 자리를 지키던 날, 한 사람이 나무통을 걸머지고 가며 칼 갈라고 외쳐대는 것을 보았던 것이다. 옳지, 저것이다! 혼잡스럽던 머리가 개운해지는 기분이었다. 칼 가는 것, 그것은 낫을 가는 것이나 마찬가지였다. 아니 낫은 아무나 가는 것이 아니었다. 부엌칼은 김치 나부랭이나 썰고, 가끔 닭 모가지나 자르지 않으면 돼지고기 비곗살을 다루는 데 잘 들게 갈면 그만이었다. 그런 부엌칼쯤은 아무나 숫돌에 대고 문지르면 그만이었다. 설령 숫돌이 없다 해도 급한 때에는 항아리 뚜껑이나 그 아가리에 문질러 써도 임시 변통으로 그럴싸했다. 그러나 낫을 가는 일은 보통 솜씨로 되는 일이 아니었다. 낫 끝에서부터 끝까지 그 어느 한 부분도 날이 넘치거나 처지지 않게 갈아내는 솜씨를 지닌 사람은 농군들 사이에서 농악의 꽹과리 잡이만큼 중요한 위치를 차지했다. 한 마지기의 벼를 베기도 전에 날이 죽어버리는 낫으로 바쁜 추수를 잘하기는 틀린 일이었다. 그런데 복천에게 지게질만큼 자신이 있는 것이 낫 가는 일이었다. 그래서 모내기 때 육자배기를 도맡아 부른 것처럼 추수 때는 남의 낫까지 갈아주는 일로 한층 분주했던 것이다.

그러나 칼갈이로 돈벌이를 하고자 마음을 굳힌 것은 낫 갈기에 자신이 있어서만은 아니었다. 우선 그 일을 시작하는 데는 자본이 적게 들었다. 그리고 자리다툼할 필요가 없었다. 자본으로는 숫돌 한 개를 마련할 돈이면 족했다. 장사는 구색을 맞춰야 된다는 말을 굳이 따른다 해도 판자쪽으로 연장통을 얽어짜면 그만이었다. 정작 밑천이라고 한다면 손님을 끌 목소리겠는데, 목소리로 치자면 읍내를 뜨르르하게 육자배기를 뽑던 명난 목소리가 아니던가. 더군다나 자리다툼을 하지 않고도 돈벌이를 할 수 있다는 것은 무엇보다도 홀가분한 기분이었다. 어쩌다가 어느 골목에서 다른 사람과 맞부딪치지 않으란 법도 없긴 했다. 그러나 이 경우는 공사판이나 시장하고는 아예 다른 형편일 게 분명했다. 혹시 또 기막히게도, 제가 맡은 동네라고 시비를 붙어온다 하더라도 자신이 있었다. 칼갈이를 하는 작자들이 떼거리로 몰려다닐 리가 없었다. 패거리가 아닌 1 대 1이라면 그 어떤 놈이라도 패대기칠 자신이 있었다.

며칠 만에 몸살에서 풀려난 복천은 코끝에 스멀거리는 묘한 냄새를 맡았다. 그것은 속을 뒤집는 역한 냄새였다. 그런데 그 냄새는 여태껏 맡아본 온갖 사나운 냄새를 다 기억해 봐도 딱히 어울려드는 게 없는 야릇하고도 해괴망측한 냄새였다. 그건 서울만이 지니는 서울의 냄새였던 것이다.

그후로 복천은 그 서울 냄새를 심심찮게 맡으며 오늘까지 살아오고 있었다. 목이 타들어 가서 목소리가 나오지 않을 지경이 되어서도 물 한 그릇 얻어마시지 못한 오늘 오후 같은 때는 서울 냄새는 유난히 역하게 속을 뒤집는 것이었다.

살아간다는 것

"애 영수야, 정신차려."

딸애의 목소리가 카랑하게 울렸다. 아마 영수가 조는 모양이었다. 복천 영감은 돌아누웠다.

"인자 그만 허고 자그라. 영자야, 니도 곤헌디 얼렁 자얄 것 아녀."

"어머, 여태 안 주무셨어요? 어디 편찮으세요?"

딸애는 황급히 수놓던 것을 밀치고 다가들었다.

"금메, 공연헌 생각 땀세 잠이 안 온다와."

"저희들도 잘 테니 빨리 주무세요. 너무나 피곤하실 텐데……"

딸애는 곧 불을 껐다.

3등을 한 영수가 기특하다는 생각을 또 하고, 내일은 어느 동네로 가야 할 것인지도 생각하고, 6년이 넘도록 성묘 한 번 못 간 마누라의 묘가 어떻게 되었을까 생각을 하다가 겨우 잠이 들었다.

번쩍번쩍 윤이 나는 검은색 자가용이었다. 자동차는 곧게 뻗어나간 고속 도로를 시원스럽게 달리고 있었다. 운전을 하는 아들 옆에 언제 보아도 곱상한 며느리가 앉았다. 뒷자리 그의 양 옆으로는 두 손자가 앉아서 목청껏 노래를 불렀다. 그는 담배를 물었다. 필터가 달린 고급 담배였다. 불을 붙였다. 가스 라이터였다. 차는 거침없이 달리고 길가의 전봇대가 획획 지나갔다. 점점 목적지가 가까워지고 있는 것이다. 며느리가 콜라를 잔에 따라 넘겨준다. 콜라는 차갑고, 며느리는 역시 환하게 웃는 얼굴이다. 손자놈들이, 더워지기 전에 콜라 빨리 마시라고 성화다. 그러나 그는 콜라를 마실 수가 없다. 목적지가 가까워질수록 마음은 걷잡을 수 없이 설레는 것이다. 백미러에 비친 자신의 모습을 물끄러미 바라본다. 머리칼은 반백이 넘었다. 그러나 흰 와이셔츠며 넥타이 양복이 그런대로 어울려 그다지 흉하게 늙은 모습은 아니다. 손자놈들의 성화에 못 이겨 콜라를 단숨에 마셨다. 그리고 입에서 잔을 떼는 순간이었다. 차로 한 사내가 뛰어들었다. 차가 뺑그르 돌더니 낭떠러지로 굴렀다. 아아…… 소리를 질렀다.

번쩍 눈을 떴다. 꿈이었다. 방안은 캄캄한 어둠뿐, 옆에서는 곤한 잠에 빠진 두 아이의 숨소리만 들리고 있었다. 고향으로 가는 길이었다. 출세한 아들 영수가 모는 자가용을 타고 고향으로 가는 길이었다. 그런데 난데없이 차로 뛰어든 그놈은? 아는 얼굴이었는데……, 그렇지. 이마에 식은땀이 밴 복천 영감은 그만 으스스 떨었다. 그 거지꼴을 한 사내는 큰아들이다. 그때까지 종무소식이던 큰아들이었다. 터무니없는 꿈이었다. 그러나 끔찍스러운 꿈이었다.

다음날 아침에도 여느 때와 마찬가지로 영수놈과 함께 집을 나섰다.

오늘은 어제와 반대쪽에 있는 아파트촌으로 갈 순서였다. 처음 이 일을 시작하고는 무작정 발길 닿는 대로 쏘다녔다. 그러다 보면 해가 저물었다. 길을 잃어버려 애를 먹었는가 하면, 걸어서 집에 돌아갈 시간을 계산에 넣지 않아 아이들의 속을 태우기도 했다. 그리고 며칠의 간격도 두지 않고 같은 동네를 돌다 보니 일거리도 궁했다. 서너 달이 지나면서부터 차츰 길눈이 밝아지기 시작하면서 일거리를 구하는 방법이 터득되고 요령도 생겼던 것이다.

언제부턴가 확실하지 않지만 복천 영감의 머리에는 열다

섯 개의 동네가 구획 정리되어 있었다. 다시 하나의 동네는 큰 두 개의 길로 2등분되었다. 그래서 반은 오전 중에, 남은 반은 오후에 돌면 해가 지기 직전까지 한 동네의 골목골목을 빠짐없이 돌 수 있게 되어 있었다. 그러다, 해가 서산에 걸리면 집으로 발길을 재촉하는 것이었다. 여름과 겨울은 약간 시간의 차이가 있긴 했지만 산동네 어귀의 공중 수도에 다다르면 초저녁 어스름이 깔리곤 했다. 그렇게 한 동네를 하루씩의 일터로 잡고 보니 한번 들른 동네를 다시 찾기까지에는 보름이 걸렸다.

보름 간격으로 한차례씩 도는 데는 특별한 이유가 있어서는 아니었다. 열흘이면 너무 자주고, 한 달이면 또 너무 사이가 뜨는 감이 있어 보름으로 정한 것이다. 그리고 그렇게밖에 정할 수 없었던 이유가 분명하다면 분명할 수도 있었다. 집을 중심으로 사방에, 그것도 걸어서 갔다가 걸어서 돌아와야 하는 거리의 동네를 힘이 닿는 데까지 늘인 것이 열다섯 동네가 된 것이기도 했다.

몇 년째 같은 동네를 상대로 칼갈이를 해오면서도 종잡을 수 없는 일이 있었다. 한 집에서 대개 며칠이나 몇 달 만에 칼을 가는가 하는 문제였다. 아무리 그걸 따져보려 했지만 대중을 잡을 수가 없었다. 물론 집집마다 같을 수는 없다 하더라도 대충 어림짐작은 할 수 있어야 될 텐데 그게 생각처럼 잘 되지가 않았다. 한동안은 그 문제가 몹시 신경을 건드렸던 것이다. 하루의 일거리를 대중 잡을 수 없는 직업으로 어떻게 살아가나 하는 불안 때문이었다. 고깃근이라도 자주 사다먹는 집과 푸성귀만 걸쳐대는 집이 다를 것이었다. 그리고 식구가 많은 집과 식구가 적은 집이 차이가 날 건 분명했다. 그렇다고 모든 집에서 매일 고기를 사다 먹거나 식구가 많기를 바랄 수는 없는 노릇이었다.

생각이 여기에 미치자 적어도 생활 수준이 중이거나 그 이상이 되는 동네를 상대로 해야 된다는 생각이 잇따랐다. 해먹고 사는 것이 어느만큼 자리가 잡혔어야 칼도 자주 쓰게 될 것이고, 그래야 일거리가 심심찮을 것이었다. 그뿐 아니라 생활이 기름기 있게 돌아야 칼도 자주 갈게 될 거였다. 그날 벌어 그날 먹고 사는 가난한 사람들로서는 칼날이 아무리 무디어져도 돈을 내가며 칼을 갈 리가 없었다. 항아리 아가리에다 네댓 번씩 쓱쓱 문질러대면 그런대로 칼 노릇을 할 거였다. 그래서 열다섯 개의 동네를 정하면서도 집들이 번듯번듯한 곳으로 골랐던 것이다.

특히 통술집이나 막걸리집 또는 싸구려 밥집이라도 많이 끼어 있는 동네나 길목은 그 어느 곳보다도 수입이 좋았다. 일반 가정에 비해 거의 하루 종일 칼을 다루고 사는 그런 곳에서는 칼을 그만큼 자주 갈 것은 말할 것도 없었다. 그런 곳의 일거리를 도맡지 못하고 다른 사람에게 빼앗긴다는 것은 임자 없는 떡을 놓치는 것이나 다를 바 없었다. 어떻게 하면 그런 곳의 일을 도맡을 수 있을까? 궁리 끝에 생각해 낸 방법은 간단했다. 하루 이틀 대하고 그만둘 사이가 아니니 우선 칼을 벼 베기 때 낫 갈듯이 잘 갈아주자는 것이었다. 식모들이나 가정 부인들이 아닌, 칼을 다루며 먹고 사는 사람들에게 눈속임이 통할 리가 없었다. 다음 방법은 남보다 돈을 싸게 받는 일이었다. 그러면 주인은 돈을 적게 내서 좋을 것이고, 칼을 다루는 사람은 칼이 잘 먹혀 기분이 좋을 것이었다. 그렇게 되면 자연스럽게 단골이 될 수 있으리라는 계산이었다.

그런 계산은 화살이 과녘에 적중하듯 들어맞았다. 그래서 어느 집에서는 자신이 오기를 기다려 이틀이고 사흘이고 칼을 묵혀두는 집이 생기게끔 되었다. 또 어느 집에서는 돈을 다 치르고 나서는 막걸리 한잔을 권하기도 했다. 밑이 두꺼운 막걸리잔의 술은 두 모금이 채 못 되는 양이었지만 그런 술을 넘길 때면 고향 산천이 눈앞에 어른거리고 코에서는 고향의 땅 내음이 물씬거렸다. 그건 술이 아니라 못내 그리던 고향의 인심이었다.

그런 곳의 일거리는 별로 힘들이지 않고 맡을 수 있었으나 또 남은 문제는 일반 가정을 상대로 하는 것이었다. 음식점이나 술집 같은 데에 일거리가 많다고는 하나 그 숫자가 일반 가정에 비해 어림도 없었던 것이다. 그러니 가정집도 단골을 많이 삼도록 언제나 마음을 써야 했다. 그러나 그건 영업집들을 상대하는 것처럼 그렇게 간단하지 않았다. 칼을 정성을 들여 갈아주면 손 편하게 오래 쓸 수 있는 건 당연했다. 그러나 칼을 잘 갈았는지, 잘못 갈았는지를 뒤섞인 여러 곡식들 중에서 쌀알 보리알 가려내듯 그렇게 확연하게 구별할 수 있는 식모나 아주머니들이 몇이나 될 것인가. 그냥 무턱대고 쓰다가 칼이 잘 안 들게 되면 날이 무뎌졌나 할 뿐이지, 그게 날을 아무렇게나 세워서 그런다는 걸 알아내기란 거의 불가능한 일이었다. 칼을 막 갈아냈을 때 칼날을 엄지손가락 끝으로 살금살금 더듬어 나가며 날이 고르게 반듯하게 섰는지, 엇갈리며 넘치고 처졌는지를 식별해 내는 촉수를 지닌다는 것은 쉬운 일이 아니었다. 열다섯 살 어름부터 지게질과 함께 낫갈이를 하면서 농사일을 10년 넘게 해도 단번에 날이 어떤지를 감지해 내기는 어려웠다. 그런데 숫돌에 칼을 갈아본 일이 없고, 더구나 손가락으로 칼날을 더듬어볼 필요가 없는 여자들로서는 날이 잘 섰는지 어떤지를 알 턱이 없었다. 그런 여자들을 상대로 칼을 잘 갈아주는 일이란 무엇인가. 시간 길게 들이며 팔 아프게 힘 쓰고, 칼 오래 쓰게 해 일거리만 늦어지게 하는, 이중으로 미련한 짓이

살아간다는 것 173

었다. 그럼 아무렇게나 당장 잘 들게만 갈아줄 것인가. 그것이 문제였다. 남의 돈 받고 일을 해주면서 속임수를 쓰다니, 마음 편치 않은 일이었다. 세상이 도둑놈 천지고, 잘사는 사람일수록 거의가 남 속이고 괴롭히지 않은 경우를 못 보았지만 나도 그런 짓을……, 선뜻 마음을 정하기가 어려웠다. 하지만 착하게 살아봐도 알아주는 사람 없고, 양심적으로 바르게 해보았자 남는 건 가난뿐이었다. 남의 등을 쳤든지 속임수를 썼든지 간에 돈 있어 잘살고 보면 아무 거칠 것 없이 떵떵거리고 살면서 위세를 떨었고, 착하고 바르게 살며 가난한 사람은 부자 발밑에 깔려 종 노릇을 면할 수 없었다. 옛날 박 진사네에서 머슴살이를 할 때부터 그런 일은 지겹도록 보았고 쓴물나게 당해왔던 것이다. 박 진사는 대를 불려온 떼부자이면서도 돈에는 짜고 맵기가 소금물 고춧가루물이 못 당할 사람이었다. 그가 재산을 자꾸 불려나간 것은 짜고 맵게 소작인들을 비비틀어댄 덕이었다. 박 진사는 가뭄이고 홍수고 가리지를 않았다. 가뭄이나 홍수는 사람의 힘으로는 어찌할 수 없는, 하늘이 하는 일이었다. 그런데도 박 진사는 전혀 사정을 보아주지 않았다. 정해진 소작료 그대로 쌀을 바치라는 호령이었다. 그 호령은 소작인들은 다 굶어 죽으라는 소리나 마찬가지였다. 그러나 우리가 게으름을 피운 것도 아니고, 농사 실수를 한 것도 아니고, 하늘이 일으킨 변고이니 좀 사정을 봐달라고 말하는 사람이 없었다. 그렇게 나서는 사람의 신세가 어찌 되는지는 뻔했기 때문이다. 그 옳은 말은 입바른 소리가 되어 그 사람은 다음해에 제꺼덕 소작을 떼이고 말았다. 그나마 소작을 떼이는 것은 곧 굶어 죽는 일이니 옳은 말이라고 하고 나설 도리가 없었던 것이다.

한 해 농사가 좁쌀 몇 말을 거둔 신세가 되더라도 정해진 소작료는 꼬박 바칠 수밖에 없었다. 그 소작료는 바로 박 진사한테서 장리변을 낸 쌀이었다. 장리변을 내서 소작료를 바쳤으니 아무리 허리끈을 졸라매며 시래기죽을 끓여도 햇보리가 나기까지는 또 장리쌀을 얻어야 했고, 새 농비를 대려면 또 장리쌀을 빌리지 않을 수 없었다. 빚에 빚이 얹히는 생활 속에서 소작인들은 점점 더 박 진사에게 꼼짝달싹할 수 없는 종 신세로 묶여갔다. 그 신세의 막장이 열세살 딸을 내놓으라면 내놓을 수밖에 없었고, 더러는 마누라를 하룻밤 내놓게 되는 일도 소리 소문 없이 벌어지기도 했다. 그러나 그렇게 빚이 탕감되는 경우는 예쁜 딸이나 젊은 아내를 가진 소작인에 한했고, 그렇지 못한 소작인들이 빚구덩이에서 벗어나는 길은 한 가지밖에 없었다. 목숨을 건 야반도주였다.

그렇게 인정사정없이 몰아대며 재산을 불려나가니 박 진

사는 해가 바뀔 때마다 농토가 늘어났고, 머리 조아리는 소작인들도 늘어났으며, 그럴수록 박 진사의 권세는 풍선 부풀듯 커져갔다. 물론 박 진사만 특별히 고약한 지주인 것은 아니었다. 하늘이 내린 액운을 사정 보아주는 후한 지주가 드물 뿐, 이 세상 지주란 거의가 박 진사와 어슷비슷했다. 그나마 인심이 후하다는 농촌에서도 그 지경이었다. 부자치고 도둑놈 아닌 놈 없고, 하늘 바르게 쳐다볼 놈 없다는 옛말은 괜한 말이 아니었던 것이다.

그런데 인심 사납다고 널리 소문난 서울, 뻘건 대낮에 리어카를 훔쳐 달아나는 서울에서 부자가 된 사람들은 어떨 것인가. 여러 잔소리 필요없이 서울에서 살려면 서울 인심을 따라가는 것이 옳은 일이라 싶었다. 그러니까 그런 요령 부리기 칼갈이는 아주 쉬웠다. 먼저, 바탕 날을 다듬어 세울 때 칼을 숫돌 쪽으로 많이 눕히지 않고 반대쪽으로 많이 세워 칼을 문지른다. 그러면 날이 빨리 서게 된다. 그런 다음 전체 칼날을 대략 3등분해서 날이 서로 엇갈리게 넘치도록 갈아대면 일이 끝난다. 그렇게 날이 선 칼은 처음에는 쌈빡쌈빡하게 잘 들지만, 얼마 쓰지 않아 날이 무너지고 뭉개져 손목의 덕을 보려고 덤비게 되는 것이었다. 칼 적당적당 갈아 힘 덜 들이고, 자주 칼을 갈게 해서 좀 수월하게 돈벌이를 하는 것쯤 그다지 큰 잘못이라 생각하고 싶지 않았다. 자신이 양심적으로 한다고 해도 다른 칼갈이가 그런 요령을 부려 이익을 취하면 그 피해는 자연히 자신에게 미치게 되었다. 그런 엉뚱한 피해를 입어야 할 이유가 없었다. 피해를 입지 않으려면 자신도 그런 요령을 부리는 것이었다.

  그뿐만 아니라 값을 싸게 받는 문제에도 고민이 따랐다. 식모와 주인을 실수 없이 착착 구분해야 하는 것이 문제였다. 음식점이나 술집의 경우는 언제나 주인이 계산대에 나앉아 있으니까 값을 싸게 해주면 그 이익은 곧 주인에게로 가게 마련이었다. 그러나 가정집에서 생활이 어지간한 집들은 대개 식모를 두고 있었으며, 칼을 갈러 나오는 것도 거의가 그들 식모였다. 모든 집들이 그렇다면 고민일 게 없었다. 그런데 주인이 손수 칼을 들고 나오는 집 때문에 골칫거리였다.

  식모살이를 하는 계집아이들은 하나같이 집이 가난하여 그 고달픈 종살이를 하는 것은 더 말할 것이 없었다. 우선 제 입치다꺼리를 하는 것이고, 그 다음이 적은 돈이나마 알뜰살뜰 모아가는 것이었다. 단 한푼의 돈이라도 요긴한 식모아이들, 그들을 쉽게 단골 손님으로 만드는 길은 칼을 갈 때마다 돈을 손에 쥐게 해주는 것이었다. 그건 간단한 일이었다. 어차피 남들보다 싼값으로 칼을 갈고 있으니까 주인에게 받아가지고 온 돈의 나머지를 식모아이들의 몫으로 주면 되었다. 그것까지는 그럴듯한 생각이었지만 주인이 직접 칼을 갈게 되었을 경우에는 싼값으로 해줄 수가 없었다. 만약 주인에게 싼값으로 갈아주는 실수를 범하게 되면 그동안 식모아이들이 숨겨온 일이 탄로나고 말 것이었다. 아이고메, 그리 되야불면……, 복천은 이 대목에서 정신이 아뜩해지고 고민이 더 깊어졌다.

동네를 두루 돌며 여러 날에 걸쳐 자세히 살펴보니 식모 없는 집보다 있는 집이 훨씬 많았다. 결국 식모아이들 쪽으로 기울어져야 수지가 맞을 것이었다. 그래서 주인이 직접 칼을 갈려고 나오는 경우에는 다른 사람들이 받은 액수와 같게 받을 수밖에 없었다. 식모와 주인을 한눈에 구별하기는 그다지 어렵지 않았다. 가끔 아리송한 때가 없지는 않았지만 손을 보면 금방 알아차릴 수 있었다. 그리고 몇 마디 해보면 더 확실해지기도 했다.

"시악씨 몫으로 쓰라고 싸게 혀주는 것잉께 담부터도 나헌테 갈아야 써. 내 목소리 잊어묵덜 말고. 알겄어?"

돈을 건네면서 꼭 이렇게 다짐을 했다.

"잘 안 드는 칼 갖고 일험시로 애써쌓지 말고 싸게싸게 갈도록 혀. 안 드는 칼로 정재일 헐라면 심이 곱쟁이로 드니께."

이렇게 깨우쳐주기도 잊지 않았다.

그러나 잘못 갈아진 칼을 건네면서 마음 한구석에는 늘 죄진 마음이 뭉쳐져 있었다. 아무리 뻔뻔하자고 생각해도 그 마음을 흔적없이 몰아낼 수는 없었다.

 워디 죄럴 짓고 잡아 짓간디. 다 자석 새끼덜 믹여살릴랑께 죄도 짓고 못된 짓도 허는 것이제. 이 시상 부모넌 다 자석덜 땀세 뻔히 암스롱도 죄인이 되는 것잉께. 그 자석덜이 몸 성히 크고 잘되는 것으로 부모 죄가 씻어지는 것인디, 자석덜 위해 한평상 고상허고 애쓰다가 죽는 것이 부모가 헐 도리고 보람이니께 요까짓 일임사 죄가 되먼 을매나 될라고. 자석덜언 뒤쳐놓고 당장 즈그덜 기름지게 묵고 늘어진 호강허자고 오만 잡놈에 악헌 짓거리넌 도매로 허는 도적놈덜이 오뉴월 칙간에 구데기맹키로 득실득실헌 시상인디 요까짓 것이 죄는 무신 놈에 죄여.

 복천 영감은 이렇게 스스로를 위안하기도 했다.

 문을 열어 닫을 때까지 줄곧 칼질을 해대는 고깃간에서 칼을 갈지 않는 것은 하등 이상할 것이 없었다. 명난 목수일수록 나무만 잘 다루는 것이 아니라 숫돌이나 줄도 그에 걸맞게 잘 다루는 것이나 마찬가지 이치였다. 그러나 큰 음식점일수록 칼을 잘 갈지 않는 것은 이해가 되지 않았다. 거기 칼잡이도 고깃간 칼잡이나 마찬가지겠지, 생각하면서도 왠지 석연찮은 점은 그대로 남았다. 처음 칼갈이를 시작하고

살아간다는 것

나서 잠을 설쳐가며 칼질을 제일 많이 하는 곳이 어딜까를 차근차근 꼽던 중에 음식점도 들어 있었다. 그래서 될수록 큰 음식점을 찾아다니며 일거리를 청했지만 하나같이 팔을 내젓고 쫓아냈다. 자신의 예상이 빗나간 것도 이상했지만, 마치 거지를 쫓아내듯 하는 식당 사람의 매정한 태도가 영 기분 상했다. 칼을 갈지 않으면 그만이지 누굴 거지로 취급하고 들었다. 새삼스럽게 자신의 몰골을 내려다보다가, 아하 그랬을지도 모른다는 생각이 들었다. 때가 절고 색이 바랜 군대용 야전잠바를 걸치고 나무통을 둘러멘 부스스한 꼴이 거지와 별로 다를 것이 없었다. 이런 꼴이라서 갈아야 될 칼이 있으면서도 장사에 방해가 될까 봐 쫓아낸 것일까. 그런 석연찮은 점이 있긴 했지만 우선 거지 취급을 당한 것이 불쾌하고, 거지로 안 보일 만큼 차려입을 옷도 없는 처지라서 큰 음식점은 발길을 끊었던 것이다. 그런데 또 한 가지 이상한 일은 담이 높은 부잣집일수록 칼을 갈지 않는 것이었다. 고깃간이나 큰 음식점은 그렇게 넘긴다 하더라도, 담 높이가 높은 집일수록 칼을 갈지 않는 까닭은 도무지 이해할 수가 없었다. 부잣집일수록 고기 많이 해먹고 가지가지 반찬 걸게 해먹을 테니 칼을 더 자주 갈아야 될 일이었다. 부잣집에서는 칼 가는 일만 도맡은 머슴을 따로 두고 있는 것일까……. 복천 영감의 신경이 거슬리는 것은 그런 부잣집에서 일거리를 달게 구할 수 없어서만이 아니었다. 그 집들이 담이 너무나도 드높은 부잣집이었던 것이다.

복천 영감은 눈에 유별나게 띄는 부잣집을 보면 고양이 개 마주치듯 금세 독이 올랐다. 이를 뿌드득 가는 복천 영감의 눈앞에는 어김없이 박 진사의 얼굴이 떠오르고는 했다.

소작인들을 쥐어짜서 부자가 된 박 진사이기에 밉기도 했지만, 복천 영감에게는 또다른 한이 맺혀 있는 잊을 수 없는 사람이었다. 박 진사는 재산이 늘어갈수록 담을 올려쌓고 집을 늘려갔다. 그리고 아무리 끈질긴 거지도 박 진사네에서 밥술을 얻어먹지 못한다고 소문 나 있듯이 소작인 그 누구도 그 집에 범접할 수가 없었다.

헹, 지놈이 불쌍헌 작인덜 생피럴 을매나 지독시리 뽈고, 사람 못된 짓거리럴 을매나 많이 혔으면 사람 집에 사람얼 그리 범접 못 허게 허겄냐. 지 죄 지가 알아서 무서와 벌벌 떠는 짓거리제. 워디 그놈만 그러간디. 딴 지주놈덜도 다 도적놈이고 강도기년 똑같으제. 지리산 호랭이가 칵 씹어갈 썩을놈덜, 조그덜 속이 도적놈 소굴잉께 넘덜도 다 그런지 알고 담얼 자꼬 그리 높이 쌓아올리는 것 아니겄어. 담이 높을수록 집이 크고, 집이 클수록 담이 높은 것이야 이리 치나 저리 치나 매일반잉께 그렇다 치고, 그놈덜 담이 높으면 높을수록, 집이 크면 클수록 나 이만치 도적질 많이 혔소 허는 표식이고, 가난헌 사람덜 등가죽얼 이리 지독시리 벳게묵었 소 허는 표식 아니냔 말이여. 근디 말이여, 워찌 서울에는 그런 도적놈덜이 이리 쌔고쌘 것잉가 몰라. 이렁께 서울에 부자 많다는 소문이 짜아혔든 게비제. 서울 부자나 시골 부 자나 다 정내미 떨어지는 물건들이여. 에이 퉤!

 복천 영감은 부잣집을 대하면 이렇게 소리 없는 화풀이를 해대며 담벼락에 침을 내뱉고는 했다. 그의 그런 생각은 오래오래 굳어져온 것이었다.

 그런데 서울 부자들은 박 진사는 명함도 못 내놓게 담 치장이 요란스러웠던 것이다. 두 길이 넘는 높은 담도 부족해서 쇠막대기를 꽂지 않았던가. 한데 그 쇠막대기 끝은 누구 배창자를 끌어내리려고 그리도 뾰쪽뾰쪽하게 쇠창살을 또 붙인 것일까. 그러나 어디 그것뿐인가. 어떤 담에는 그 뾰쪽한 쇠막대기 끝이 하나 간격으로 밖으로 내뻗치고 있었다. 호랑이 발톱이라고나 할까, 늑대 이빨이라고나 할까. 더 기고만장한 것은 그런 위에다가 가시 철망까지 또 서리서리 둘러놓은 것이었다. 죄를 졌어도 지옥 기름 가마솥에 처박히거나, 이글거리는 숯불밭을 혀에 구멍이 뚫려 끌려야 하는 죄를 짓지 않고서 어찌 그렇게 사람을 무서워할 수 있으며, 무슨 겁이 그다지도 많이 나는 것인지 이해할 수가 없었다. 그 많은 부잣집들은 서울 인심이 어떤지 거울처럼 비춰주고 있었고, 그건 바로 복천 영감이 진저리치는 서울 냄새였다.

복천 영감은 한사코 그런 집들의 칼을 갈고 싶었다. 또 다른 박 주사인 그들의 칼을 엉망으로 갈아대면서 옛날 그 기분을 다시금 맛보고자 했던 것이다.

손아귀에 알맞게 들어오는, 길이가 짧은 그 칼끝에 온 정성 다해 날을 세워 돼지의 목을 후빌 때의 그 기분. 젊은 복천이 잡는 돼지는 언제나 앞발만 묶여 있었다. 자신이 팔을 등뒤로 묶여 당했던 것처럼. 그래서 돼지는 뒷발로 땅을 차며 목찢어지도록 소리를 질러댔다. 어릿어릿한 기분에 취해 칼을 쥐고 일어서는 복천의 눈앞에는 팔을 묶인 채 내동댕이쳐져 아우성 치는 박 진사가 있었다. 천천히 다가가서 오른쪽 무릎으로 돼지의 앞다리께 몸통을 짓누르며 왼손으로는 두 귀를 틀어잡는다. 돼지는 더욱 발버둥치며 소리를 지른다. 복천의 온몸에는 피가 뜨겁게 솟구친다. 칼을 번쩍 들었다. 그리고 박 진사의 목을 내리찍었다. 시뻘건 피가 뿜어져나오고, 돼지는 무한정 치솟기는 것 같은 비명을 질러대며 마지막 몸부림을 난폭하게 그렸다. 그럴수록 세모로 구멍 뚫린 박 진사의 목덜미에서 솟구치는 시뻘건 피, 그리고 그 발악의 몸부림이 전신을 타고 번지는 아련하면서도 그지없이 뻐근하고도 통쾌한 기분. 어금니를 꾹 물고 눈을 지그시 내려감은 채 뼈 마디마디마다 전해지는 복수의 쾌감에

젖어들었다. 차츰 전율이 약해지다가 끝내 푹 꺼지는 기분과 함께 눈을 뜨면 무릎 아래에는 삐져나오도록 살이 찐 돼지의 주검이 놓여 있을 뿐이었다. 거기에 숨 끊어진 돼지의 몸집만큼 커다란 허탈이 있었다. 그러나 그 허탈은 복천의 울분과 복수심을 어느만큼은 달래고 있었던 것이다.

 1년 중 그래도 일거리가 많을 때는 김장철이었다. 그 한철 재수가 좋은 날이면 평소의 세 배쯤 수입을 올리기도 했다. 그 대목이 지나면 설이 임박해서 또 괜찮았다. 떡가래를 썰자면 칼이 잘 들어야 하기 때문이었다. 차츰 떡가래도 썰어서 비닐 봉지에 넣어 파는 세상이 되어가고 있었다. 그러나 그것은 크게 번지지 않아 아직 염려할 만큼은 아니었다. 아무래도 괘씸한 것은 고깃간이었다. 저희들이 쓰는 칼을 쇠막대숫돌에 칙칙 갈아대서 쓰는 것쯤은 이해가 된다 하더라도 딴 사람이 칼 갈아 밥 빌어먹는 꼴이 그리도 배가 아픈지, 아니면 누구 약을 올리려는 것인지 아예 고기를 썰어서 팔아대는가 했더니, 엎친 데 덮치는 격으로 고기를 들들 갈아서까지 파는 법석을 피우고 있었다. 고깃간 것들은 누가 칼 갈아먹고 살랬느냐고 코방귀를 뀌거나, 정 약오르면 그런 기계를 만들어낸 사람에게 따지라고 할지도 몰랐다. 자기들이야 손님들이 원하는 대로 편하게 해줘서 장사 잘되게 하려는데 왜 말이 많으냐고 되잡고 들면 글쎄 뭐라고 할말은 없었다. 그러나 아쉬운 마음이야 어떻게 버린단 말인가. 칼에 날이 제일 필요할 때는 고기를 썰 때, 그것도 불고깃감으로 얇게 썰 때고, 또 칼날이 제일 잘 죽는 것은 고기를 잘게 다질 때인데, 그 일을 고깃간에서 다 해버리니 일거리 없애는 짓을 도맡아 하는 것은 고깃간이 분명했다. 괘씸하고 얄밉기는 덕석의 보리쌀을 마당에 흩뿌려놓은 장닭의 소행이요, 오랜만에 산 고등어를 물고 달아나는 고양이의 짓거리나 다름이 없었다.

그러나 정작 야속한 것은 비 오는 날이었다. 막벌이를 하는 사람들이면 누구나 비 오는 날을 제일 싫어할 것이었다. 복천 영감은 비가 오는 날에는 꼼짝없이 방에 갇혀야 했다. 하루 종일 축축한 빗소리를 들으며 축축하게 지낼 수밖에 없었다. 휴일이라고는 따로 없는 복천 영감으로서는 그런 날이 유일한 휴일이 되는 것이었지만 하루를 공친다는 초조감 때문에 피곤이 풀리는 것을 느끼지 못했다. 더구나 견디기 어려운 것은 한숨 자고 난 다음에 몰려드는 시장기였다. 걷지도 않고 소리도 지르지 않는데 이상하게도 일하는 날에는 느끼지 못한 시장기가 몰려들었다. 시장기를 떼치려고 다시 이불을 뒤집어쓰고 잠을 청하는 것이다. 그러나 잠은 멀어지고 또 고향의 온갖 추억들이 활동사진으로 차르륵 돌아가기 시작했다. 넓은 들이었다. 거기 초록빛 물결이 부드러운 파도를 일구고 있었다. 그 물결 속을 헤집고 걸어가면 그리도 환하게 뚫리던 가슴과, 느긋함이 가득 차오던 배부름. 모두 내 논이 아니어도 좋았다. 단 한 마지기의 내 논이 없다 하더라도 그 넘실대는 초록빛 물결은 가슴 가득가득 차서 넘치는 뿌듯한 행복감을 느끼게 해주었다. 따가운 햇볕을 밀짚모자로 받아내며 그 초록의 물결 속을 걷노라면 10리고 20리고 다리가 아프지 않았다. 메뚜기가 튀기 시작하면서 그 싱그러운 초록은 누른 황금빛으로 서서히 변해갔다. 좁은 논틀길을 마구 내닫고 싶은, 목청껏 소리라도 지르고 싶은 벅찬 가슴을 억누르며 벼 포기 하나하나를 자식 다루듯 소중히 하다가 언뜻 참새떼 내려앉는 소리에 놀라 후우여, 후우여, 있는껏 목청을 뽑아가며 이 논귀 저 논귀로 신나는 아이처럼 달음박질 치고는 했다. 그런 때 누구의 논인들 상관할 게 있던가. 그러나 어느 논귀에서도 참새떼는 날아오르지 않고, 들녘의 깊은 고요 속에 벼 이삭 살을 올리는 바람결만 사운사운 스치고 있었다. 술 한 말 내기 투전판이 흥겹고, 혼례식 차일 밑의 바글바글 행복이 끓어넘치던 웃음 소리가 귓가에서 역력하게 울리고 있었다. 불볕에 타는 논바닥과 함께 숯이 되어가는 애간장을 쥐어뜯을 수밖에 없었던 가뭄도 있었다. 산도 무너뜨릴 듯한 거센 기세로 밀어닥치는 흙탕물이 온 들녘을 삼켜버리는 홍수가 지기도 했다. 괭이며 삽을 곤두세워 들고 윗마을 사람들과 맞선 물싸움도 있었다. 집을 나서면서 엉겁결에 연장들을 하나씩 찾아들기는 했지만 물이 말라가는 개울을 사이에 두고 막상 맞대고 서면 곤두세워 들었던 괭이며 삽은 슬며시 뒤로 감춰졌다. 그리고 서로가 질세라 판소리 가락에 얹어 고래고래 욕을 퍼댔다. 그러다가 비만 한차례 지나고 나면 언제 물싸움을 했던가 싶게 서로서로 예전의 그 수국꽃 닮은 풍성한 웃음을 주고받았던 것이다.

어서 가리라 했다. 기필코 가리라 했다. 가서 그 땅에 다시 괭이질을 하여 씨를 뿌리리라 했다. 밀린 빚을 다 갚고, 훔쳐낸 소값도 톡톡히 치르리라 했다. 그러나 칼갈이짓을 해서 어느 세월에 고향에 돌아가며, 그 많은 빚을 어찌 다 갚을 것인가 하는 걱정이 앞을 막아서고는 했다. 없어진 논을 다시 찾는 건 고사하고, 한푼의 빚도 못 갚는다 하더라도 알몸일망정 돌아가고 싶었다. 가서 그 간절하던 흙 내음에 취하며 초록빛 물결 속을 한정도 없이 걷다가 죽고 싶었다. 그러면 더는 원이 없을 것 같았다. 어찌되었든 비가 오는 날은 이중 삼중으로 야속한 날이었다.

"벤또(도시락의 일본말) 쌌지야?"

갈림길에 이르러 매일 아침 묻는 말을 또 물었다.

"예, 여기 있어요."

영수놈도 버릇처럼 가방을 들어 보였다. 복천 영감은 또 가방이 너무 헐었구나 생각하고 있었다.

"밥 때맞혀 묵어야 쓴다. 헌디 찬이 있어야제……."

"다른 애들도 다 김치예요. 아부지, 그럼 다녀오세요."

"그려, 차 조심허고."

영수놈의 모자를 바로잡아 주었다. 그리고 아들의 모습이 사라질 때까지 그 자리에 서 있었다.

싸게싸게 커라. 얼렁 커서 큰사람이 되어야 혀. 지닌 것 읎는 이 애비지만서도 꼬꾸라지기 전까지넌 무신 짓을 혀서라도 뒷수발얼 헐 팅께 공부 열심히 허고. 느그 성 꼬라지가 되먼 안 되니께. 불효가 따로 읎는 것이여. 요새 시상에넌 못 배우면 빙신이고, 넘 발 밑에 사는 것잉께로 부지런히 공부혀. 천상 니가 하나 남은 핏줄이니께, 니가 크게 돼야 저 시상에서 느그 엄니도 맴 편케 지낼 것 아니겄어. 지끔도 느그 엄니넌 잠자리가 편치 못헐 것이여. 이 애비가 못나서 요 꼴로 느그덜얼 키우는디 느그 엄니라고 맘이 편헐 리가 있겄냐.

복천 영감은 아들의 모습이 사라진 쪽에서 눈길을 거두어 반대쪽으로 발길을 빨리 했다.

오늘의 일터인 아파트촌도 일거리는 심심찮은 편이었다. 처음 이 아파트촌을 먼발치에서 보고는 무슨 공장들이 저렇게 한군데에 빽빽히 몰려 있을까 싶었다. 그런데 공장이라 하더라도 그 숫자가 너무 많았고, 지나치게 깨끗했다. 그럼 학교일까? 학교라면 무슨 학교가 잇대어 있지 않고 토막토막 떨어져 있단 말인가. 그리고 역시 그 건물의 숫자가 너무 많았다. 창고? 그 많은 서울 사람들이 먹고 사는 쌀을 넣어 두는 창고? 그러나 이것도 저것도 아닌, 사람이 사는 '아파트'라는 이름의 집인 것을 알고 그만 깜짝 놀랐던 것이다. 1·2층도 아닌 5층이나 6층의 높은 건물에 층층이 사람이 산다는 것이었다. 사람들이 살림을 하고 산다는 것이었다. 머리 위에서 불을 때고 그 머리 위에서 또 불을 때고, 오줌똥을 싸고, 그 아래에서 밥을 먹고, 그러면서 자식을 낳고, 또 자식을 키우고, 사람이 사람 위에 포개지고 그 위에 또 얹혀서 살림을 하고 살아간다는 것이었다. 딸은 몰라도 아들을 키우는 데는, 서는 경우 머리 위에 걸리는 것은 대들보요, 눕는 경우에 맞닿는 것은 벽뿐이어야 했다. 그래야 사내가 크게 되고, 이름 높은 사람이 되는 것이었다. 아들을 뉘어 놓고 에미라 한들 어디 감히 머리 위를 지나칠 수 있단 말인가. 어찌됐건 서울 사람이란 보배운 데 없고 징상스러운 인종들이라 싶었다. 그런데 더욱 놀란 것은 그 아파트라는 집이 상상할 수조차 없도록 비싼 것이었다.

  꼭 난리 통에 피난민 수용소로 쓰던 국민학교의 창가에

널었던 것처럼 너절하고 지저분하게 층마다 빨래를 널어둔 꼴과는 반대로 일거리가 심심찮아 아파트라는 집이 비싸다는 것을 수긍하게 되었다. 그리고 좋지 않던 인상도 차츰 가셔져갔다.

칼 세 자루를 갈고 나니 점심때가 되었다. 이 아파트촌에 들어와서는 일거리 찾는 방법을 달리해야 했다. 건물이 대개 5층이나 6층이고 보니 문 하나를 가운데 두고 양쪽으로 집이 층으로 포개져 있는 꼴로, 창문 한 줄이 다섯 가구나 여섯 가구가 되는 셈이었다. 그런데 문과 문 사이의 거리는 보통 집의 담 끝에서 끝까지의 길이가 될까말까였다. 그러니 보통 동네의 골목을 걷는 기분으로 걷다가는 열 발짝 정도를 떼어놓는 사이에 자그마치 열두 집을 지나치게 되는 셈이었다. 더군다나 건물이 높기 때문에 보통 동네에서 하던 것처럼 '카알 가아씨요'를 외쳤다가는 4층 이상 집들의 일거리는 손도 못 대고 말 형편이었다. 그래서 문 하나하나가 바뀔 때마다 문 정면, 그것도 맨 꼭대기층까지 소리가 잘 퍼지도록 멀찌감치 떨어진 곳에서 아예 연장통을 내려놓고 목청을 뽑아댔다. 이때야말로 옛날 그 시원한 찹쌀막걸리 한잔을 걸치고 나서 육자배기를 뽑던 기분으로 목소리를 단단히 가다듬어야 했다. 그것도 한두 번이 아니라 대여섯 번씩 되풀이해서 외쳐댔다. 언젠가는 그 짓이 힘들어 점잖게

문을 밀치고 들어가서 계단을 오르며 소리를 질렀다. 소리를 질러놓고 복천 영감은 제물에 깜짝 놀랐다. 예사로 목소리를 낸 것이었는데 의외로 쩌렁 울렸던 것이다. 그래서 한결 목소리를 낮추었다. 진작 이렇게 할걸. 계단을 오르내리는 수고가 있긴 했지만 소리를 작게 내는 것에 비하면 수고랄 것도 없었다. 이렇게 수월한 방법이 있었는데 왜 그동안 생고생을 했던고, 사람은 소견이 트여야 해, 소견이. 마지막 계단까지 올라갔다가 되짚어 내려오며 이런 생각을 하고 있었다.

"이거 봐, 당신 뭐야!"

고개를 돌렸다. 순경? 복천 영감은 가슴이 덜컥했다. 무슨 잘못이 있어서 순경이 잡으러 왔을까.

"저어……"

"빨리 나가요. 뭐가 잘났다고 떠들어, 떠들긴!"

자세히 보니 순경이 아니었다. 순경 비슷하게 차린 경비원이었다.

잡상인은 이 아파트촌에 발을 들여놓을 수 없는 것이 규칙이지만 주민들 편의를 위해서 눈을 감아주었더니 건방지게 건물 안에까지 들어갔다며, 누굴 병신 만들려고 그따위 짓을 하느냐며 경비원은 등을 사정없이 떠밀어댔던 것이다. 알아야 면장을 하더라고, 아무것도 모르고 저지른 용

감한 실수였다.

  칼은 세 자루 갈았으니 잠시 쉴 겸 해서 그 일을 시작하기로 했다. 쓰레기통을 뒤지는 일이었다. 그것 역시 다른 동네와는 달리 아파트촌에서만 얻는 재미고 수입이었다. 건물 뒤에 붙어 있는 아파트의 쓰레기통은 하나의 계단에 층마다 두 집씩이 배치된 것처럼 양쪽 집 부엌의 사이에 설치된 홈통이 1층에서부터 끝층까지 뻗어 올라가고 있었다. 그러니 6층 아파트인 경우 하나의 쓰레기통에는 열두 집의 쓰레기가 쏟아져내려 쌓이고 있었다. 그 쓰레기통에는 오만 잡동사니가 다 뒤섞여 있었다. 아파트촌을 일터로 잡은 지 얼마 안 되어 우연히 쓰레기 치우는 것을 보게 되었다. 청소부들은 쓰레기를 담아내다 말고 골라내는 물건들이 있었다. 가까이 가서 보니 병, 찌그러진 냄비, 손잡이가 떨어진 잔 등속이었다. 그런 것들은 없는 살림에는 요긴하게 쓸 수 있는 나무랄 데 없는 살림살이였다. 그리고 고물 장수라는 것도 있었다. 시골에서는 엿장수가 할 일을 서울에서는 강냉이장수나 고물 장수가 나눠 하는 것이었다. 강냉이 장수나 고물 장수가 돈으로 바꿔주는 물건은 그 가짓수를 헤아릴 수 없도록 많았다. 그러니 눈여겨보기만 하고, 남보다 먼저 손에 넣으면 길가에서 돈을 줍는 격이나 다름없었다. 그래서 복천 영감은 일거리를 찾아 골목골목을 헤매면서 한눈을 파는 일이 없었다. 녹슨 못 하나, 철사 한 토막이라도 주워서 연장통에 담았다. 활명수병이나 유리 조각도 그냥 지나치지 않았다. 어느 날 재수 좋게 인심 후한 집이 이사가는 경우 같은 때는 연탄 집게나 헌책 나부랭이, 헌 옷가지며 신발까지 한짐을 얻을 때도 있었다. 쓸 만한 것은 골라서 집으로 가져가고, 나머지는 고물 장수에게 넘기면 라면 하나 값이 나올 때도 있고, 그 절반이 생기기도 했다.

그 다음부터 아파트촌에 들르면 청소부들의 눈을 피해가며 쓰레기통을 뒤졌다. 아파트의 쓰레기통은 보통 동네와는 아주 달랐다. 다른 동네들은 쓰레기통이 밖으로 나와 있지도 않았지만 더러 시멘트로 만든, 우직스럽게 생긴 네모진 통이 나와 있다 하더라도 온통 연탄 재로 채워져 있기가 일쑤였다. 그런데 아파트의 쓰레기통에는 연탄 재란 눈 씻고 찾아도 없었다. 한결 뒤지기가 수월하면서도 왜 그럴까, 연탄이 아니면 무엇을 땔까 궁금증은 풀리지 않았다. 스팀이라던가 김이라던가, 뭐 기름으로 물을 끓여서 어쩌고 어쩌고 하기 때문에 연탄을 때지 않는다는 것을 알기는 한참 뒤였다. 연탄 대신 기름을 때는 아파트! 아파트 사람들은 연탄 가스를 마시고 죽을 염려가 없었던 것이다. 아, 그 사람들은 얼마나 좋을까! 아파트에 사는 사람들이 금세 색달라 보였다.

쓰레기통을 뒤지는 재미는 적잖았다. 어떤 때는 바닥은 생생한 채 발가락이 굽어지는 부분만 살짝 터진 운동화가 나왔다. 한번은, 코가 약간 벗겨진 노랑색 여자 뾰족구두 한 켤레를 얻기도 했다. 그 구두를 물걸레로 닦아놓고 보니 말끔한 새것이었다. 딸애에게 약간 커서 콧등에 솜을 넣어 신으니 아주 그럴듯하게 맞아들었다. 반 토막도 넘는 필터 달린 담배꽁초를 한 주먹씩 줍는 것은 으레 있는 일이었고, 꼬부랑 글씨가 씌어진, 단단하게 생겼으면서 마개까지 있는 병을 줍는 것도 드문 일은 아니었다. 그런 병은 기름병이나 간장병으로 쓰면 아주 안성맞춤이었다. 언젠가는 비닐 봉지에 담긴 닭을 찾아들었다. 그 닭은 으레 유리 상자 속에서 빙글빙글 돌아가며 사람 회를 동하게 만들던 전기구이통닭이라는 것이었다. 어떤 배부른 사람들이 두 다리만 뜯어먹고 통째로 버린 것이었다. 벌써 이 사이사이에서는 군침이 스며나왔다. 비닐 봉지를 뜯어 냄새부터 맡았다. 좀 이상했다. 그러나 못 먹을 정도로 심한 것 같지는 않았다. 언뜻 두 아이의 얼굴이 떠올랐다. 그러나……, 설마……. 망설이다가 마음을 다졌다. 어린것들의 속에 배탈이라도 난다면 먹지 않음만 못한 일이었다. 마침 봉지에 후춧가루까지 섞은 소금이 있어서 닭을 맛있게 뜯었다. 그날 밤 자다가 일어나서 변소문을 붙든 채 옷에다가 좍좍 설사를 했다. 이틀 긴이나 일을 못 나가고 서너 차례씩 설사를 했던 것이다. 복천 영감은 상한 닭을 먹은 것을 후회하는 것이 아니라 그것을 아이들에게 먹이지 않은 자신의 현명함에 저으기 만족하고 있었다.

복천 영감은 지금 쓰레기통에다 상반신을 박은 채 신이 나고 있었다. 연한 녹두색 바탕에 꽃무늬를 찍은 도배지 뭉치를 찾아낸 것이다. 물론 벽에서 뜯어낸 종이지만 그대로 버리기는 아까웠다. 방 한 칸을 다 도배하기에는 모자랄 것 같고, 그렇지, 영수놈의 사과 궤짝 책상을 벽지로 다시 발라주면 얼마나 좋으랴. 오늘은 재수가 좋은 날이다. 칼도 벌써 세 자루를 갈았고, 다른 쓰레기통에서 주운 병만도 여섯 개나 된다. 이렇게 신이 나다가 복천 영감은 얼굴을 쓰레기 더미에 처박으며 쓰러졌다. 누가 엉덩이를 걷어찼던 것이었다.

"어떤 새끼야, 재수 없게!"

이런 째지는 소리를 들으며 복천 영감은 허겁지겁 쓰레기통에서 몸을 일으켰다.

고개를 들어보니 청소부가 아니라 커다란 망태를 진 열일고여덟 살 먹은 사내놈이 껌을 질겅이며 서 있었다.

"요런, 대갱이에 피도 안 마른 자석이, 어런이 눈에 안 벼?"

복천 영감은 고함을 질렀다. 그때서야 걷어차인 엉덩이가 얼얼했다.

"어른 좋아하지 말고 이리 나오시지?"

녀석은 여전히 껌을 질겅이며 한쪽 다리를 방정맞게 흔들어대고 서 있었다.

"요런 싸가지 읎는 자석 잠 보소. 잘못했다고 당장 빌어!"

복천 영감은 다시 고함을 지르며 삿대질을 했다.

"이거 왜 이래. 빌 쪽은 오히려 영감일걸? 왜 요새 건덕지는 없고 맹물만 남았나 했더니 바로 당신이 요따위 얌체짓을 했잖아? 꺼지라구, 점잖게 말할 때 꺼지라구."

녀석은 엄지손가락으로 어깨 뒤쪽을 가리키며 연신 다리를 까딱까딱 해댔다.

"요런 버르장머리 읎는 자석, 니놈이 먼디 가라 마라여?"

복천 영감은 녀석의 시건방진 꼴이 밉고, 보배운 데 없는 말버릇에 화가 치밀어 견딜 수가 없었다. 그저 생각대로라면 녀석의 대가리를 시멘트 벽에 짓찧어도 시원찮을 지경이었다. 복천 영감이 그렇게 화가 나서 소리를 지르는데 녀석은 들은 척도 안 하고 딴 짓을 시작한 것이다.

"내 수고를 덜어줘서 고맙지 뭐요."

녀석은 이런 소리를 지껄이며 복천 영감이 모아둔 병을 망태기에다 주워담고 있었다.

"요런 도적놈아, 싯뻘건 대낮에 넘 물건얼……."

복천 영감은 이미 녀석의 멱살을 틀어잡고 있었다.

"이 영감탱이가 미쳤나? 아직도 무슨 뜻인지 못 알아듣겠어?"

녀석은 복천 영감을 빤히 들여다보며 가소롭다는 듯 웃고 있었다.

"그려 못 알아묵것다, 못 알아묵것어!"

복천 영감은 틀어잡은 녀석의 멱살을 흔들었다.

"다시 한 번 말해 줄 테니까 똑똑히 들어. 남의 밥에 더러운 숟가락 대지 말고 썩 꺼지란 말야. 그리고 이거 놔!"

녀석은 말을 끝냄과 동시에 복천 영감의 팔을 느닷없이 후려쳤다. 그 바람에 복천 영감은 녀석의 옷깃을 놓치며 비틀 쓰러지려다가 몸를 가누었다.

"이 자석이 생사람 잡을……."

몸을 바로잡은 복천 영감의 눈에는 여섯 개의 병 중에서 마지막 하나를 망태기에 넣고 있는 녀석의 유유한 모습이 들어왔다. 잔소리를 할 여유가 없었다. 쫓아가 다시 멱살을 거머잡았다.

"요런 도적놈아, 고 병 못 내놓컸어?"

"정말 이거……, 어른 대접할 때 조용히 꺼지라니까. 대접받기가 싫은 모양이지?"

녀석은 유들유들한 표정으로 또 빤히 들여다보는 것이었다. 녀석이 그럴수록 복천 영감은 화가 나서 미칠 지경이었다.

"니 놈이 먼디 이 땅이 니 것이여? 시장이 허락허디야, 면장이 허락허디야. 아, 말얼 혀보랑께?"

"씨팔, 드럽게 유식한 영감탱이네."

녀석은 기가 찬다는 듯 피식 웃었다. 그리고,

"비켜!"

복천 영감의 눈에서는 불이 번쩍했다. 그리고 여지없이 나동그라졌다. 녀석이 안면을 들이받은 것이었다.

복천 영감은 사납게 눈을 쓸었다. 그리고 벌떡 일어섰다. 정신이 핑핑 돌면서도 녀석이 병을 가지고 내빼게 둬서는 안 된다는 생각이었다. 망태기를 지고 일어서는 녀석의 모습이 흔들려 보였다. 복천 영감은 그대로 내달았다. 복천 영감의 머릿속에는 씨름판에서 상대를 보기 좋게 내던지던 자신의 모습이 스치고 지나갔다. 이를 앙다물었다. 녀석의 멱살을 몰아잡으며 온 힘을 다해 허리를 꺾었다. 녀석은 그 큰 망태기를 진 채로 땅바닥에 나가떨어졌다. 그와 동시에 망태기에 들었던 휴지며 고철, 병 같은 잡동사니들이 쏟아져 녀석을 덮다시피 해버렸다.

"요 버르장머리 읎는 자석아, 늙었다고 사람 시퍼 보는갑는디. 이 시상언 뛰는 놈 우에 나는 놈 있는 법잉께. 아무리 철 읎는 나이라고 멋대로 설치지 말 것이여. 암디서나 고렇크름 까불다가넌 갈빗대 뿌러……."

 녀석의 장딴지를 눌러밟고 서서 일장 훈계를 하던 복천 영감은 윽 소리를 지르며 쓰러졌다. 녀석이 휴지 줍는 긴 집게로 후려친 것이다.

"이 개애새끼!"

 녀석은 닥치는 대로 발길질을 해댔다. 옆구리고 가슴이고 허벅지고를 가릴 것 없이 군홧발은 내질러지고 있었다. 복천 영감은 이를 악물고 기를 썼다. 일어서야 했다. 그러나 일어서려다가 쓰러지고, 일어서려다가 쓰러지기를 되풀이했다. 녀석의 발길질은 잠시도 그치지 않고 쏟아졌다. 아찔아찔한 정신 속에서 복천 영감은 다시 날아드는 녀석의 다리를 움켜잡았다. 죽을힘을 다해 팔에 힘을 모았다. 그리고 녀석의 허벅지를 물어뜯었다. 녀석은 숨넘어가는 소리를 질러대며 복천 영감의 머리고 뒷덜미를 마구 내리쳤다. 그러나 복천 영감은 부들부들 떨며 온몸의 힘을 이에다 쏟고 있었다. 그러다가 복천 영감은 상대의 다리를 움켜잡은 팔을 풀고 말았다. 녀석이 눈을 후벼팠던 것이다. 얼굴을 감싼 복천 영감은 그대로 나동그라졌다. 그리고 얼굴에 불이 붙는 아픔에 소리를 질렀다. 저놈 잡아라 하는 어렴풋한 소리를 들으며 복천 영감은 정신이 가물가물해 가고 있었다.

복천 영감이 정신을 차렸을 때는 아파트 경비원이 옆에 앉아 있었고 녀석은 보이지 않았다.

"어서 일어나 피 닦으시오."

경비원이 휴지를 내밀었다. 코피가 터져 얼굴은 말할 것도 없고 목덜미며 옷에까지 피가 번져 있었다.

"노인네가 어린애하고 싸움은 무슨 싸움이오."

"속 모르는 소리 허지도 마씨요. 싸운 것이 아니라 도적놈 잡을라다 요꼴 된 것이오."

"그놈이 뭘 훔쳤길래요?"

경비원은 눈을 휘둥그렇게 떴다.

"나가 쓰레기통서 골라낸 병얼 안 돌라갑디여."

"병이오? 아휴, 난 또 뉘 집 텔레비라도 훔치다가 들킨 줄 알았지."

경비원은 쩝쩝 입맛을 다셨다.

"도대체 병이 몇 개나 됐길래 그렇게 싸웠소?"

"여섯 개였지라."

"뭐요? 아, 병 하나에 몇 푼 한다고 이렇게 피를 흘리면서까지 싸워요. 병 여섯 개가 아니라 60개를 팔아보시오. 그 돈으로 이 핏값이 나오나. 그까짓 병 여섯 갤 가지고 괜히……."

"허, 배부른 소리 허덜 마씨요. 한 목숨 사는 것이 말맹키로 고렇크름 쉬움사 무신 걱정이 있을랍디여. 다 모르는 소리요. 니나 네나 다 한시상 사는 것이제만 고것이 천층만층이니께. 동정 한 닢 땀세 10리럴 걷고, 주먹밥 한 덩어리 땀세 살인도 허는 것잉께. 사람 사는 시상언 다 구구각색이고 한시상 살아간다는 것이 그렇고 그런법이요."

피를 닦아내며 이렇게 중얼거리듯 하고 있는 복천 영감의 얼굴은 우는지 웃는지 구분하기가 어려웠다.

얼마를 맞았는지 몸을 가누기가 어려웠다. 일어서다가 다리에 찌르르 전기가 통해 무릎에 손을 대고 엉거주춤한 꼴로 한동안 서 있었다. 장딴지 살은 떨리는 건지 벌떡거리는 건지 알 수가 없었다. 속에서 살을 떠받쳐올리는 것 같은 아픔은 살이 불룩불룩 솟는 기분으로 위에서부터 아래로 쭉 뻗어내리고는 했다. 다리를 절룩이며 연장통 있는 데로 걸어가서 연장통 멜끈을 들다가 입을 딱 벌렸다. 옆구리가 뜨끔하더니 그 아픔은 살 속 깊이 찌르르 파고들었다. 견디기 어려운 아픔이었다. 연장통 위에 털썩 주저앉아버렸다. 만사가 귀찮고 세상이 싫었다. 꽁초에 불을 붙였다. 연기를 깊게 빨아들였다. 가슴이 막히며 숨이 가빴다. 그리고 잇따라 기침이 터져나왔다. 기침을 참으려고 애쓰는 복천 영감의 한 손은 가슴을 누르고 있었고, 다른 한 손은 옆구리를 감싸잡고 있었다. 기침을 할 때마다 가슴과 옆구리는 견디기 어렵게 쑤시고 결렸다.

 이대로 폭싹 주저앉았으면 싶게 전신이 아프고 팔이 푸들거리며 경련을 일으켰다. 차라리 이대로 죽어버렸으면 하는 생각이 스쳐갔다.

 가까스로 연장통을 어깨에 메고 일어섰다. 연장통은 보통 때보다 몇 갑절의 무게로 어깨를 눌렀다.

 "카알……."

 그만 가슴을 붙안고 쓰러지듯 주저앉았다. 부챗살처럼 퍼지며 가슴 깊이 파고들던 찌르르한 전기는 갑자기 한곳으로 몰려 치뻗어오르는 아픔을 쏟아놓았다. 그 아픔으로 소리는 막혀버렸다. 그런 아픔이 가시지 않는 한 소리를 지르기는 틀린 일이었다. 소리를 외칠 수가 없게 되면 장사도 그만인 것이다……. 복천 영감은 어지러움을 애써 씻어내며 정신을 가다듬었다. 그리고 숨을 고르게 다스린 다음 다시 자세를 바로잡았다.

 "카알……."

 소용없었다. 아픔은 더 거세게 치뻗어올랐다. 속으로부터 치솟는 그 아픔은 살이 불쑥 솟는 것 같은 기분이었다. 그런 아픔은 어지러움과 비린내, 메스꺼움을 함께 몰아왔다.

 복천 영감은 아파트의 잔디밭에 물을 주기 위해 설치된 수도로 가서 목을 축였다. 물을 마시고 나자 사지가 늘어질

대로 늘어졌다. 한 걸음도 떼어놓기가 싫었다.

연장통을 질질 끌어 그늘로 들어섰다. 그리고 연장통을 베개 삼아 누웠다. 아파트의 그림자는 뒤 아파트의 화단 가까이 번지고 있었다. 그림자는 오후 2시쯤인 것을 알려주고 있었다.

눕자마자 눈이 감겼다. 몸이 땅속으로 파묻혀 들고, 커다란 바위가 무너져내리고, 어딘지도 모를 깊은 골짜구니로 떨어져내리면서 버둥거렸다.

잠이 깼을 때는 아파트의 그림자는 뒤 아파트 2층까지 먹어 들어가고 있었다. 이렇게 되면 해는 서산에서 반 뼘도 안 남은 시간이었다. 놀란 복천 영감은 몸을 벌떡 일으켰다. 그러나 아이고메! 소리를 토하며 다시 쓰러졌다.

길게 늘어진 아파트의 그림자를 밟으며 복천 영감은 다리를 절며 걸었다. 재수가 없어도 어지간히 없는 날이었다. 오후에 돌아야 될 아파트촌의 반은 아예 발걸음도 못하고 만 것이다. 오전처럼 세 자루는 못 갈았을망정 한 자루는 틀림없이 갈았을 것이었다. 그런데 몸 상하고 일거리 놓치고, 복천 영감은 뿌드득 이를 갈았다. 그놈이 눈앞에 있기만 하다면 뜯어먹어도 분이 풀릴 것 같지 않았다. 언제든지 만나기만 해라, 제 놈이 망태기 지는 신세를 면하지 못하고 내가 칼 가는 짓을 하는 한 언제 어디서든지 만나게 될 것이다······.

그러나 복천 영감의 마음은 이내 서글퍼졌다. 그 나이에 그렇게 악다구니로 살아야 되는 그 녀석이 무슨 죄랴 싶었다. 녀석도, 자신도, 그리고 자신을 괴롭혔던 사람들도 다 가난에 눌려사는 처량한 신세들이라 싶었다. 불편한 걸음을 옮기고 있는 복천 영감의 손에는 돌돌 만 도배지가 들려 있었다.

"할아버지이, 칼 가는 할아버지."

복천 영감은 걸음을 멈추고 고개를 돌렸다.

"복권 발표했잖아요. 왜 그냥 가세요."

복권 파는 계집애는 언제나처럼 파리한 얼굴로, 그래도 환하게 웃고 있었다.

"오냐, 인숙이냐. 몸 성히 잘 있었냐와."

복천 영감은 무겁던 몸이 금방 가벼워지는 기분이었다. 온통 쑤시고 결리는 몸을 끌다시피 하면서 걸음을 옮기는 데만 급급한 나머지 미처 어디가 어딘지를 분간할 여유가 없었던 것이다. 천상 병든 병아리 새끼 같은 인숙이라는 계집애를 아파트촌에 들르는 길에 만나는 것은 복천 영감의 그다지 많지 않은 기쁨 중의 하나였다.

"할아버지, 빨리 복권 꺼내보세요."

인숙이는 또 행여나 하는 눈길로 복천 영감을 답치고 있었다.

"그려, 그려. 아이고메 허리야……."

복천 영감은 속주머니에 넣어둔 복권을 꺼내려다가 잦아드는 신음을 물었다.

"할아버지, 어디 아프세요? 왜 그러세요?"

인숙이는 연장통을 받들며 눈이 커졌다.

"어머 할아버지, 이게 뭐예요? 피, 피죠? 그렇죠?"

인숙이의 목소리는 겁에 질려 있었다. 복천 영감의 옷에 밴 변색한 피를 본 것이다.

"암시랑 않은 일잉께 걱정 말고 얼렁 요것이나 뽑혔능가 보자와. 얼렁 숫자럴 불러라."

복천 영감은 일부러 기분이 좋은 것처럼 서둘렀다.

"아녜요, 무슨 일이 있었어요. 누가 할아버지를 때렸지요, 그렇죠? 할아버지가 맞아서 피가 난 거죠?"

인숙이의 눈은 눈물이 글썽이고, 목소리까지 눈물이 묻어나고 있었다.

"무신 소리 허는 거여. 아, 이 할애빌 때리기넌 누가 때려? 이 할애비넌 맞고 살 사람이간디? 엎어진 거여, 헛눈 폴다가 엎어져 코럴 깬 것이여."

"거짓말예요. 애들이 넘어지지 어른도 넘어지나요. 어떤 깡패가 할아버질……, 할아버질……."

언제나 노리끼리한 인숙이의 얼굴은 이젠 울상이 되었고, 눈에서는 벌써 눈물이 흐르고 있었다. 그런 인숙이를 물끄러미 내려다보고 섰는 복천 영감의 가슴에는 커다란 멍울이 잡히고 있었다. 그간 이렇게 정이 들었던가. 하긴 서로 의지가 없는 처지니까. 저리 정 많고 착한 것이 어린 나이에 복권을 팔아야 하다니. 가난이 죄고 가난이 원수지. 이런 생각을 하고 있는 복천 영감의 눈앞에는 그날의 일이 선하게 떠오르고 있었다.

눈발이 희끗거리는 오후였다. 복천 영감은 집으로 걸음을 재촉하고 있었다.

"안 돼요, 안 돼요. 백 원에 한 장이란 말예요."

계집애의 울부짖는 소리에 걸음을 멈추었다. 차가운 날씨에 계집애의 목소리는 유독 날카롭고 싸늘하게 퍼졌던 것이다.

복천 영감이 고개를 돌렸을 때, 열서너 살 되어 보이는 계집애는 조그만 책상과, 오버 깃을 펄럭이며 비틀걸음을 옮기고 있는 대여섯 발짝 떨어진 사내 사이에서 종종걸음을 치며 어쩔 줄을 모르고 있었다. 한 걸음씩 멀어지고 있는 사내를 향해서 같은 소리를 외치고 있는 계집애의 목소리는 사내가 비틀거리며 멀어질수록 자지러지듯 눈발 속에 흩어졌다. 제자리에서 팔딱팔딱 뛰면서 어쩔 줄 모르는 계집애의 몸짓은 사내를 쫓으려다가 책상을 염려하고, 책상을 염려하다가 사내를 쫓아야 하는 이러지도 저러지도 못하는 발버둥이었다.

지체할 필요가 없었다. 복천 영감은 계집애 앞으로 급히 다가갔다.

"무신 일인디 이러냐? 나가 맡을 팅께 얼렁 말혀, 얼렁."

계집애는 눈물이 범벅 된 멍한 얼굴로 복천 영감을 올려다보았다.

"아, 싸게 말혀 보랑께. 나가 심이 돼주겄단 말이여."

복천 영감은 속이 끓어 버럭 소리를 질렀다.

"한 장에 백 원짜리 복권을 두 장 가져갔어요."

계집애는 울음을 터뜨렸다.

"백 원 내고 백 원짜리 복권을 두 장 뺏어갔단 말이지야?"

계집애는 고개를 끄덕였다.

"어떤 자석이냐? 저 술 처묵은 놈이지야?"

"예에……."

계집애는 제자리에서 종종걸음을 치며 고개를 크게 끄덕였다. 복천 영감은 연장통을 내려놓고 뛰기 시작했다. 복권이라는 것이 무엇인지 알아볼 여유가 없었다. 그저 돈 내고 사는 물건이려니 했다.

비틀거리며 걷고 있는 사내는 어느새 사람들 틈에 섞여 잘 보이지 않았다.

복천 영감은 사내의 앞을 막아섰다.

"내놀 것이여, 안 내놀 것이여. 싸게 내, 싸게."

"이……, 이런 자식이, 넌 누구야 임마. 내놓긴 뭘 내놔."

아직 날도 어두워지지 않았는데 사내는 술 냄새를 푹푹 내품었다.

"니가 먼디 백 원 놓고 백 원짜리럴 두 장 가지가? 싸게 한 장 요리 내!"

복천 영감은 '복권'이란 말을 했으면 속이 시원하겠는데, 그동안 까맣게 잊어버려 이렇게만 대질렀다.

"비켜, 재수 없게. 당신이 뭔데 잔소리야 잔소리가."

사내는 팔을 휘저었다. 복천 영감은 사내의 멱살을 바짝 틀어잡아 흔들었다.

"정 안 내놀 것이여? 땅바닥에 팍 때기럴 쳐뿔기 전에 못 내놓겄어?"

"네가 뭐야, 뭐냔 말야."

"요런 잡것이. 그려, 내 딸이다 딸. 내가 아부지란 말이여, 요래도 못 내놓겄어!"

복천 영감은 말마디마다 힘을 주며 사내의 목줄기를 쳐올렸다.

"여기, 여기……."

사내는 손을 내밀었다. 조그만 종이쪽이 들려 있었다. 저 종이쪽이 한 장에 백 원이라? 이놈이 능청을 떠는구나. 내가 속을 줄 알아?"

"잡지랄 말고 싸게 내, 싸게."

복천 영감은 또 사내의 목줄기를 사정없이 쳐올렸다.

"이 영감탱이야, 복권 줬으면 됐지 뭘 또 달래는 거야. 아이고 목이야."

그렇지, 복권! 요것이 복권이구나. 복천 영감은 사내의 손에서 종이쪽을 빼앗듯이 해서는 다시 뛰기 시작했다.

계집애는 눈물이 얼룩진 얼굴로 손을 불며 발을 동동거리고 있었다.

"요것이라냐?"

"예 맞아요. 그런데……, 왜 두 장 다 가져오셨어요?"

"머여? 두 장?"

"예, 두 장예요. 백 원은 받았으니까 한 장은 돌려줘야 해요. 어떻게 하면 좋지. 할아버지, 미안하지만 이것 좀 봐주세요. 내가 돌려주고 올게요."

복천 영감은 계집애의 어깨를 잡았다.

"내빌라둬라. 이 추운디 니 울리고 애태운 간으로도 백 원은 싸다. 그라고 그런 도적놈 심뽀럴 지닌 놈헌테 양심적으로 혀도 소양읎다. 다 지가 진 죗값얼 허나라고 그런 것잉께."

이렇게 해서 열네 살 먹은 인숙이를 알게 되었다. 노동하던 아버지가 5층짜리 아파트 공사장에서 떨어져 죽었다고

살아간다는 것 209

했다. 생선 장사를 하는 어머니와 다섯 식구라 했다. 아래로 동생이 셋인 큰딸이었다.

"하이고메 으쩌끄나! 무신 일얼 혔는디 그런 변얼 당혔다는 것이냐?"

복천 영감은 안타까움으로 그만 울상이 되어 물었다.

"벽돌 져 올리다가……."

얼굴이 구겨지며 인숙이가 고개를 떨구었다.

"워쩌끄나! 그 높은 디서 실수럴 혀부렀는 갑구나, 닌장 맞을."

복천 영감은 마구 혀를 차댔고, 인숙이의 파리한 얼굴에는 눈물이 흘러내리고 있었다.

"근디 워째서 엄니는 생선 장시럴 나스고, 니꺼정 요 고상이다냐. 아부지가 일 허다가 그리 되셨는디도 회사에서 아무 도움도 안 주었드라냐?"

"장례비, 장례비만……."

인숙이의 말은 눈물과 함께 목으로 넘어갔다.

"머시여, 장례비만…. 조그덜 회사 일 허다가 죽은 것인디 고것이 무신 짓거리여. 식모살이만 똥값이 아니시. 요런 빌어묵을 놈으 시상이 사람값이 싹 다 똥값이여. 남은 처자석덜언 워찌 살라고……."

복천 영감은 인숙이의 머리를 쓰다듬으며 중얼거리고 있

었다. 날마다 가난한 사람들이 몰려드는 서울에 일거리는 적고 사람은 많고, 법과 시대마저 미숙해 사람값이 제대로 나갈 리가 없었다.

"할아버지, 이것 가져가세요. 7백만 원 탈지도 모르거든요."

복권이라는 것에 대해서 자세히 설명을 해주고 나서 인숙이는 복권 한 장을 복천 영감 앞으로 불쑥 내밀었다.

"아서, 아서, 아니여. 니가 폴아라."

"아니예요, 이건 할아버지 거예요."

"금메 날 줄라 말고 하나라도 더 폴으랑께 그래 쌓냐와."

"싫어요. 할아버지가 안 가지시면 찢어버릴 거예요."

하는 수 없이 복권을 받아들었다. 인숙이는 그 사내에게서 받아온 나머지 한 장을 한사코 복천 영감에게 주려고 했다. 복천 영감의 수고에 대해서 인숙이는 깔끔하게도 인사치레를 하려고 들었다.

"눈 더 퍼붓기 전에 얼렁 들어가그라."

"네, 엄마를 기다렸다가 같이 갈 거예요. 시장에서 곧 오실 거거든요."

인숙이는 오들오들 떨면서도 웃음지었다.

"글먼 나 먼첨 가야 쓰겄다. 근디, 니 다 얼어붙겄는디 워쩔그나."

복천 영감은 떨고 있는 어린것이 안쓰러웠지만 돌아서는

살아간다는 것 211

수밖에 없었다.

"할아버지, 열흘 있다가 발표예요. 안녕히 가세요."

어린것의 얼어붙은 목소리는 거칠어진 눈발 속에서 그대로 고드름이었다.

굳이 잊지 않고 열흘 후에 인숙이를 찾아갔다. 어린것은 강추위에 꽁꽁 얼어 있다가 복천 영감을 보자 금세 봄 기운이 도는 웃음을 지었다. 속주머니에 간직했던 복권을 꺼내 발표된 번호를 인숙이가 부르고 복천 영감은 복권의 숫자를 맞추어나갔다. 허탕이었다. 인숙이는 미안한 얼굴이 되어 제가 다시 맞춰보는 것이었다. 역시 같은 번호는 없었다.

"할아버지……, 어떡해요."

인숙이의 목소리는 들릴락말락했다.

"어허, 무신 소리여. 요것이 워디 니가 허는 일이간디? 자, 돈 여깄다. 존 놈으로 한 장 도라."

"할아버지……, 사시게요?"

인숙이는 난처한 표정으로 복천 영감을 올려다보았다.

"나 일이 급헝께 얼렁 존 놈으로 한 장 뽑아도라. 7백만 원 타면 인숙이 니헌테 반 뚝 짤라줄 팅께."

"저어, 할아버지 맘대로 고르는 거예요."

"아서라, 아서. 맘씨 고운 니가 골라야 재수가 확 티인다. 맘 푹놓고 골라뿌러라."

이렇게 해서 1년이 넘도록 매달 복권 한 장씩을 샀다. 그저 막연하고 답답한 일이었지만 세상일이 그렇게 허망한 것만은 아니라는 생각으로 영수놈을 위해 복권을 사기로 한 것이었다. 눈을 감기 전까지는 무슨 짓을 해서라도 영수놈 공부 뒷바라지를 하리라 마음을 다진 것은 이미 오래 전의 일이었다. 그러나 막상 생각해 보면 부모가 자식에게 남겨 줄 유산이 고작 뻣뻣이 굳은 몸뚱어리밖에 없다면 글쎄, 부모 노릇 했다고 할 것이 없었다. 지성으로 살다 보면 혹시 아는가. 하느님이 보우하사 7백만 원을 받게 되면 그 얼마나 알찬 유산이고, 부모 노릇 당당하게 하는 것인가. 영수놈을 위해서 동전 한푼 저금한 일이 없는 복천 영감은 저금하는 셈치고 매달 복권을 사게 되었고, 허탕이 되고 말면 칼 한 자루 갈지 않은 것으로 여기며 미련이나 아쉬움을 남기지 않았다.

"아, 맘 급해 죽겠다. 싸게 번호 불러라. 이번에넌 7백만 원일지 누가 아냐."

"어떤 깡패 자식이 할아버지를……."

인숙이는 손등으로 눈물을 씻으며 마지못해 책상 앞에 나붙은 당첨자 번호표를 마주 대하고 쪼그리고 앉았다. 복천 영감은 연장통을 멘 채 허리를 구부정하게 하고 서서 귀는 인숙이 쪽에다 있는껏 열어놓고, 눈은 복권의 숫자 하나하

살아간다는 것

나를 놓치지 않고 있었다. 평생의 농사일에다가 몇 년 계속된 칼갈이 일로 거칠대로 거칠어진 뼈마디 굵은 복천 영감의 두 손아귀 사이에서 한 장의 구겨진 복권은 너무 작고, 그 대신 너무 거만을 부리고 있었다.

"됐어요?"

인숙이는 번호 하나를 또박또박 불러놓고는 언제나 이렇게 물었다.

"오냐, 또 남았지야? 얼렁 불러라."

복천 영감은 언제나 이렇게 대꾸했다.

"아이, 어떻게 하면 좋지."

인숙이는 혼잣말을 흘리며 다시 돌아앉아 다음 번호를 부르는 것이었다.

오늘도 벌써 그러기를 네 번째 하고 있었다.

역시 허탕이었다. 복천 영감은 동전으로 백 원을 만들어 인숙이에게 건넸다.

"할아버지, 요새는 잘 팔려요."

인숙이는 언제나처럼 같은 말을 하며 또 미안쩍은 표정이었다.

"나 좋아 사는 것잉께 얼렁 존 걸로 골라라."

복천 영감은 똑같은 말로 대꾸하며 버릇처럼 담배꽁초를 물었다. 어인 일인지 복권 번호만 맞추고 나면 담배 생각이 간절해졌다.

  복천 영감은 다른 날보다 훨씬 늦어서야 공중 수도에 다다랐다. 물통에 물을 받기 전에 가게에서 밀가루 10원 어치를 샀다.

  물이 가득 담긴 물통을 들어내다가 또 입을 딱 벌리며 헛숨을 들이켰다. 골병이 들어도 단단히 들었다 싶었다.

  물지게를 지고 일어설 수가 없어서 양쪽 물통의 물을 반씩 쏟아버렸다. 그걸 지고도 다른 날보다 몇 갑절 힘에 겹게 비탈길을 비척거렸다.

  다행히도 집에는 아무도 없었다. 영수놈이 제 누나를 마중 나간 모양이었다. 복천 영감은 서둘러 웃옷을 벗었다. 그리고 주물러 빨기 시작했다. 본래 핏자국은 잘 지지 않는 것이었지만 다행히 옷이 무늬가 있는 것이어서 덜 빠진 얼룩도 표가 날 정도는 아니었다.

  발을 씻고 있는데 애들이 들어섰다.

  "아부지 오셨군요. 오늘은 왜 이렇게 늦으셨어요?"

  영수놈이 뛰어오며 반가운 목소리였다.

  "그려, 일꺼리가 많이 생겨 쪼께 늦어부렀다."

  "피곤하시겠어요. 근데 저건……."

  딸애는 빨랫줄에 눈을 박고 서 있었다.

  "날이 에진간히 쪄대야 살제. 하도 땀얼 빼서 나가 뽈아

살아간다는 것 215

널어부렀다."

"일도 힘드신데 빨래까지 하시면 어떡해요."

딸애는 곧 울상이었다.

"인자 담부터넌 안 그럴란다. 얼렁 밥이나 묵자."

"예, 곧 차릴게요."

딸애는 곧장 부엌으로 들어갔다.

아이들에게 사고를 들키지 않게 되어 복천 영감은 소리 없이 안도의 숨을 내쉬었다.

저녁밥을 마치고 밀가루로 풀을 쑤게 했다.

온몸이 볏짐을 진 것처럼 무거웠지만 딸애와 함께 있는 정성을 다해 영수놈의 사과 궤짝 책상에 주워온 벽지를 발랐다.

"야, 멋있다. 아부지, 이런 근사한 종이가 어디서 났어요?"

"맘에 드냐?"

"그럼요. 아주 최고예요."

"그려, 맘에 든당께 다행이다. 어떤 아짐씨가 쓸 디 있으면 쓰라고 주드라."

"이젠 공부가 훨씬 잘될 것 같아요."

"하먼 그래야제."

또 옆구리에 찌르르 전기가 통해 복천 영감은 어금니를

꼭 물었다.

"아이구 입만 살아서 큰소리는. 어디 1등만 못해 봐라."

"괜히 누나는 나만 보면 야단이야."

"그러니까 말만 앞세우지 말고 실천을 해보라구. 내가 교복 새걸로 쫙 빼줄테니까."

그날 밤새도록 복천 영감은 끙끙 앓았다.

그리고 이튿날은 기어이 일을 나가지 못했다.

10월도 중순으로 접어들고 있었다.

"카알 가아씨요."

"할아부지, 할아부지 나 잠 봇씨요."

"……!"

복천 영감은 여자의 다급한 목소리에 걸음을 멈췄다. 얼핏 스치는 얼굴이 있었다. 그 처녀! 칼갈이로 나선 둘째 날 첫 손님이 되었던 그 처녀! 복천 영감은 급히 돌아섰다. 가슴이 두근거렸다. 그러나 자신을 향해서 뛰어오고 있는 여자는 생판 모르는 얼굴이었다.

"할아부지가 맞제라? 할아부지 나요, 나."

여자는 복천 영감의 손을 덥석 잡았다.

"뉘기시요? 통 몰라보겠는디요이."

아무리 뜯어봐도 모를 여자였다. 지져볶은 머리, 시커먼

숯칠을 한 눈, 시뻘건 칠이 맥질된 입술, 자신의 손을 잡고 있는 손, 그 짐승발톱같이 긴 손톱에 불그죽죽한 칠을 한 이런 하이칼라 여자로 알 만한 사람은 없었다.

"워메 할아부지도, 참말로 야속허요이. 식모살이 와서 집생각으로 몸살이 나다가 할아부지 목청 듣고 미친년맹키로 좋아하던 나럴 잊어뿌렸당가요?"

"멋이라고? 당신이 그때 그 시악씨란 말이여?"

"금메 그렇당께요."

여자는 복천 영감의 손을 붙든 채 좋아서 어린애처럼 제자리뜀을 했다. 복천 영감도 아가씨 못지않게 반가우면서도 그 거침없는 몸짓에 면구스러움이 앞섰다.

"나넌 할아부지 목청만 듣고 금방 알아묵었는디……"

"그렁께 말이여. 시악씨넌 너무 기맥키게 변해뿌러서 워디 한눈에 알아보겄드라고? 요렁크름 하이칼라가 되야부렀응께로 무신 수로 알아볼 것이여, 글씨."

땋아내린 머리채, 화장기라고는 없이 생긴 그대로의 얼굴, 일에 익었던 거친 손과 아무 치장 없이 길지 않았던 손톱 등, 지난날의 모습이라곤 찾아볼 수가 없었다. 다만 옛기억을 되살려주는 것이 있다면 그 말씨뿐이었다. 옛날 그 수수하던, 아직 다 가시지 않은 촌티가 묻어 있던 차림새도 이젠 복천 영감이 당황스러울 지경으로 변해 있었다. 몸에 찰싹 달라붙은 옷은 가슴은 가슴대로, 엉덩이는 엉덩이대로 드러내고 있었다.

"할아부지 말이 맞지라우. 꼴만 변헌 것이 아니라 사람도 영판 달라졌응께라. 할아부지도 엄청시리 늙어부렀구만이라이."

"하메 몇 년짼가. 다섯 해가 다 안 되어간다고."

"그려라. 5년이 다 차가는구만이라. 할아부지, 섰지만 말고 집으로 들어가실께라?"

아가씨는 앞서서 걸었다. 이 근방에 집이 있다면 무슨 일을 할까. 시집이라도 갔을까. 왜 지난번에는 만나지 못했을까. 그런 생각을 하며 걷는데, 앞서가던 아가씨는 한 술집으로 서슴지 않고 들어갔다.

"할아부지, 얼렁 들어오시씨요. 요 집이 나가 묵고 있는 집이다요."

머뭇거리고 있는 복천 영감을 향해 아가씨가 외치다시피 한 말이었다. 꼴만 변헌 것이 아니라 사람도 영판 달라졌응께라. 조금 전에 아가씨가 아주 수월하게 했던 말이었다. 살림집에서 술집으로, 변해도 이만저만 변한 것이 아니었다. 복천 영감은 무겁게 문턱을 넘어서며 쓴 입맛을 다셨다.

"할아부지, 욜로 앉으시씨요. 밥 잡수셔야제라."

복천 영감은 아가씨가 앉히는 대로 자리를 잡았다.

살아간다는 것

"밥 잡숫기 전에 한잔 드시씨요."

아가씨는 주전자와 잔을 가져와서 복천 영감의 맞은편에 자리를 잡고 앉았다.

"나 밥 묵었네웨. 밥때가 언제라고."

"비문헌(오죽한) 걸 잡수셨을랍디여. 밥 될 때꺼정 술이나 드시씨요."

복천 영감은 조심스레 잔을 들었다. 술은 잔을 넘치게 따라져 있었다. 이렇게 푸지게 꾹꾹 눌러따른 술잔을 받아보기도 얼마 만인가. 그 술잔 속에 자신의 파삭 늙어버린 모습이 얼비쳤다. 참으로 오랜만에 이런 푸진 술잔을 받고서도 복천 영감의 마음은 무겁기만 했다.

―그년이 돈이고 반지를 훔쳐 달아나서 날벼락을 맞은 건 누군데? 이 전라도 개똥쇠 종자들은 곤조가 틀려먹었어. 가, 경찰서로 가!

복천 영감의 귀에는 이런 표독스러운 목소리가 들려오고 있었다. 그때 얼마나 당황스러웠던가.

돈을 훔쳤거나 반지를 훔쳤거나 잡히지 않은 것을 다행으로 여겼었다. 그 돈을 밑천으로 시집이라도 잘 가기를 바랐다. 그런데 이런 술집에서 만나다니. 하기야 직업에 귀천이 없는 세상이니까 제 힘으로 이런 술집을 하고 있다면 얼마나 좋으랴. 서울 땅에서 이만한 술집 하나 가지는 것도 그 얼마나 하늘의 별 따는 일인가.

 복천 영감은 잔을 단숨에 비웠다. 그리고 손등으로 입가를 문지르고 나서 입을 열었다.

 "근디, 요런 말 혀서 워쩔란지넌 몰르겄네만, 하도 가당찮은 말이라서 묻는 것잉께 새겨듣드라고. 긍께 그전 집주인이 말이시, 돈이랑 반지럴 돌라갖고 도망갔다고 허든디……."

 복천 영감은 더듬거리듯 조심스럽게 말을 해나갔다.

 "고것이 무신 소리다요? 고런 잡년이 못허는 소리가 읎네웨. 할아부지가 언제 만냈습디여?"

 아가씨는 갑자기 눈을 부릅떴다.

 "하먼. 항시 댕기는 날짜에 맞혀 시악씨 동네럴 안 갔드라고……."

 복천 영감은 그때의 일을 자세히 들려주기 시작했다.

 아가씨는 이야기를 들으며 사이사이에, 웨메 고런 문딩이 잡것이, 오살허네 오살해, 위따 염병허등갑다, 호랭이가 칵 씹어갈 년, 이런 욕을 내뱉으며 분해서 어쩔 줄을 몰라 했다.

 "할아부지, 그년이 내 신세럴 요 모양 요꼴로 맹그라뿐 년 아니요. 원 시상에 이리 원퉁헐 수가 있을랍디여."

 아가씨는 또 술을 따라 권하며 말을 시작했다.

 그 집은 아이들 셋에 내외, 시동생까지 여섯 식구였다.

살아간다는 것 221

일요일이었다. 주인 아주머니의 친정에 무슨 잔치가 있어 온 식구가 집을 비웠다. 아주머니는 한군데도 빼지 말고 집 안 청소를 말끔하게 해놓을 것을 당부했고, 애들 옷에다가 홑이불까지 뜯어서 하루종일 쉴 틈이 없을 만큼 일거리를 떠안겼다. 그리고 애들 삼촌이 나가면 혼자니까 문단속 잘 하라고 몇 번이나 일렀다.

대문을 닫아걸기 무섭게 돌아서서 빨랫감을 챙겼다. 아주머니의 팔팔한 성질을 잘 알기 때문에 잠시도 지체할 수가 없었다. 빨래를 다 빨아 널었을 때는 점심때가 가까워 있었다. 냉수를 한 사발 들이켜고는 곧 청소를 시작했다.

응접실을 닦고 있었다. 소파가 놓여 있는 그 마루방은 집 안 청소를 할 때 제일 정성을 들여 하는 곳이었다. 아주머니는 방보다도 거기를 몇 배나 대단하게 간수했기 때문이다. 손님들을 맞는 응접실이 깨끗해야 인상이 좋아진다고, 응접실이 지저분한 집치고 잘돼 가는 집 못 보았다며 마루방 청소를 할 때마다 쫑알거렸고, 청소를 하고 나도 이것저것 흠을 잡으며 까다롭게 굴었던 것이다. 그래서 방바닥은 한 번 닦고 말아도 응접실은 서너 번씩 닦게 되었다.

무릎을 꺾고 엎드려 마룻바닥에서 뽀독뽀독 소리가 나도록 힘을 주어 닦고 있었다.

"웨메!"

누가 갑자기 뒤로부터 허리를 끌어안았던 것이다. 애들 삼촌이었다.

"여그 놓씨요. 워째 이러시요."

그녀는 몸을 비틀었다. 그러나 빠져나올 수가 없었다. 두 다리는 삼촌의 양쪽 다리 사이에 끼었고, 허리는 꼼짝을 할 수 없게 팔에 감겨 있었다.

"금메 말로 허씨요, 말로⋯⋯."

그녀의 목소리는 겁에 질려 떨렸다.

"⋯⋯."

삼촌은 대꾸가 없었다. 더욱 다리에 힘을 주어 조였고, 허리를 감은 팔로는 그녀의 몸을 한사코 뒤로 추슬렀다. 그녀의 몸을 뒤로 추스를 때마다 삼촌은 자기 몸을 앞으로 밀쳤다. 그러면서 삼촌의 숨소리는 차츰 거칠게 빨라졌고, 그럴수록 그녀의 몸을 뒤로 추스르는 속도도 빨라지고 있었다.

"워메 무신 짓이다요. 무신 짓이다요. 요러지 마씨요."

그녀는 울먹이며 두 마리의 개가 머리를 스치고 있었다. 고향에서, 우물로 물을 길으러 나가던 이른 아침이면 얄궂게 뒤로 맞붙어 있었던 두 마리의 개. 그 얼굴 화끈거리게 민망한 꼴! 그녀의 가슴엔 뜨거운 것이 확 솟았고, 자기의 그 부분을 눌러오는 거북스러운 것을 느끼고는 입술을 깨물며 부르르 떨었다.

"이러덜 마씨요. 안 되어라, 지발 이러덜 마씨요."

그녀는 기를 쓰며 빠져나오려고 했다. 그러나 손바닥을 서너 번 옮겨서 기어간 것밖에는, 허리를 감은 팔이나 다리를 조여드는 압박에서 빠져나올 수는 없었다. 자신이 버둥거릴수록 삼촌의 힘은 더 억세지고 있었다. 손바닥을 서너 번 옮겨 기었지만 삼촌은 거머리처럼 찰싹 붙어 따라와 버렸다.

"살려줏씨요, 살려줏씨요!"

그녀는 울부짖으며 어머니의 목소리를 듣고 있었다. 집 떠남서부텀은 이 시상 남자는 싹 다 도적놈덜이고 짐승이라고 생각혀라. 여자넌 몸 더렵혀불면 끝장나고 마는 것잉께. 밤에는 꼭 문단속 잘허고, 낮이라도 항시 맘 놓고 살어서는 안 된단 말이여.

그녀는 죽을힘을 다해 몸부림쳤다. 땀을 삐질삐질 흘리며 몸부림치던 그녀는 끝내 팔다리를 내뻗고 말았다. 그녀의 얼굴은 땀 범벅이었다.

치마를 헤집고 드는 것이 있었다. 손이었다. 그녀는 다시 벌떡 일어났다. 그러나 얼마를 가지 못하고 다시 쓰러졌다.

"엄니, 나 죽어!"

마룻바닥에 눕혀진 그녀는 걸레를 몰아잡은 채 파르르 떨었다.

아랫입술을 깨문 그녀의 얼굴은 창백했고, 눈꼬리에서 흘러내린 눈물은 머리카락 속으로 번지고 있었다. 그녀 위에서 남자는 정말 성난 짐승으로 변해 있었다.

"아가리 함부로 놀리지 마!"

그녀에게서 떨어져 나간 남자가 숨을 헐떡거리며 사납게 말했다. 그녀는 왈 터져나오는 울음을 꿀꺽꿀꺽 삼켰다.

몸 간수 잘혀야 허디끼 요것도 늘 깨끗허니 뽈아야 혀. 요것이 깨끔해야 거그도 깨끔헌 법잉께.

어머니가 햇볕에 바랜 광목으로 새로 만든 그것을 다섯 개 넣어주며 다시 다짐한 말이었다.

"집 잘 봐."

멀리서 들리는 그런 말과 함께 쾅 대문 닫히는 소리를 듣고 그녀는 눈을 번쩍 떴다. 환한 대낮, 집 안은 아무 일도 없었던 것처럼 조용할 뿐이었다. 울컥 울음이 솟았다. 그녀는 걸레를 움켜잡은 손등에 얼굴을 묻고 엎드려 울고 또 울었다.

그날 밤 잠결에 가슴이 답답하여 버둥거리다가 눈을 떴다.

"뉘……."

그녀는 소리를 지르려다가 입을 틀어막혔다.

"떠들지 마, 나야."

또 숨을 씩씩대고 있는 삼촌이었다. 그녀는 자신이 알몸인 것에 소스라쳤고, 이미 낮에 당했던 일을 또 당하고 있음을 깨닫고는 몸서리를 쳤다. 그후 삼촌은 매일 밤 그녀를 괴롭혔다. 부엌에 붙은 그녀의 방에는 안에서 잠글 아무런 장식이 없었다. 그렇다고 아주머니에게 알릴 수도 없는 일이었다. 잠을 안 자는 도리밖에 없었지만 야속하게도 잠은 소나기처럼 쏟아졌다. 진종일 일에 시달린 피곤은 끈적끈적한 잠을 불러들였다.

 있어야 될 날에 그것이 없었다. 초조한 며칠이 그냥 지나갔다. 다음달도 마찬가지였다. 그녀는 혼자 애를 태웠다. 아주머니에게 알릴 수가 없었다. 남편까지 손아귀에 넣고 흔들어대는 아주머니에게 머리채나 끌리기 꼭 알맞은 일이었다. 칼 가는 할아버지에게 의논을 해볼까. 얼굴부터 뜨거워졌다. 아무래도 당사자인 삼촌밖에 없었다. 그러나 대학을 다닌다면서도 언제 공부하는 꼴을 본 일이 없는 그 짐승 같은 녀석에게 하면 무슨 말을 하며, 자신의 말을 듣고 무슨 소리를 할지 걱정이었다.

 아주머니 몰래 잡지를 뒤져보고 했지만 임신은 틀림없는 임신인 것 같았다.

 그녀는 마음을 단단히 먹었다. 오늘 밤은 그대로 보내지 않을 작정이다. 삼촌은 이제 마음놓고 제멋대로 그녀의 몸을 더듬었다. 그녀는 꼿꼿이 누워 있었다. 삼촌은 또 숨을 씩씩대기 시작했다.

"내 말 잠 들으씨요."

그녀의 목소리에는 냉기가 흘렀다.

"응, 응? 그래, 그래."

뭐가 응이고 뭐가 그래라는 것인지 모를 일이었다. 개 같은 자석, 염병허네. 그녀는 이를 악물었다.

"말 잠 들어보란 말이요."

"알아, 알아, 날 사랑한단 말이지? 그래, 그래."

"워메 잔생이 사랑헐 잡것이 읎든갑다!"

그녀는 기가 막혀 코웃음을 치고는, 소리를 지르듯 목소리를 높였다.

"조용히 해. 왜 떠들어."

삼촌이 흠칫 놀랐다.

"똑똑허니 들으씨요. 애기가 섰소, 애기가!"

"어? 무슨 소리야?"

"임신혔단 말이요, 임신."

"뭐야? 무슨 개소리야?"

삼촌은 땀이 밴 얼굴로 숨을 헐떡이며 소리질렀다. 그런 얼굴은 너무 무섭게 일그러져 있었다.

"너 그게 정말이냐? 다시 말해 봐, 다시."

"무신 존 소리라고 멫 번씩 혀라."

살아간다는 것 227

그녀는 고개를 돌려버렸다.

"에이, 재수 없이, 비켜!"

그는 그녀 위에서 훌쩍 내려오더니 허벅지를 걷어찼다. 그녀는 그만 숨이 막혔다.

옷을 주섬주섬 입은 삼촌은 문을 밀었다. 그녀는 다리를 붙들고 늘어졌다.

"그냥 가불면 워쩔 판이요. 말 잠 허씨요."

"여기 못 놔? 내가 알 게 뭐야."

그는 다리를 빼려고 했다. 그러나 그녀는 놓치지 않았다.

"그 무신 넋 빠진 소리다요. 누가 헌 짓인디 누가 몰라라."

"식모년이 재수 없게, 누가 새낄 배랬어?"

상상했던 대로였다. 그녀는 물러서지 않았다. 삼촌이 그럴수록 그녀의 마음은 더욱 강해지고 있었다.

"누가 고런 짓 허랍디여? 식모는 여자 아닌 줄 알았습디여?"

"이게 정말, 너 죽고 싶어?"

"죽이씨요. 식모년 한나 죽이고 콩밥 묵을라면 당장 죽이씨요."

"하, 정말 이걸 그냥······, 여기 못 놔, 이 쌍······."

주먹으로 어깻죽지를 내리쳤다. 그녀는 그 아픔을 삼촌의 다리를 더 꼭 붙드는 것으로 참아냈다.

"얼랴, 인자 패기꺼정 허는구만. 그려, 또 패, 또. 온 집안 식구 다 깨게 소리럴 질러뿔 것잉께 또 패보란 말이여."

그녀의 목소리가 치올라갔다.

"야야, 제발……, 그래 나더러 어쩌란 말이냐."

삼촌은 한숨을 내쉬며 주저앉았다.

"애기 임자가 알아서 헐 일이제 나헌테 물으면 무신 소양이 있겄소."

"참 재수가 더러워서……."

삼촌은 머리를 박고 한참이나 앉아 있었다.

"긁어버려!"

고개를 번쩍 들며 한 말이었다.

"무신 소리다요?"

"이런 병신, 따내 버리란 말야. 수술 몰라, 수술?"

삼촌은 곧 삼킬 듯이 눈을 부라리고 있었다.

"못혀라, 그 짓은 죽어도 못혀라. 애기가 무신 죄졌다고 생으로 죽여라."

"이런 촌년이……, 그럼 도대체 어쩌자는 거냐?"

"애기 낳고 항꾼에 부부로 살아야지라."

"뭐라구? 뭐라구? 너 미쳤니? 미쳤어?"

삼촌은 주먹을 쥐고 부들부들 떨었다.

"나도 삼촌 같은 남자넌 죽어도 싫어라. 그려도 워쩌겄소.

한번 몸 베레분 남자허고 평생 함께 살아야 헌다고 우리 엄니가 말해 싼디다가, 애꺼정 배부렀응께 싫어도 항군에 살아야제 워쩔 것이요."

그녀의 진정이었다.

"아이고 사람 미치고 환장하겄네, 요런 돌대가리, 바보, 천치, 그래 너하고 나하고 부부로 어울릴 것 같애? 어울릴 것 같으냐구."

삼촌은 제 주먹으로 제 머리를 마구 쥐어박다가 가슴을 퍽퍽 쳤다가 정신이 없었다.

"누가 어울린답디여? 삼촌보담도 나가 더 싫지만 몸 베레부러서 억지로 살겄다고 허는 것이요."

"알았어, 알았어. 네 맘대로 새끼를 까든지 애새낄 낳든지, 다 너 좋도록 해."

삼촌은 자리를 박차고 일어섰다. 그녀는 다시 다리를 붙들었다.

"또 뭐냐?"

"말 나온 짐에 다 혀뿌러야겄는디, 배불러지기 전에 식을 올려야 쓸 것 아니겄소."

"하! 촌년이 아주 미치고 환장을 하는구나."

"누가 미치고 환장을 혀라. 기왕 헐 것이면 남새시럽게 배……."

"아이고 마나님, 잘 알았습니다. 곧 날짜를 받도록 할 테니까 오늘밤은 이만 주무시도록 하십시다, 제발."

이렇게 해서 삼촌은 자기 방으로 돌아갔다.

그런데 다음날 저녁부터는 그녀의 방에 나타나지 않았다. 예상했던 대로였다. 이틀, 사흘, 나흘. 그녀는 집안 어느 구석에서고 기회를 잡아 말을 걸려고 했으나 실패를 거듭했다. 아침 일찍 나가 밤늦게 돌아왔고, 어쩌다가 단둘이 맞부딪치게 되면 갑자기 커다란 소리로 노래를 불러대거나 해서 지나쳐버리는 것이었다.

그러던 어느 날 아침, 그녀는 망을 보고 있었다. 삼촌은 휘파람을 불며 대문을 나섰다. 그녀는 뒤따라 나갔다.

"나 잠 봇씨요, 삼촌."

삼촌은 여전히 휘파람을 불며 들은 척도 안 하고 걸어가는 것이었다. 못 들었을 리가 없었다.

"알아서 허씨요. 오늘 아자씨헌테 다 말해 뿔 것잉께."

이 말에 삼촌은 획 돌아섰다.

"너 방금 뭐랬니? 뭐, 아저씨한테 말해?"

살기를 품은 눈, 너무 무서운 얼굴에 그녀는 몸을 으시시 떨었다. 그러나 할말은 해야 했다.

"워째 나럴 피해 댕기요, 피해 댕기길. 무신 말이 있어야 쓸 것 아니겄소?"

"글쎄, 난 지금 결혼식에 쓸 비용을 구하느라고 정신이 없는데 넌 왜 남의 속도 모르고 설치니? 너 아저씨 잘 알지? 그 깍쟁이가 돈 대줄 것 같으냐? 아저씨한테 말해? 왜 잘돼 가는 일을 산통 깨려고 까부니? 가만 죽치고 있어."

금방 웃는 얼굴로 목소리도 부드러웠다. 그도 맞는 말이었다. 아저씨가 돈에 인색한 것은 사실이었다. 괜히 속도 모르고 방정을 떨었나 싶었다. 믿자니 의심스럽고, 안 믿자니 믿고 싶고, 긴가민가하며 그녀는 미심쩍게 돌아섰다.

며칠을 그녀는 삼촌의 눈치만 살피며 보냈다. 여전히 그녀의 방에는 나타나지 않았다.

그날 집에는 아주머니와 그녀 단둘뿐이었다.

"애 금자야, 너 이리 좀 나와."

그녀는 하던 일을 멈추고 급히 일어섰다. 그런데 눈앞이 아찔해지며 뭔가 울컥 넘어오는 것 같았다. 그녀는 벽을 짚고 묽은 침을 흘리며 헛구역질을 해댔다.

"애, 뭘 하는 거니?"

"예……."

'예 가요' 하는 말은 나오지 않고 멎으려던 구역질이 다시 솟았다. 그때 벌컥 부엌문이 열렸다.

"옳지, 자알 한다. 어째 요새 하는 짓이 수상쩍어 따지려던 참이었는데, 내 추측이 틀림없군. 이년, 이리 와!"

아주머니는 그녀의 소매를 마구잡이로 끌었다. 응접실까지 끌려나온 그녀는 팔을 뿌리쳤다.

"아니, 이년이 감히 누구한테……. 이년이 서방질을 하더니 못하는 짓이 없구나. 너 요년, 이리 와."

그녀의 머리채를 낚아채려 했다. 그녀는 몸을 피하면서 소리를 질렀다.

"내 몸 망친 것이 누군디. 느그 시동상이란 말이여! 나헌테 손만 대봐라, 아조 니 죽고 나 죽고 헐 팅께."

물러서며 소리를 지르던 그녀는 소파 사이에 놓인 탁자 위에서 유리 재떨이를 집어들었다.

"아니 저것이 미쳤나? 너 왜 그러니, 왜 그래?"

"느그 시동상이 도적놈인디 워째 나럴 잡질라는 것이여. 나도 사람이니께, 되나케나 맞고만 사는 즘생이 아니란 말이여."

그녀의 눈엔 눈물이 그렁그렁 고여 있었다.

"그래, 내가 뭐라던? 네가 임신을 한 것 같아서 알아보려는 것 아니냐. 누가 애아버지인지도 알아야 될 것이고, 그다음엔 어떻게 할 것인지도 의논해야 되잖니. 금자 널 내가 데리고 있는 이상 우선 책임은 내게 있잖겠니. 자, 거기 앉아라."

아주머니는 곧 웃음이 넘치는 얼굴로 나긋나긋한 목소리

였다.

"아짐씨는 소양읎어요. 삼촌허고 식 올리기로 작정혔응께로 아짐씨는 간섭허덜 마씨요."

"무슨 말이야 금자. 식만 올리기로 했으면 뭘 해, 돈이 있어야지. 학생인 삼촌이 무슨 돈 있나? 내가 도와주면 한결 수월하잖아. 자, 나하고 맘 터놓고 얘기하도록 하자구."

그녀는 귀가 솔깃해졌다. 그래서 아주머니의 맞은편 소파에 앉긴 했지만 재떨이는 손에 꼭 쥐고 있었다.

그녀는 차근차근 이야기를 해나갔다. 아주머니는 한숨을 쉬어가며 듣고만 있었다. 그녀의 말이 다 끝나자 아주머니는 대뜸 시골집에 알렸느냐고 물었다. 그녀는 고개만 저었다. 그러면서 울컥 설움이 복받치고 눈앞이 뿌옇게 되었다. 짙은 안개가 낀 듯한 눈앞에 홀로인 어머니의 얼굴이 어른거렸다. 사실 그동안 얼마나 망설였는지 모른다. 몇 번을 편지에 적었다가 찢고는 했었다. 결국 식을 올리게 되면 알리기로 하고 참아왔던 것이다.

삼촌은 아직 학생이고 군대까지 갔다 오려면 몇 년이나 남았는지 아느냐. 스물도 못 된 나이에 시집은 무슨 시집이며, 시집을 가더라도 남편 될 삼촌이 돈벌이를 못하니 거지 꼴을 면치 못한다. 삼촌은 원래 건달기가 있어서 시집을 가도 바람을 피워 속을 썩일 것이다. 이제 앞으로는 월급을 주겠으니 말을 들어라. 아주머니는 별의별 말을 다 해가며 수술하기를 권했다. 자기도 세 번 해보았는데 하나도 아프지 않다고도 했다. 그러나 그녀의 마음은 요지부동이었다. 한 번 몸을 버린 남자를 따라 평생을 살아야 한다는 어머니의 말을 거역할 수 없었다. 몸을 버린 표가 백지에 도장 찍듯이 몸에 찍혀 있을 텐데 어떻게 딴 남자에게 시집을 간단 말인가. 그건 참으로 말이 안 되는 소리였다. 그녀는 견디다 못해 소리를 질렀다.

"인자 엥간이 사람 피 보트게 헛씨요. 골백번 말 씹혀싸도 소양읎단 말이요. 죽었으믄 죽었지 수술언 안 헐 것잉께. 요런 소식 집에도 안 전했겄다, 서울에 아는 사람 하나또 읎는 줄 알고 날 시퍼 보고 수술시킬라고 그래 쌓는갑는디, 무신 소리다요. 칼 갈로 댕기넌 할아부지가 한 고향 사람으로, 죽어뿐 우리 아부지 친구니께, 날 시퍼 보덜 마씨요이."

그녀 자신이 미처 준비하지도 않은 거짓말이 술술 나왔다.
그녀의 이 말에 아주머니는 놀라는 기색을 감추지 못했다.
"알겠다. 정 네 결심이 그렇다면 더 생각해 보자."
새치름한 기색으로 자리를 뜨면서 아주머니가 한 말이었다.

그날 밤 늦게까지 안방에서는 주인 내외와 애들 삼촌이 앉아 있었다. 다음날 점심때가 훨씬 지나서였다.

"금자야, 빨리 나갈 준비해. 예식장 예약하러 갈 테니까, 빨리."

삼촌은 들어서면서부터 수선을 피웠다.

"무신……?"

"이런 바보야, 네가 좋아하는 결혼식을 보름만 있으면 한단 말야. 그러니까 결혼식 할 예식장을 미리 정해놓게 같이 가잔 말야."

이게 무슨 말인가, 이게 정말인가! 어리둥절하면서도 반가움이 솟는 마음을 그녀는 떠밀어냈다. 무슨 속임수가 있을지도 모른다는 경계심이 문득 일어났던 것이다. 그 갑작스러운 태도 변화가 너무 의심스럽고 믿을 수가 없었다.

"날짜를 정했다구요? 보름 후로요? 참 잘했어요."

아주머니가 방에서 나오며 환하게 웃고 있었다.

"얘, 금자야, 뭘 하고 있니. 결혼 날짜를 받고 예식장 예약하러 가재잖아. 너무 갑작스러워 놀란 모양이지? 역시 삼촌답게 시원시원하게 일을 해치우는 구나. 그래 어차피 해결해야 할 것, 빠를수록 좋지 뭐. 얘, 빨랑 옷 갈아입고 따라나서려무나."

아주머니의 말을 믿어야 할지 어쩔지 알 수가 없었다. 모두가 미리 짜고 하는 속임수 같기도 했고, 아닌 것 같기도 했고, 종잡을 수가 없었다.

"얘, 너 뭘 고러고 서 있어? 오라, 너 지금 우릴 못 믿고 의심하고 있는 모양이구나? 어머 참, 별꼴. 그래, 못 믿겠으면 관둬. 기껏 잘 타일러서 제가 원하는 대로 삼촌 마음 돌려놨더니 그런 공도 모르고 사람 의심해. 됐어, 내 할 일 다 했으니까 이젠 네 맘대로 해. 난 더이상 관심 없어."

아주머니가 팩하고 성깔을 부리며 돌아섰다.

"이런 병신, 난 또 왜 그런다고. 알았어. 나도 그럼 관둬!"

삼촌도 홍 콧방귀를 뀌며 돌아섰다.

"아니어라, 아니구만이라. 하도 뜬금없는 소리라 정신이 하나또 읎어갖고 꿈이다냐 생시다냐 험시로…… 의심 안 헝마요. 의심 안 혀라. 얼렁 옷 갈아입고 나올라요."

그녀는 아주머니를 붙들며 다급하게 말했다.

어디 이상한 데를 가자는 것이 아니었다. 예식장을 보러 가자는 것이었다. 속이고, 안 속이고는 가보면 알 일이었다. 사람을 너무 의심하는 것도 병이라며 그녀는 허둥지둥 옷을 갈아입었다. 대학을 졸업한 남편……, 이 생각을 하자 그녀는 그만 얼굴이 달아오르고 가슴이 두근거렸다. 내가 너무 기우는 것 아닐까……, 그런 학식 높은 남편은 감히 기대해본 적이 없었던 것이다.

"금자도 멋쟁인데? 나간 김에 시골 엄마한테 알려야 될 텐데, 시골 주소나 우리 집 주소는 다 알고 있지?"

살아간다는 것 237

아주머니가 물었다.

"시골 주소는 아는디 서울 주소는 봐야 알겠어라우."

그녀는 또 얼굴이 달아올라 고개를 돌렸다.

"그럼 됐어. 서울 주소는 삼촌이 아니까."

"그럼, 그럼. 자, 가자고."

그녀는 아주머니와 삼촌이 마주보며 눈을 찡긋하는 것을 보지 못했다.

그녀는 택시를 타고 시내 중심가로 들어와 어느 큰 건물 앞에서 내렸다. 국민학교를 나왔을 뿐인 그녀의 눈에도 그 건물에 붙은 ××예식장이란 글자는 크고 선명하게 보였다.

건물은 바깥 모양보다 안이 훨씬 더 호화스럽고 으리으리했다. 삼촌은 넓은 홀 가장자리로 줄지어 놓인 의자에 그녀를 앉혀놓고 계단을 뛰어 올라갔다. 사무실에 가서 계약을 하고 올 테니 기다리라고 했다. 그녀는 사방을 두리번거렸다. 설레는 가슴을 주체할 수가 없었다. 서울의 이렇게 큰 예식장에서 결혼식을 한다. 어머니가, 혼자 살아오며 고생한 어머니가 얼마나 좋아하랴. 남편이 될 삼촌이 약간 건들대긴 하지만 아직 나이가 덜 차서 그러겠지. 그래도 서글서글한 데는 있으니까 소견머리 좁은 남자보다는 낫지. 이런 생각을 하는데 삼촌이 뛰어왔다.

"계약이 끝났어. 우리가 식을 올릴 식장을 구경하고 가자."

그녀는 2층으로 이끌려 올라갔다. 넓고 멋들어진 식장이었다. 계속 가슴이 떨릴 뿐이었다. 저 많은 의자에 누가 와서 앉아. 시골에서 올 사람이 몇이나 될까. 친척들이 있긴 하지만 모두 가난해서 어쩌나. 삼촌이 서울 사람이니까 저 자리쯤 메울 수 있겠지.

"저게 드레스야. 금자 맘에 맞는 걸로 골라입고 결혼식을 하는 거야. 어느 게 맘에 드나 골라봐."

커다란 유리 상자 속에는 열대여섯 가지의 하얗고 긴 옷들이 가지가지 화려한 모양으로 걸려 있었다. 어느것 하나 예쁘지 않은 것이 없었다. 저런 옷을 입고 신식 결혼식을 하다니. 복실이, 영자, 복자, 득남이……, 고향 친구들의 얼굴이 차례로 스쳐가고 있었다. 뻐기고 싶었다. 자랑을 하고 싶었다. 읍내에서 빌려다가 입는 그 먼지 끼고 때묻은 구식 예복을 입고 시집을 가는 친구들에게 저리도 예쁜 옷을 길게 늘어뜨려 잘잘 끌며 식을 올리는 자신의 모습을 꼭 보여주고 싶었다.

식당에 들어가서 불고기를 먹었다. 앞으로 돈 쓸 데가 많은데 집에 가서 먹자고 하려다가 촌스럽게 군다고 핀잔이라도 맞을까 봐 돈이 아까우면서도 잠자코 따라 들어갔다.

식당에서 나왔을 때는 석양의 어스름이 엷게 번지고 있었다.

"우리 이 좋은 날을 기념해서 드라이브나 하지? 참, 드라이브란 말 알아?"

그녀는 고개를 푹 숙이며 가로 저었다.

"드라이브란 말야, 자동차를 타고 씽씽 달리며 기분을 내는 걸 말하는 거야."

삼촌은 팔을 빙 돌리며 차가 달리는 시늉을 해보였다.

"어때, 좋지?"

그녀는 고개를 끄덕이기만 했다. 그러나 그녀는 이렇게 허풍을 떠는 삼촌이 싫었다. 차를 타고 달리며 기분을 내는 드라이브라는 것. 차를 타고 달리면 호시야 좋겠지만 돈 안 들이고 될 일인가. 기분을 내는 데 꼭 돈을 써야만 하는가. 큰일을 앞에 놓고 돈 쓸 구멍만 찾는 삼촌이, 결혼하고서도 저런 버릇을 버리지 못하면 어쩌나 하는 걱정에 마음이 무거웠다.

택시는 무서운 속력으로 들판길을 달렸다. 밖은 차츰 어두워지고 있었다. 운전사 때문에도 그녀는 자꾸 손을 뿌리치는데 삼촌은 끈덕지게 치마 밑으로 손을 디밀곤 했다.

"워디로 요렇크름 가기만 헌다요?"

그녀는 견디다 못해 입을 열었다.

"이 바보야, 드라이브란 원래 차가 많이 다니지 않는 길에서 하는 거야. 그래야 속력을 많이 내고, 속력이 빨라야 기분이 통쾌할 것 아냐."

그녀는 또 무안해졌다. 표를 내지 않으려고 애쓰는 데도 자꾸 무식한 표가 나는 것이 안타까웠다.

그녀가 택시에서 내렸을 때는 길가 양쪽에 늘어선 상점들에 불빛이 환하게 밝혀져 있었다.

그녀는 삼촌을 따라 어느 집으로 들어섰다. 여관이었다.

방으로 들어서자마자 그녀를 침대에 눕히고 몸을 덮쳐왔다.

"워째 이러시오, 워째……"

"워째는 뭐가 워째야. 이제 우린 부부란 말야, 부부. 이런 일을 맘놓고 해도 되는 부부라니까."

그녀는 더 이상 대꾸를 하지 못하면서도, 집에서도 할 수 있는 일을 돈 버려가며 여관에서 이러다니, 생각하며 또 돈이 아까웠다. 그러나 그녀는 그전 어느 날 밤에도 느껴보지 못했던 포근한 기분에 싸였고, 그전에는 그리도 밉게 들리던 삼촌의 씩씩거리는 숨소리도 곱게 들렸다.

이마의 땀을 닦아내며 담배를 빨던 삼촌이 그녀에게 물었다.

"목마르지?"

그녀는 고개를 저었다. 그러나 사실 냉수를 한 사발 들이켜고 싶도록 목은 탔다.

"조금만 기다려. 콜라 사올 테니까."

삼촌은 서둘러 옷을 입고 나갔다. 그녀는 지금부터 저리 세심하게 마음을 써주는 것이 고마워 가슴이 뭉클했다.

"그런디……, 할아부지 국 식는디 얼렁 잡숫씨요."

그녀는 이야기를 멈추고 복천 영감에게 식사를 권했다.

"잉, 알겄어. 근디, 그래서 워찌됐드랑가?"

복천 영감은 침을 꿀꺽 삼키며 자리를 고쳐앉았다.

"그 질로 도망얼 가분 것이제라. 연놈덜이 작당을 혀서 날 속여묵었단 말이요."

행여나 행여나 했지만 삼촌은 돌아오지 않았다. 기다리다 못해 밖으로 나왔다.

여관에서 일하는 사내가 가져다 주는 신발을 신고 그녀는 급히 대문 쪽으로 걸음을 옮겼다. 그러나 그녀는 대문을 나서지 못하고 붙들렸다. 여관비를 내라는 것이었다. 돈이 있을 턱이 없었다. 그때까지도 그녀는 여관비 같은 것은 생각도 하지 못했던 것이다. 손바닥을 비비며 사정을 했다. 소용이 없었다. 주인 여자에게 넘겨졌다. 주인은 더 매정했다. 그녀는 할 수 있는 한 자신의 딱한 사정을 털어놓으며 살려달라고 빌었다. 그러나 주인은 더욱 차거워졌다.

"요즘은 촌것들이 더 호박씰 깐단 말야. 야야, 누가 그따위 연극에 넘어갈 줄 아니? 사랑도 좋고 재미 보는 것도 좋지만 여관비도 없는 거지 새끼들이 뭐가 잘났다고 여관 출입이냐. 됐어, 낯짝도 반반하고 몸도 그 정도면 잘 빠진 셈이다. 더구나 그 사투리가 더 매력적이로구나. 새것이란 증거가 될 수 있으니 손님들이 더 구미가 댕겨 하실 거란 말이다."

주인 여자는 이렇게 지껄이더니 그녀를 향해 버럭 소리를 질렀다.

"벌어서 갚아. 갚고 나서 서방을 찾든지 시집을 가든지 네 맘대로 해!"

"밥허고 빨래허는 일밖에 몰르는디 무신 수로 그 돈을 갚아라."

"잔소리 말고 따라와. 돈벌이는 얼마든지 할 수 있으니까."

그녀는 주인 여자에게 끌려 여관을 나섰다. 어두운 골목을 지나고 좁은 길을 몇 번이나 돌아 어느 집에 이르렀다. 그동안 그녀는 한번만 살려달라고 빌다가 서너 차례 쥐어박히기만 했다.

그날 밤 12시가 되기 전에 그녀는 삼촌에게 당했던 그 무섭고 징그러운 일을 두 번이나 치러야 했다. 그런데 두 번째 남자는 시커먼 사내, 흑인이었던 것이다.

며칠 만에 알게 된 그곳의 이름은 파주였다.

유산이 되어 피를 쏟고, 수술을 했지만 결과가 좋지 못해 무던히 고생을 했다. 입원비다 방세다 하여 주인집에 빚은 날이 갈수록 늘었고, 올가미는 자꾸 조여들어 그곳을 빠져나올 길은 막연한 채로 당장 굶주림을 면하기 위해서라도 냉이 흐르는 몸뚱어리를 팔지 않을 수 없었다.

담배를 피우고 술을 마셨다. 성병에 걸렸고 도박에 빠졌다. 서너 번 도주를 계획했으나 그때마다 붙들려 온몸에 구렁이를 감았다. 곤충이 거미줄을 못 보고 걸려들듯이 미처 감시망을 파악하지 못한 때에 저지른 어설프고 부질없는 짓이었다.

세월이 바뀌고 기지촌의 경기가 날로 한산해지기 시작했다. 길가의 상점이 문을 닫는가 하면 포주가 하나씩 짐을 꾸렸다.

결국 그녀가 기식하고 있던 집주인도 짐을 꾸리게 되었다. 주인은 자기가 데리고 있던 일곱 아가씨를 불러앉히고 마지막 인정을 베풀었다. 그동안의 빚은 모두 없던 것으로 하겠다. 이 짓을 그만 청산하기로 했으니 너희들도 앞으로 자유의 몸이다. 고향으로 갈 사람은 가고 다른 계획이 있으면 그 일을 하도록 해라. 나는 배워먹은 짓이 이런 짓이니 이 나이에 무슨 다른 일을 할 게 있느냐. 그래서 서울에 선술집을 하나 잡아두었으니 너희들 중에 막상 갈 곳이 없거나 당장 할 일이 마땅찮으면 나와 함께 있도록 하자. 앞으로는 월급제를 실시하겠다. 그러면서 주인은 아가씨들에게 5천 원씩을 쥐어주었다.

네 명은 떨어지고 세 명이 주인을 따라 서울로 이사를 했다. 그녀도 그 셋 중에 하나였다. 그녀는 못 견디게 고향엘 가고 싶었다. 그동안 한 번도 소식을 전하지 않은 고향, 혼자 사는 어머니의 소식이 미치게 궁금해 고향으로 가려고 했다. 그러나 죽기 전에는 잊을 수 없는, 몇 년이 지나고서도 생각만 하면 가슴에서 불길이 타는, 털끝만큼도 감정이 누그러지지 않는 원한이 맺힌 그 원수들을 서울에 두고 그냥 고향으로 내려갈 수는 없었다. 원수를 갚아야 했다. 어떤 수를 써서라도 원수를 갚지 않고서는 서울을 떠날 수는 없었다. 그래서 갈보업에다가 술집 작부 노릇이 더 붙은 생활을 견딜 수밖에 없게 되었다.

"서울에서 자리럴 잡은 그날로 친구허고 항꾼에 그년 집얼 찾아갔었지라우."

"근디?"

복천 영감은 바짝 다가앉았다.

"참말로 그리도 원퉁헐 수가 있을랍디여. 금메 이사럴 가불고 읎드랑께라."

그랬을지도 모른다. 아가씨를 꾀어냈으니 경찰서로 넘기겠다고 서슬 푸르게 대들던 주인 여자의 독살스런 꼴에 질린 자신도 그후로는 아예 그 골목은 들어서지 않았던 것이다. 아가씨가 그다지 억울한 일을 당한 줄만 알았더라면 그 연놈들을 그저……. 후회해도 소용없고 안타까워해도 엎질러진 물이었다.

"두고 봇씨요. 나가 요롷게 뻔히 살아 있고 즈그덜이 서울서 살먼 기엉코 웬수럴 갚고 말 팅께. 그년 딸이 둘잉께, 고것덜얼 잡아다가 꼭 나가 당헌 만큼만 신세럴 망쳐주고 말 팅께 두고 봇씨요."

그녀는 입술을 깨물며 부르르 떨었다. 그러면서 깊은 한숨을 내쉬었다.

"모르는 소리 말어, 주소 모른다고 혔으니께 요롷게라도 살아남았제 그때 알았다고 혔음사 그 무지헌 것들이 무신 다른 수럴 썼을 것잉마. 죽여부렀을란지도 모른당께. 알아도 모른다고 혔어야제. 하먼, 몰라서 살아난 것이여."

"그렸을께라?"

복천 영감의 말에 그녀는 소스라치게 놀랐다.

복천 영감은 자신의 경험에 비추어 능히 그럴 수 있는 일이라 미루어 생각했다. 복천 영감의 머리에는 잊고 있었던 박 진사에 대한 기억이 너무나 생생하게 다가들고 있었다.

술이 거나하게 취해서 술집을 나섰을 때는 해도 거의 기울어 있었다.

"할아부지, 종종 들리시씨요이."

"그려, 맘 단단허게 묵고 살아야 혀. 항시 요런 꼴로만 살으란 법이 읎는 것잉께. 사람 사는 시상에 한때는 필경 오는 법잉께. 맘 다잡아묵고 살아야 써."

그녀가 쥐어주는 담배를 사양하다가 못 이겨 받아들고 걸음을 옮기는 복천 영감의 가슴엔 서늘한 바람과 훈훈한 바람이 함께 뒤섞여 불고 있었다.

생각할수록 서럽고 원통한 일이었다. 예나 지금이나 가난한 사람은 죄진 일이 없이 어쩌면 그리도 가혹한 벌을 받는지 모를 일이었다. 가난한 것은 죄가 아닌데도 가난한 사람은 그리도 모진 설움과 학대를 벌로 받아야 하는 것이었다. 옛날 자신이 그러했고, 지금 그 아가씨가 또 당하고 있었다. 자신이 당했던 아픔도 아픔이었지만, 그때의 나이가 아가씨와 비슷했고 더욱이 당한 일이 너무 흡사해서 더 분하고 기가 막히는 것이었다.

그래도
내일

스무 살 나던 여름이었다.

초상집 상여를 메고, 장지에서 마신 술로 곤드레가 되어 집에 들어서는 길로 마루에 쓰러져 잠이 들었다.

물이 발목에 차는 개울이었다. 여자와 둘이는 알몸이었다, 여자는 한사코 도망을 가려고 발버둥을 치고 그는 여자를 개울 바닥에 눕히려 애를 먹고 있었다. 그러다가 둘이는 뒤엉켜 쓰러졌다. 그는 숨을 헐떡이며 그 여자를 끌어안았다. 그런데 그 여자는 분이가 아니었다. 분명 분이었는데 끌어안고 보니 생판 모르는 여자였다. 그리고 이상하게도 그 여자는 여자가 지녀야 하는 그것이 없었다. 한참을 낑낑대다가 알아차린 것이었다. 그가 깜짝 놀라 벌떡 일어서자 그 여자는 까르르 웃더니 개울 바닥에서 돌을 집어 내던졌다. 피할 겨를도 없이 돌은 콧등을 때렸다.

 너무 아파 눈을 번쩍 떴다. 눈을 비볐다. 또 비볐다. 어떤 여자가 옆에 앉아 있었다. 그리고 틀림없이 콧등이 얼얼했다. 놀라서 몸을 일으켰다. 그러나 다시 눕고 말았다. 여자가 가슴을 누른 것이다.

 "그냥 누웠드라고, 영판 곤헌갑는디."

 그 목소리, 그때서야 옆에 앉은 여자가 집주인 박 진사의 첩인 것을 알았다. 찬물에 낯을 씻은 듯 정신이 들었다. 그러면서 그것이 발끈 성을 내고 있다는 것을 깨달았고, 퍼뜩 정신이 들자 그것은 순식간에 줄어들었다.

 "원 시상에, 상여 메는 것이 지게짐 지는 것보담 훨씬 심들라고 혀도 워찌 그리 코럴 비틀어도 모르고 자까이. 업어 가도 모르겄네이."

 박 진사의 첩은 나긋나긋하게 감기는 콧소리로 말을 엮어내며 복천의 옷 속으로 손을 디미는 것이 아닌가. 복천은 가슴이 오싹해지며 등에 찬바람이 끼쳤다. 그 무서운 박 진사의 얼굴이 쑥 밀려들었던 것이다.

 "기운도 씨고, 잘생긴디다가 웨메 요 돌떵어리 같은 가슴패기 잠 보소웨. 참말이제 남자 중에 남자시이."

첩의 콧소리는 나긋거리다 못해 끈적끈적하게 감겨들었고, 이미 복천의 가슴팍을 마구 더듬고 있는 보드랍기 그지없는 손은 뜨거울만큼 화끈거렸다. 뻣뻣하게 굳어진 복천은 첩의 손바닥이 옮겨질 때마다 흠칫흠칫 놀라고 있었다.

"워찌 요리도 순디기 남자가 있으까이. 잉, 고것이 숫총각이라는 틀림읎는 표식아니라고. 그렁께 내 속이 요리도 더 타는가 비여."

첩의 손은 뜨거운 간지럼을 태우며 배꼽을 지나고 있었다. 복천은 벌떡 몸을 일으켰다. 첩의 손길을 따라 그것이 다시 성을 내며 일어서고 있는데, 그 맛에 취해 휘둘리다가는 벼락을 맞게 될 큰 일이 닥칠 것이었다. 곧 죽일 것처럼 험한 얼굴로 박 진사가 몸둥이를 치켜들고 들이닥치고 있었다.

"아짐씨, 워째 이러시요. 쥔장, 아니 진사 어런이 알먼 다리몽댕이가, 아니, 당장 숨 끊어지고 말 것인디……."

복천은 부들부들 떨며 말도 제대로 못했다.

"에잉, 고런 근심은 진도 앞바다에 처박아뿔드라고잉. 진사 어런은 족보 맹글라고 문중 회의에 갔응께, 그 회의가 아조 질고 질어서 올라먼 보름도 더 멀었단 말이시. 하먼, 문중이 풍년 든 참외밭 맹커로 벌쭉헝께 회의가 오래 걸리는 것이야 당연지사제. 그렁께 어둠할라 요렁크름 첩첩허니 감춰 주는 판에 머시가 무서운 것이 있난 말이여. 지아무리 꽹

그래도 내일 253

이 눈 맨치로 눈이 볼근 인종도 암것도 못 본단 말시. 복천이, 아무 걱정 말고 맘 푹 놔. 나허고 단둘이뿐인게로 을매나 좋아, 을매나."

첩은 점점 더 끈끈하고 뜨거워지는 콧소리로 이렇게 사설을 엮어내며 손은 아래로 아래로 내려가고 있었다.

겹겹으로 어둠이 쌓인 여름 밤이었다. 어쩌다가 반딧불이 어둠을 가르면, 갈라진 그 자리를 어둠은 이내 흔적도 없이 채워버리곤 했다.

첩은 복천의 목을 감으며 바싹 몸을 붙였다. 복천의 어깨에 뭉클 닿는 것이 있었다. 복천은 또 흠칫 놀라며 몸을 비켰다. 그러나 첩에게 목을 감기고 있었기에 그 뭉클한 감각을 떼칠 수가 없었다. 오히려 다른 부분으로 더 번져갈 뿐이었다. 첩의 젖가슴이 닿는 것임을 느끼며 복천은 비로소 첩이 속이 페비치는 모시옷만 걸친 것을 알았다. 복천은 젊고 예쁜 첩을 끌어안았다. 겁은 말끔히 사라지고 없었다.

첩에게 이끌려 들어가 꿈에서처럼 알몸이 되었다.

"아으 아으 아으 아으……."

첩은 숨 간드러지는 끈끈하고 뜨거운 소리를 마구 흘려대며 이를 딱딱 맞때리는가 하면, 우는 듯 웃는 듯 뒤범벅인 채 복천의 등을 박박 긁어댔다.

한바탕씩 그렇게 불이 붙기를 여섯 번인가 일곱 번인가,

기억이 없었다. 늘어진 발 사이로 별들이 뒤엉켜 빙글빙글 도는 것을 느끼며 복천은 쓰러졌고, 저 멀리로 닭 우는 소리를 어렴풋이 들으며 잠에 곯아떨어졌다.

첩이 흔들어 깨워서 눈을 떠보니 해가 떠오르고 있었다.

복천은 소스라쳐 벌떡 몸을 일으켰다. 해가 떠오르도록 늦잠을 자다니. 박 진사 눈에 띄었더라면 지겟작대기로 등줄기 타작을 당할 일이었다. 머슴에게 늦잠이란 있을 수 없는 일이었다. 사시장철 먼동이 트기 전에 일어나 집 안팎의 일들을 시작해야 했다.

"일 안 혀도 되니께 낮에 잠이나 푹 자도록 혀."

옷을 말끔하게 차려입은 첩은 방문을 나서는 복천에게 나지막한 소리로 일렀다.

아침밥도 먹지 않고 잠을 잤다.

늦은 점심 밥상을 받았다. 정신없이 밥을 퍼넣고 있는데 상 위에 손이 쑥 나타났다.

"언친디 쌀쌀 묵어. 요것도 묵고 껍떼기넌 딴 디 내뿌러."

첩은 달걀 두 개를 상 위에 놓고 돌아섰다.

다시 어둠이 짙어지자 첩은 복천의 손을 잡아끌었다. 복천은 망설임 없이 그녀의 방으로 따라 들어갔다.

첩은 윗목에 두었던 상을 들어왔다.

"달구새끼 곤 것인디 싸게 묵어. 뜨끈뜨끈혔으면 좋겄는

그래도 내일 255

디, 인삼도 한 뿌랑구 넣었응께 묵을 만 헐 것이여. 뼉다구는 다 추래내 뿐 것잉께 그냥 묵기만 혀."

그날 밤도 얼클어졌다 풀어지고, 다시 얼클어졌다 풀어지며 새벽녘이 다 되어서야 눈을 붙였다.

거의 매일 아침나절은 잠을 잤고, 오후에 일을 나갈 때면 첩은 조청 바른 떡이나 된장 양념을 한 돼지고기를 싸주었다.

첩은 날이 갈수록 이상한 말을 하기 시작했다.

어느 날 밤에는 새경을 박 진사 몰래 배로 올려주겠다고 했다. 다음날 밤에는 자기가 좋으냐고 다잡아 물었다. 자기는 이제 복천이 없으면 못살겠다고 하며 목을 얼싸안고 늘어져서 또 이를 딱딱 맞때렸던 것이다. 하룻밤에는 박 진사가 좋으냐고 물었다. 복천은 대답을 못했다. 같은 말을 계속 물었다. 그래서 주인인데 싫고 좋은 것이 어디 있겠느냐고 했다. 그랬더니 첩은 복천의 가슴을 치며 바보 병신이라고 욕을 했다. 남자가, 그것도 시퍼렇게 젊은 나이로 언제까지 남 밑에서 종살이를 할 작정이냐고, 싫으면 싫은 거지 뭐가 무서워 말도 못하느냐고 사납게 꾸짖었다. 자기는 그 박 진산가, 늙은 귀신인가가 꼴도 보기 싫다고 했다. 그 늙은이가 빨리 죽어야 자기 팔자가 피는데 남자 노릇도 못하는 주제에 평소에 좋다는 보약이란 보약은 다 처먹어 빨리 죽지도 않을 것이라고 푸념이었다. 그러다가 대뜸 자기와 도망가서 살자고 했다. 그동안 따로 모아둔 돈도 있고, 앞으로 기회를 봐서 큰돈을 장만할 테니 그때 같이 도망가서 살겠느냐고 목을 끌어안았다.

 복천은 뭐라고 대답해야할지 알 수가 없었다. 너무 갑작스럽고, 너무 놀라운 말이었다. 그런 일은 꿈에도 생각해 본 일이 없었던 것이다. 큰 돈……? 그럼 팔자를 고치는 것 아닌가……? 머슴에서 예쁜 여자의 남편으로 평생……. 아니야, 그러나 잡혀 버리면……? 짧은 순간에 이런저런 생각이 엇갈리고 뒤엉키고 있었다.

 "이잉, 뭐혀? 나 말 안 듣고 자아?"

 끈적한 정이 묻어나는 콧소리를 내며 첩이 복천의 귀를 잡아당겼다.

 "잠은 무신……, 하도 뜬금읊는 소리라 정신이 멍 혀서……."

 복천은 첩을 끌어안으며 침을 꿀떡 삼켰다. 잉, 돈만 많이 챙겨. 은제고 딱 따라나슬팅께. 이 말을 금방 해버리고 싶은 마음이기도 했던 것이다.

 "잉, 그려. 너무 뜬금읊이 말혀서 놀래기도 혔겄제. 근디 놀랠 것 읎어. 남자가 은제꺼정 넘 밑에서 머심살이 혐서 살 것이여. 복천이허고 나허고는 요리 배가 딱 맞었응께 인자 팔자 고칠 일만 남은 것이여. 남녀가 요리 배 딱 맞기가 쉽덜 않은 일인디, 기운 씬 복천이가 나 맘에 딱 들었응께 복천이도 대답만 혀. 으쩔꺼? 갈껴, 안 갈껴?"

첩의 뜨거운 목소리가 복천의 귓가에서 부서지고 있었다. 복천은 그 뜨거운 소곤거림을 이겨내기가 어려웠다. 아니 이겨내고 싶지가 않았다. 첩은 젊고 예뻤고, 그런 여자와 감히 살을 섞을 생각 같은 것은 해본 적이 없었다. 평소에는 똑바로 쳐다보지도 못한 사이였다. 그런 여자가 자기를 남편으로 생각하려 하다니, 너무 황홀하여 정신이 없을 지경이었다. 그런데 부자까지 되어 팔자를 고칠 수 있다니…….

"야아, 가겄구만요, 어디든지 항꾼에 가겄구만이라."

복천은 첩의 젖가슴을 움켜잡으며 떨리는 소리로 말했다.

"음미, 음미, 존 거. 환장허게 존 거. 우리 복천이, 아니 우리 낭군, 음미 존거."

첩은 더 진한 콧소리로 복천을 휘감으며 젖가슴을 마구 흔들어댔다.

"싸게싸게 돈만 많이 장만혀. 오래 끌먼 안 된께."

복천은 첩을 정신차리게 하려는 듯 목소리에 힘을 넣었다.

"하면, 하면. 돈이 심이고, 돈이 양반잉께. 근디, 복천이넌 진짜배기로 나가 존 것이기는 혀? 돈이 좋아 날 따라나스겄다는 것이 아니고."

첩이 갑자기 어조를 바꾸어 물었다. 복천은 정신이 퍼뜩 들었다. 자신의 깊은 속을 들켜버린 것 같았기 때문이다. 자신은 첩이 싫지는 않지만, 박 진사의 첩이라는 사실이 어딘가 께름칙하지 않은 건 아닌데, 돈만은 유감없이 좋았던 것이다. 이때 뭐라고 대답을 해야 하나! 복천은 순간적으로 당황스러웠다.

"둘 다 좋으요, 둘 다. 돈도 좋고, 아짐씨도 좋고."

"음매, 음매, 말도 야물딱지게 잘 허는거. 워찌 요리 똑똑허고, 워찌 요리 이쁘까 이. 그려 둘 다 좋아야제. 하면, 둘 다 똑겉이 좋아야 좋제."

첩은 좋아서 어쩔 줄 몰라하며 복천의 가슴팍을 마구 핥아댔다.

와따, 허방에 빠지는지 알았등마 잘 뛰어 넘었네. 나가 이래뵈도 솔찬허당께로. 복천은 스스로에게 저으기 만족하고 있었다.

"히잉, 근디 복천이가, 나가 복천이 좋아허는 것 맨치 날 좋아허는가 몰라."

"나도 아짐씨 읎이는 못 살겄소."

복천이는, 에라 모르겠다, 하는 심정으로 이렇게 말해 버렸다. 이제 못할 말이 무엇이랴 싶었다.

"고 말 참말이랑가? 고 말 참말이여?"

그래도 내일

"남아일언은 중천금이란 것 몰르요?"

복천은 척 문자를 썼다. 흔히 들어온 말이었지만 그 말이 그 순간에 떠오른 것은 신기한 일이기만 했다.

"워메, 워메 유식헌 거. 워메, 워메 멋떨어진 거. 근디 인자 아짐씨라고 불르덜 말어. 아짐씨넌 무신 놈에 아짐씨여."

복천의 불두덩을 쓸어내리고 있는 첩은 거친 숨을 몰아쉬며 말도 제대로 못하고 있었다.

"아짐씨는 아짐씬디 멋이라 헌디야?"

복천도 이미 제정신이 아니면서 반말을 내뱉고 있었다.

"인자 우리넌 부분디, 부분디, 부분디, 넘 아닌 부분디, 부분디……."

복천은 자신의 속에 든 자신의 마음을 알 수가 없었다. 서른두 살의 나이로 환갑이 넘은 박 진사와 사는 첩은 첩이라 치자. 갓 스무 살밖에 안 된 자신은 왜 덩달아 앞뒤 생각하지 않고 미치기 시작하는가. 하루가 다르게 열두 살이나 위의 첩이 진짜 자기 마누라가 된 것처럼 좋아지는 것이었다. 하긴 따지고 또 따져 보아도 좋아지지 않을 이유가 없었다. 얼굴 빼어난 미인이겠다, 돈 많겠다, 잘해 주겠다. 열두 살 차이라고 했지만 아직 팽팽하게 젊겠다.

복천은 쏠려버린 자신의 마음을 어떻게 할 도리가 없었다.

"워메, 워메, 아흐, 으흐……."

"가는 겨, 잉, 가는 겨, 으야, 워메 존 거, 가는 겨……."

가쁜 숨소리에 뒤범벅 된 둘의 비린 신음소리가 번지는 어둠 속에 검은 그림자가 기둥 뒤에서 어른거리고 있는 것을 그들은 까맣게 모르고 있었다.

그후 박 진사가 돌아오기까지 이틀 밤을 검은 그림자는 기둥 뒤에서 어른거리다가 소리 없이 사라졌다.

점심 무렵에 박 진사가 돌아오고, 첩은 해거름에 안방에 갇혔다. 그리고 들일을 하다가 불려온 복천은 대문을 들어서다 몽둥이로 정강이를 얻어맞고 푹 거꾸러졌다. 두 장정에게 팔을 뒤로 묶여 광으로 끌려 들어갔다. 쌀 가마니 사이에 처박혀 복천은 이제 죽는 일밖에 없구나 하는 절망에 빠져 있었다.

아무리 생각해도 살아날 길이 보이지 않았다. 부르러 왔을 때 눈치를 채지 못한 것이 너무 안타까웠다. 심부름을 온 그년, 순심이가 눈치만 했더라도 금방 알았을 텐데. 그년은 능청스럽게 진사 어른이 읍에 두고 온 짐을 찾아올 것이 있으니 집으로 오란다고 했던 것이다. 하긴 순심이가 눈치를 채게 부르러 보냈을 박 진사가 아니었다. 더구나 그 잠 많은 순심이가 둘이의 그런 관계를 알았을 리 만무였다. 그렇지만, 그 병신 같은 순심이년이 박 진사가 화가 난 것 같더라는 말 한마디만 했더라도 좋았을 것을. 평소에는 단둘이 있게 되면 그리도 헤프게 웃기를 잘하고, 쓸데없는 말을 많이 지껄이던 것이 오늘은 다른 말은 한마디도 안 했던 것이다. 생각할수록 암담하고 영락없이 죽었다는 생각뿐이었다. 세상에 무서운 것 없이 권세가 큰 박 진사 성질은 불 같이 사나웠고, 자신은 한 마리 소와 다를 것 없는 머슴일 뿐이었다.

그런데 도대체 박 진사가 어떻게 그 일을 알았단 말인가. 본 사람이 없었다. 아무리 생각해도 그 짙은 어둠이 켜켜이 가려주었는데 그 누가 볼 수 있을 것인가. 본 사람은 없었다. 첩이 일러바쳤을까. 박 진사를 보자 마음이 변해서 일러바쳤을까. 그러나 저도 성하지 못할 것을 알 텐데. 그렇지만 덮어씌울 수도 있는 일이었다. 강제로 당한 일이었다고 발뺌을 할 수도 있는 일이었다……. 그러나 그럴 리가 없었다. 어젯밤까지 그렇게 굳게 언약을 했는데 그랬을 리가 없었다. 그럼 도대체 어떻게……, 어떻게…….

그때 문이 벌컥 열렸다.

박 진사가 먼저 들어오고, 두 사람이 뒤따라 들어왔다. 두 사람은 몽둥이를 들고 있었다. 둘 다 박 진사의 소작을 부치고 사는 아는 얼굴들이었다.

"고 자석 끌어내그라!"

낮으면서도 냉기가 서린 박 진사의 음성이었다.

복천은 눈을 꼭 감았다.

"눈 떠!"

박 진사의 호령이었다.

복천은 겨우 눈을 떴다. 분을 못 견뎌 창백하게 일그러진 박 진사의 늙은 얼굴이 밀려들었다.

"요런 열두 토막얼 낼 개쌍녀러 자석아. 니가……, 니가……."

박 진사는 말을 잇지 못했다.

"멋들 허는 거여. 저놈 삭신을 작씬 뿐질러뿌러!"

한꺼번에 두 개의 몽둥이가 날아들었다. 팔을 뒤로 묶인 복천은 그대로 머리를 박고 나동그라졌다.

"쥑여뿌러, 팍 쥑여뿌러!"

몽둥이가 떨어질 때마다 복천의 몸은 꿈틀거렸다.

"더 씨게 쳐, 더 씨게!"

복천의 귀에는 이런 외침이 멀어져갔다. 모로 누운 채 코피를 쏟고 있는 복천의 몸뚱어리는 몽둥이가 떨어져도 꿈틀댈 줄을 몰랐다.

"까무러쳤구만이라."

한 사람이 겁에 질린 목소리로 말했다.

"찬물 퍼부서. 당아당아 멀었다, 당아 멀었어!"

박 진사는 발로 땅을 구르며 소리질렀다.

냉수를 서너 바가지 끼얹어서 복천은 깨어났다.

"일어내켜라."

일으켜세워진 복천의 꼴은 엉망진창이 되어 있었다. 물을 뒤집어쓰고 헝클어진 머리칼, 피와 물이 범벅이 되어 몸에 찰싹 붙은 삼베옷. 계속 코피를 흘리면서 겨우 몸을 지탱하고 서 있는 복천은 아랫입술을 깨문 채 박 진사를 뚫어지게 쏘아보고 있었다.

"엄동설한에 얼어뒈질 놈얼 집어다가 여태꺼정 키와놓께 무신 짓얼 혀? 요런 펄펄 끓는 물에 튀겨 죽일 놈아, 무신 짓얼 혔난 말이여. 고것이 은혜 보답허는 질이여, 고것이? 감히 어디다 대고, 멋들 허는 거여? 저 자석얼 쥑여뿌러, 칵 쥑여뿌러!"

또 몽둥이가 날아왔다. 복천은 머리를 박고 거꾸러졌다.

"더 씨게 쳐, 더 씨게, 씨게!"

한 사내의 몽둥이가 두 동강이가 났다. 새 몽둥이로 바꿔 들었다.

"더 씨게 쳐, 느그덜이 안 죽을라면 더 씨게 쳐!"

복천은 죽을힘을 다해 일어서려 했고, 때마침 내리찍히는 몽둥이에 몸이 크게 꿈틀하고는 쭉 뻗쳐졌다.

"또 까무러쳤는디오."

"무신 잡소리여. 퍼부서, 찬물 퍼부서."

전신이 물에 젖고 있는 복천의 삼베옷은 사방이 찢어져

있었다. 그 찢어진 사이로 피멍이 잡혀 부풀어올랐거나 터져서 피가 흐르는 살이 드러났다.

다시 일으켜세워진 복천은 목을 쭉 빼낸 채 허리가 반으로 꺾여 곧 쓰러질 것만 같았다. 그런 자세로 복천의 핏줄 선 눈은 여전히 박 진사를 뚫어지게 쏘아보고 있었다. 터진 머리에서 흘러내리는 피는 귀 뒤를 타고 내려 목으로 번져갔다.

"머슴놈이 감히 워디라고 안방으로 뛰어들어. 죽을라고 환장얼 했잖음사, 워디라고 안방얼 넘보냐께."

"알라면 똑똑허니 아씨요. 날 먼첨 꾀인 것이 누군디라. 아짐씨요, 아짐씨."

몸을 제대로 가누지 못하면서 복천이 말했다. 자신이 모든 잘못을 뒤집어쓰고 있다는 생각이 들었기 때문이었다.

"머시가 워찌고 워쩌? 요런 쌔럴 뽑아뿔 놈아!"

박 진사는 복천의 얼굴을 후려쳤다. 복천은 비틀거리며 넘어지지 않으려고 애를 쓰다가 기어이 넘어지고 말았다.

"술 묵고 자는 나럴 속곳바람으로 아짐씨가 먼첨……."

"요 오살헐 놈아, 주둥아리부텀 잉끄레뿌러야겄다!"

박 진사는 숨을 헉헉대며 발로 복천의 얼굴을 두 번 세 번 짓밟았다.

"화로에 인두 꼽아오니라. 아, 얼렁얼렁!"

박 진사는 부들부들 떨며 고함을 쳤다.

"니놈 연장얼 평상 못 쓰게 지져뿌러야겄다. 지져서 고자럴 맹글어 뿌러야 정얼 다실 껭게."

박 진사는 인두를 거머잡았다.

"그 자석 일어내켜!"

두 사내가 복천을 일으켰다. 그러면서 한 사내가 빠르게 귓속말을 했다.

"내빼는 게 상수여. 문 열렸응께 싸게 내빼라고."

복천은 귀가 번쩍 뜨였고, 어디선가 힘이 솟구쳤다. 복천은 불화로를 걷어찼다. 그리고 문을 향해 내달았다.

"진사 어런, 진사 어런……."

"진사 어런, 상허신 디넌……."

두 사내는 넘어진 박 진사를 부축했다.

"멋들 혀, 요런 빙신덜아! 그 자석 안 잡고 멋들 허냐니께!"

박 진사는 두 사내를 떠밀며 외치고 있었다.

대문에는 빗장이 질러져 있었다. 어떻게 해볼 도리가 없었다. 손이 뒤로 묶여 있었던 것이다. 곧 돌아섰다. 낫은 헛간에 있었다. 그러나 소용이 없는 일이었다. 복천은 비틀거리고 휘청이며 안채로 달렸다. 순심이를 찾아가는 것이었다.

복천은 부엌 문기둥에 몸을 기대는가 했더니 무너지듯 주저앉았다.

"워메!"

순심이는 손바닥으로 입을 막았다. 뒤로 묶인 팔, 찢어진 옷, 피에 젖은 얼굴, 그런 복천의 모습에 순심이는 얼어붙고 있었다.

"얼렁 순심아……, 요 사내끼럴(새끼줄을)……, 사내끼럴……."

복천은 곧 자지러질 것만 같았다. 순심이는 칼을 집어들었다. 그리고 복천의 손목을 친친 동여맨 새끼줄에 칼을 댔다. 그 순간 순심이의 머릿속에는 거푸 사흘 밤을 보아온 그 흉악한 꼴이 떠올랐다.

"가당찮다. 좋 때넌 어떤 년하고 놀아나고 다급헐 때넌 날 찾는고. 헹, 나 같은 년이라고 속도 쓸개도 읎는 줄 아는갑제?"

순심이는 이렇게 쏘아대며 칼을 내던져 버렸다.

"무신 소리여, 순심이. 무신 소리럴 허는 거여?"

"아, 나럴 빙신, 팔푼이로 아는 기여? 나도 열야닯 살이나 묵은 지집이란 말이여. 느그덜 허는 짓거리 다 똑똑허니 보고 듣고 혔는디도 잡아뗄라고 혀?"

그랬었구나! 바로 너였구나.

복천은 뿌드득 이를 갈았다. 또 어디선지 모르게 힘이 솟았다. 벌떡 일어섰다.

"순심이 니가……."

"못 잡아내면 느그덜이 죽을 팅게, 요런 쌔럴 뺄 자석덜아."

머지않은 곳에서 들려오는 박 진사의 외침이었다.

복천은 뒤란으로 뛰었다. 담을 넘는 수밖에 없었다. 그래도 담이 제일 낮은 곳이 뒤란의 장독대가 있는 부분이었다. 다행히도 때가 여름이라서 김장에 쓰는 커다란 독들은 엎어져 있었다. 복천은 장독대를 타고 가까스로 한 다리를 담에 걸쳤다.

"뒷간에도 읎고 헛간에도 읎으믄 지 놈이 하늘로 날았을 것이냐 땅으로 꺼졌을 것이냐. 대문이 안 열렸응께로 집 안 워딘가 처백혀 있는 것이여. 멋들 혀, 싸게 못 찾고."

한결 가깝게 들리는 박 진사의 외침이었다.

복천은 죽을힘을 다해 독을 밟고 선 다리를 치뻗음과 동시에 담에 걸친 다리를 끌어당겼다. 몸이 붕 떴다. 걷잡을 사이도 없었다. 몸은 담 아래로 곤두박였다.

복천이 정신을 차렸을 때는 차 서방네 아랫목에 누워 있었다. 아까 도망치라고 일러준 사람이었다.

"복천이, 아까넌 미안시럽게 되았네. 죽도 사도 못해 그리헌 것잉께 이해허소이."

차 서방의 사과였다.

"나도 첨에넌 자네가 젊은 기분에 그런 일얼 저질러뿐 줄

안 알았등가. 근디, 고년이 능히 그렸을 것이여. 박 진사 늙어빠진디다가 집얼 비웠겄다, 평소에 보타들든 속 풀기에넌 그보담 더 존 때가 워디 또 있었을 것잉가. 항, 색에 배곯은 그년이 자네럴 잡아 묵을라고 덤빈 것이제."

차 서방은 이런 말로 복천을 두둔까지 해주었다.

"한 사날 있다가 내 동상 집으로 웽겨야 헐 것이구만. 자네가 여그 있다는 것 알면 끝장나는 것잉께. 발 읎는 말 천리 가는 시상 아니라고."

몸이 회복되기까지는 달포가 넘게 걸렸다. 너무 심하게 맞아 골병이 깊어진 게 분명했다. 그러나 얻어맞은 분은 삭일 수도 있었다. 박 진사의 첩이 먼저 꾀었건 꼬리를 쳤건 간에 남의 마누라를 범한 것에 대해서는 입이 열이라도 할 말이 없었다. 마음을 굳게 먹지 못해 남의 마누라를 범하게 되었으니 그만한 벌을 받을 수도 있는 일이었다. 그런데 박 진사는 그 일에 얽어 5년 치의 새경까지 몽땅 떼어버린 것이었다. 그 억울함을 참을 수가 없었다. 몸 회복이 늦어진 것도 그 분함을 참지 못한 탓이 컸다.

달구지에 실려 차 서방네 동생 집으로 옮겨 열흘이 되었을까. 박 진사가 보낸 사람이 찾아왔다. 어차피 동네를 떠났으니까 다시는 발을 들여놓지 말 것과, 그 일을 남들 앞에서 입에 올리는 일이 절대로 없도록 하라는 것이었다. 만일 그걸 지키지 않으면 그때는 고이 살아남지 못할 것을 각오하라는 것이었다. 이 문제에 대해서는 박 진사가 굳이 사람을 보내지 않았어도 될 일이었다. 정말 중요한 일은 그 다음, 그동안의 새경은 물론 줄 수 없고, 정 찾고 싶으면 집으로 오라더라는 것이었다. 곧 환장을 할 것만 같았다. 아무리 생각하고 또 생각해도 자신의 잘못은 5년 치의 그 많은 새경까지 깡그리 다 빼앗길 만큼 크지 않았다. 자신이 먼저 첩을 덮쳤다면 그럴 수도 있었다. 그러나 자신을 먼저 꼬드겨 불을 붙인 것은 첩이었다. 그러니 얻어맞은 것으로 됐지 5년 치의 새경까지 다 빼앗길 수는 없었다.

열다섯이 되던 해부터 꼴머슴 신세를 면하고 새경을 받게 되었다. 그때의 기쁨을 무어라 형용할 수가 없었다. 더욱 부지런히, 그리고 열심히 일을 했다. 그러면서 부푼 꿈에 취해 힘겨운 것을 느낄 수가 없었다. 잘살고 싶은 꿈이 늘 푸르르게 치렁치렁했다. 착실히 새경을 모아 어서 머슴 신세를 면하고 내 전답을 내 손으로 일궈 내 피땀이 스민 곡식을 거두어들이고 남부럽지 않게 사는 것이 단 하나 간절한 소원이었다. 그전보다 일을 더 많이 하고 더 부지런히 한다고 새경을 더 줄 것도 아니었다. 그저 제 신명에 겨워 했던 일이었다. 1년이 지나 한 가마니의 쌀을 새경으로 받고, 박 진사가 그 쌀을 팔아 돈으로 지니겠느냐, 장리를 놓아주랴 했을 때, 장리를 놓아달라는 말을 못하고 얼굴만 벌겋게 달아올라 얼마나 머뭇거렸던가. 돈을 지녀보아야 간수하기 어렵고, 돈이란 하는 것 없이 어물어물 없어지기 쉽다면서 쌀이 비 온 뒤 죽순 돋듯 새끼 쳐 불어나게 하려면 장리를 놓는 길밖에 없다고, 자기 쌀 장리를 놓을 때 함께 놓아주겠다고 했다. 그때처럼 박 진사가 미덥고 고마운 때가 또 있었던가. 그저 꾸벅꾸벅 절만 했던 것이다.

다시 1년 만에 장리 놓았던 쌀은 한 가마니 반으로 늘어나 있었고, 새로 받은 새경까지 합해서 두 가마니 반이 되었다. 그렇게 새경은 해마다 새끼에 새끼를 치며 늘어나 5년이 되었던 것이다. 그 많은 쌀을 하나도 못 받게 되고 만 것이었다.

속살이 다 드러나는 모시옷만 걸치고 그리도 간드러지는 콧소리에다 무슨 풀냄새 같은 그 야릇한 몸냄새를 풍겨가며 사람의 가슴에다 그렇게 불을 붙였던 첩을 저주했다. 아니 그 화냥년 같은 첩년이 무슨 백여우 짓을 떨었던 간에 마음 독하고 굳세게 먹지 못하고 허물어지고 만 자신을 원망하고 또 원망하고 후회하고 또 후회했다.

아, 그러나 무슨 소용이 있으랴. 아무리 자신의 가슴을 치고 원망하고 후회해도 아무 소용이 없었다. 5년 치의 새경과 새끼에 새끼를 친 장리쌀은 그냥 쌀이 아니라 자신의 피땀이었고, 목숨이었다. 그 목숨처럼 소중한 쌀을 송두리째 잃어버릴 줄 알았더라면 첩년이 그 어떤 야한 짓을 했더라도 그리 미치며 놀아났을 리가 없었다. 그러나 엎질러진 물이고, 죽은 자식 불알 만지기고 돌로 발등을 찍고 싶다는 말이 무슨 뜻인지를 비로소 절절하게 깨닫고 있었다.

금년 새경도 그만두고……, 장리 놓아 불어난 것도 그만두고……, 5년 치 새경만 달라고 싹싹 빌어볼까. 그게 안 되면 2년 반 치만 달라고 애걸복걸 해볼까. 그럼 그동안의 정을 생각해서라도 봐주지 않을까……. 밤이면 별의별 궁리를 다 했다. 그러나 날이 밝고 나면 그 궁리들은 다 허황된 공상으로 변해 자취 없이 사라지고는 했다. 밤생각과 낮생각이 그리도 다르다는 것을 처음으로 경험하고 있었다. 밤에는 이루어질 것 같은 생각이 낮에는 전혀 아니라는 생각으로 바뀌는 것이었다. 자신이 찾아가면 박 주사는 이미 통고했던 것처럼 자신을 살려 두지 않을 것 같기만 했다.

기동이 자유로워지고 지게가 등에 제대로 맞아 들어가자 복천의 가슴에는 박 주사에 대한 원한이 사무치기 시작했다. 어디 두고 보자, 네 놈 원수를 꼭 갚고 말 테니까.

복천이 더 이를 가는 것은 박 진사와 첩, 두 연놈이 희희낙락거리며 살기 때문이었다. 첩년은 모든 죄를 자기에게 떠넘겼고, 박 진사는 첩년의 말을 쫄딱 믿고 자기를 개 잡듯

한 것이었다.

복천은 그 팍팍하고 쓰라린 머슴살이를 다시금 시작하지 않을 수 없었다. 밤이면 밤마다 첩년을 잡아 죽이고, 박 주사를 잡아 죽였다. 그 식을 줄 모르는 원한은 날이 밝으면 또 자취 없이 사라졌다. 그러나 그건 아무 의미 없이 없어진 것이 아니었다. 그 사무침들은 한 겹, 한 겹 가슴에 쌓여 원한의 차돌멩이가 되어 가고 있었다.

해방이 되고, 많은 말썽을 겪어 농지 개혁이 실시되었다. 박 진사도 된서리를 맞았다. 복천은 다른 소작인들과 함께 덩실덩실 춤을 추었다. 하루아침에 전답을 거의 다 억지춘향이로 외상거래하다시피 한 박 진사는 득병을 하여 앓아누웠다는 소문이 퍼졌다. 지나가는 말이라도 누구 하나 안쓰러운 말을 하는 사람이 없었다.

전쟁이 터졌다. 북쪽의 군인들은 큰 홍수에 방죽을 무너뜨리고 쏟아지는 거센 물결처럼 무서운 기세로 남쪽으로 밀고 내려왔다. 그 기세에 덩달아 춤추듯이 남쪽의 민심에도 갑자기 먹구름이 끼기 시작했다. 그동안 인심을 잃고 살아온 사람들이 여기저기서 보복을 당하는 살벌한 바람이 일고 있었다. 그건 전쟁 속에서 일어나고 있는 또 하나의 전쟁이었다. 그 내부에서 먼저 일어나고 있는 전쟁을 막을 사람은 아무도 없었다. 후방의 안전을 책임져야 하는 경찰들이 하룻밤 사이에 작전상 후퇴라는 그럴싸한 이름을 내걸고 도망을 가버리는 상황 속에서 감정 보복은 거칠게 일어나는 불길이었다.

 복천도 그 불길에 휩쓸려 타는 무성한 한 그루 나무였다. 그는 낫을 꼬나잡고 박 진사네로 치달아갔다. 그동안 돼지멱을 따며 가슴에 쌓기만 했던 원한이 아니었던가. 마침내 그 원한을 통쾌하게 풀기 위해 그는 거침없는 불길로 타오르고 있었다. 그러나 복천은 박 진사네 집에 이르기 전에 주저앉고 말았다. 전날 밤 박 진사와 첩이 누군가에게 낫으로 찔려 죽었다는 것이었다.

 "고것이야 하늘이나 알제 누가 알겄소. 하도하도 인심얼 많이 잃고 살았응께 죽이고 잡은 사람이 워디 한둘이었겄어. 만석꾼 발밑에서 피 뿔리고 산 작인덜이야 다 그런 맴이었겄제. 긍께 그 사람 찾아내기가 모래밭서 쌀알 찾아내기 아니겄소. 그라고 경찰덜도 싹 다 내뺀뿐 판에 찾아낼 사람이 워디가 있어야 말이제. 긍께로 예로보텀 머시라고 일렀소. 죄는 진대로 가고, 덕은 딲은대로 가는 것잉께 인심 잃고 살덜 말고, 척지고도 살지 말라고 안 혔읍디여. 근디 예나 이제나 부자덜언 워째서 그 쉬운 말도 못 알아듣는가 몰라. 허기사 더 말허먼 뭘혀. 바다는 메꿔도 사람 욕심은 못 메꾼다고 혔응께. 다 천년만년 살지 알고 그놈에 욕심 채우니라고 말싸심헌 것이 탈이제. 아이고, 그 징헌 놈에 욕심!"

술이 거나하게 취한 어떤 사람이 담배연기를 풀풀 날리며 하는 말이었다.

복천은 하늘을 바라보며 멍하니 서 있었다. 너무 허망하고 허탈했다. 그렇게 끝나버릴 일을 얼마나 벼르어 왔던 것인가. 그러나 한편으로는 그 일을 발빠르게 해치운 사람에게 고마움을 느끼기도 했다. 자신의 손에 피를 안 묻히게 해준 사람이었던 것이다. 아무리 원한이 서리서리 엮여 또아리를 틀고 있었다고 해도 그들을 정면으로 맞딱뜨리면 그 사람처럼 그렇게 해치워버릴 수 있었을 것인지 자신할 수가 없었다. 그리고 마음 도사려온 대로 해치웠다 해도 그 끔찍스러운 기억은 평생 따라다닐 거였다. 아무리 원한이 크다고 해도 돼지 멱을 따는 것과 사람을 죽이는 일이 같을 리가 없을 것이었다.

"근디 워째서 첩꺼정 죽였을께라? 첩헌테도 무신 원한이 있었을랑가?"

첩이 자신한테 했던 것처럼 또 누구한테 그랬을까 하는 생각이 들어 복천은 이렇게 말했다.

"힝, 그야 보나마나 뻔헌 것 아니겠소. 쥔보담 마당쇠가 더 밉드라고, 아 첩년이 박 진사 심 믿고 작인덜헌테 을매나 위세럴 떨었겄소. 지년이 밤마동 박 진사놈 그것 물고 돌아

그래도 내일 275

간다고 지 맘대로 소작 띠고 붙이고 험서 원수께나 산 것 아니겄소."

그 사람은 술 취한 눈으로 끄윽 트림을 해댔다.

"야아, 그럴 수도 있겄구만이라."

그 사람의 생각이 딴 데로 향해 있어서 복천은 이렇게 대꾸하고 말았다.

"니기럴, 경상도 쩌어그 워디서넌, 흉년 들면 백리 안에서 굶어 죽는 사람 없게 하라, 흉년에는 논 사딜이지 말어라, 허고 자손헌테 갤차서 대대로 인심 얻고 사는 만석꾼이 있다는 소문이든디, 우리께는 워째 고런 집안이 하나또 읎는지 몰라. 염병 잡것, 그리만 혔음사 요 난리통에도 아무 일 안 당허고 무사혔을 것 아니여."

그 사람이 끌끌끌 혀를 찼다.

"하먼이라. 백리 안에서 굶어 죽는 작인 읎게 곡식을 푼 지주니께, 그런 지주야 그냥 사람이 아니라 성인 군자제라."

"긍께 말이오. 척지고 산 부자덜이 시상 뒤집어지고 엎어질 때마동 숭헌 꼴 그리 당허는 디도 정신덜 못 채리고 또 척지고, 또 웬수지고 허는 것 보면 사람 미련허기가 돼지 찜 쪄묵을 판이요. 참말로 그놈에 욕심이란 것이 징허고 징헌 물건이단 말이오."

"그나저나 요 난리가 가난허고 부자 읎이 모다 공평허니 살게 맹그는 것이라는 소문인디, 고것이 믿어도 될 참말일께라?"

복천은 풍문을 믿고 싶으면서도 은근히 불안스러운 속내를 조심스레 드러냈다.

"하이고 몰르겠소. 하도 많이 속아 오고, 그때마동 헛짐 빠지고 혔응께 요분이라고 워찌 떡 묵데끼 딱 믿겄소. 판이 워찌 돼가는지 옆동네 불 귀경허디끼 멀찍허니 떨어져서 봐야 되덜 안컸소."

"야아, 불 귀경허디끼 허는 것이 좋겄제라?"

"하면, 하면. 그리 멀찍허니 떨어져 있어야 우환도 읎고, 덤테기도 안 쓰는 법 아니겄소?"

그 사람은 야릇하게 웃으며 복천을 빤히 쳐다보았다.

"맞는 말씸이구만이라. 쏘내기 쏟아질 적에는 피해 스는 것이 상수라고혔응께요."

"잉, 말 한분 잘 알아묵어서 좋소. 요 난리통이 바로 난센디, 난세에넌 남 먼첨 설레발 치고 나서덜 말고 죽은디끼 가만히 있음서 눈치 보는 것이 질이요."

"그렇제라, 무신 병통이 생길란지 몰르는 일인께요."

복천은 자신에게 하는 말인 것만 같아 가슴이 뜨끔해서 고개까지 크게 끄덕였다.

머잖아 북쪽 군인들의 세상이 되었지만 복천은 뒤로 한

그래도 내일

발짝 물러서는 기분으로 눈치만 살피면서 보냈다. 너무 급하게 변한 세상이 시끌덤벙 어지러워 정신을 차리기가 어려웠고, 배운 것이 없는 자기로서는 구경꾼 노릇밖에는 더할 것이 없었다. 그러나 지주들을 다 없애버리고 소작인들이 고루 농사짓게 해준다는 말에는 가슴이 벌렁거리고 흥분되지 않을 수가 없었다. 그래서 모이라는 데는 빠짐없이 잘 나가 힘껏 박수치고, 힘차게 만세 부르고 했던 것이다.

3천석 부자가 나면 사방 30리가 다 거지되고, 만석 부자가 나면 사방 백리가 다 거지된다고 했다. 그런데 그 많은 거지들이 이제 사람답게 살 수 있는 세상이 되었다는 것이었다. 소작인치고 그런 세상을 반기지 않을 리 없었다. 그러나 그런 황홀한 세상은 끝내 오지 않고 세상은 다시 뒤집어졌다.

복천 영감은 아가씨가 사준 담배를 뜯어서 불을 붙였다. 연기를 깊게 빨아들였다가 천천히 뿜어냈다. 담배 맛이 그렇게 좋을 수가 없었다. 담배도 고급이었지만 아가씨가 사준 것이라서 맛도 별나게 느껴지는 것은 틀림없는 일이었다. 갑자기 큰아들 생각이 떠올랐다. 그놈이 돈벌이를 해서 사주는 담배를 피우면 그 맛도 이러리라 싶었다. 얼마 전의 꿈이 생각났다. 어찌 하필 고향을 찾아가는 차로 뛰어들어 죽는 것이었을까. 불길한 꿈이었다. 아들을 찾으면서 함께 찾았던 아가씨를 만나려고 그런 꿈을 꾼 것이겠지 생각하며 마음을 달래려고 했다. 큰아들도 깡패가 되었거나, 강도가 되었거나 간에 앞에 나타나기만 하면 더 바랄 것이 없었다. 아가씨를 만난 것처럼 그렇게 어느 길목에서든 만났으면 얼마나 좋으랴 싶었다. 복천 영감은 왠지 자꾸만 서글퍼지는 마음을 달래기라도 하듯 담배에 거푸 불을 붙여 빨며 비척비척 걷고 있었다.

아침저녁으로 제법 서늘한 바람이 불기 시작했다.

"할아버지, 칼 많이 갈으셨어요?"

"그랴, 니도 복권 많이 폴았나?"

"예, 그런데 할아버지……."

"무신 일이냐."

"이젠 맞춰보기가 겁이 나요."

"허어, 무신 소리라고. 워디 니가 허는 일이간디?"

"그래도 발표 때마다 허탕이니까 할아버지한테 너무 미안해요."

"원 별소리 다 헌다."

복천 영감은 인숙이를 물끄러미 내려다보고 있었다. 언제 보아도 참한 얼굴이었다. 다음에 영수놈 색시감으로……, 복천 영감은 자기의 엉뚱한 생각에 스스로 놀랐다. 꼭 인숙이에게 들킨 것만 같아 복천 영감은 두어 번 헛기침을 했다.

그래도 내일

"열 본 찍어 안 넘어가는 나무 읎는 법잉께. 인숙아, 얼렁 불러라."

복천 영감은 두 손아귀에 복권을 쥐고 언제나처럼 또 구부정한 자세가 되었다.

"그렇지만 열 번도 훨씬 넘은걸요?"

"시무 본언 못 사고 백 본언 못 사겄냐? 나무가 큰께로 열 본 찍어 될 리가 있을 것이냐. 시무 본이고 백 본이고 넘어갈 때꺼정 찍어야 허는 법이여. 얼렁 불러라, 맘 급허다."

또 허탕이었다.

"할아버지, 이젠 그만 사세요."

인숙이는 울상이 되었다.

"이 할애비넌 헌다면 기엉코 허는 성민께로. 얼렁 존 것으로 하나 골라도라."

"그럼 오늘부턴 할아버지가 고르세요."

"어허, 자꼬 말 씹혀쌓지 말고 싸게 뽑아라. 니가 재수 존 사람잉께로."

인숙이는 어쩔 수 없이 유리 상자 속에 손을 디밀었다.

복천 영감은 오늘 재수가 좋은 날이었다. 다른 날보다 배 가까운 수입을 올렸던 것이다.

복천 영감은 생각할수록 기분이 상쾌해서 또 돈을 전부 꺼내들고 손가락에 퉤퉤 침을 뱉었다. 다시 세어보며 그 느긋한 기분을 맛보고 싶었다.

"어!"

복천 영감은 소리쳤다.

손에는 돈이 한 장도 남아 있지 않았다.

녀석은 차도로 막 뛰어내리고 있는 참이었다.

"저놈, 저놈, 저 도적놈 잡아!"

복천 영감은 소리치며 허둥지둥 뒤쫓기 시작했다.

복천 영감도 차도로 뛰어들었다.

―끼이익!

차가 급정거하는 소리만 찢어졌을 뿐 복천 영감의 모습은 보이지 않았다.

복천 영감은 만 하루 만에 의식을 회복했다. 그리고 자신의 왼쪽다리가 절단되어 버린 사실을 알고는 다시 정신을 잃어버렸다.

두 자식이 병실에 나타난 것은 다시 의식을 회복한 복천 영감이 집 주소를 알려주고 난 다음이었다.

얼굴이 핼쑥한 오누이는 붕대를 친친 감고 침대에 누워 있는 아버지를 보고 소스라치더니 이내 울음을 터뜨리며 쫓아와 침대에 매달렸다.

그들은 아버지를 기다리며 밤을 뜬눈으로 꼬박 새우고, 날이 밝자 파출소에 신고를 해놓고는 온종일 발을 동동 굴렸던 것이다.

오누이는 아버지의 다리 하나가 잘려나간 것을 알고는 겨우 그쳤던 울음을 다시 터뜨려 섧게 섧게 울었다.

"고만 울어라, 고만. 울먼 무신 소양이 있냐. 다리 한쪽 떨어져나가 뿌렀어도 이 애비넌 암시랑 안 혀. 다시 돈벌이럴 헐 것이여. 앉은뱅이도 사는디 나넌 앉은뱅이보담은 낫응께. 한쪽 다리로 걸어댕김서 헐 일이 또 있을 거여. 정 헐 일이 읎음사 목발 짚고 댕김서 비렁뱅이 짓거리넌 못 허겄냐. 허기넌 이적지 살아온 꼬라지가 비렁뱅이 짓이나 진배읎었응께. 목발 짚은 한쪽 다리 읎는 꼬라지넌 영축 읎는 빙신잉께로, 비렁뱅이맹키로 살 팔짜라먼 아조 비렁뱅이가 되야부는 것이 편헐 것잉께. 사지 멀쩡헌 몸땡이로 차마 비렁뱅이 짓거리 못헌 것이었는디, 인자 표나는 빙신이 됐응께로 비렁뱅이로 나서는 거여. 한 집서 10원씩만 동냥혀도 열 집이먼 백 원이고, 백 집이먼 천 원 아니라고, 칼 가는 것보담 낫구만 그랴. 비렁뱅이 짓거리 혀서 묵고 살아도 비렁뱅이 짓거리 허는 사람만 비렁뱅이제 그 자석덜언 비렁뱅이가 아닌 법잉께. 비렁뱅이 되라고 비렁뱅이 짓거리 혀서 먹여살리는 것이 아니랑께. 이 애비가 무신 짓얼 혀서라도 느그덜 밥 안 굶기고 살릴 팅께, 영자 니넌 행실 바르게 혀서 시집 잘 가야 허고, 영수 니넌 공부 열심히 혀서 이 애비맹키로 평생얼

넘 발 밑에 깔려 비렁뱅이 진배윲이 산 한얼 풀게라도 훌륭한 사람이 돼야 써. 허기넌 사람 사는 한평생이 이러나저러나 빙신은 빙신인디. 그려도 배부른 빙신이 낫고 권세 있는 빙신이 난 법잉께. 고만 울어라, 고만. 이 애비넌 암시랑 안혀, 이러나저러나 다 빙신으로 한평생 살다 가는 것잉께로."

두 자식의 손을 양쪽 손에 나눠 잡고 이렇게 중얼거리듯 하고 있는 복천 영감의 수척한 볼에는 계속 눈물이 흐르고 있었고, 눈물로 흐린 시야에는 마누라의 얼굴과 큰아들의 얼굴과 푸르른 들녘이 뒤범벅이 되고 있었다.

〈1973년 발표, 2011년 7월 전면 개작〉

| 작가 연보 |

1943년 전남 승주군 선암사에서 아버지 조종현과 어머니 박성순 사이의 4남 4녀 중 넷째(아들로는 차남)로 태어남. 아버지는 일제시대 종교의 황국화 정책에 의해 만들어진 시범적인 대처승이었음.
1948년 '여순반란사건'을 순천에서 겪음.
1949년 순천 남국민학교 입학.
1950년 충남 논산에서 6·25를 맞음.
1953년 작은아버지들이 살고 있던 벌교로 이사. 최초의 자작 문집을 만들었고, 글짓기에서 전교 1등상을 받음.
1956년 광주 서중학교 입학.
1958년 아버지가 서울 보성고등학교로 전근.
1959년 서울로 이사. 광주 서중학교 제34회 졸업. 보성고등학교 입학.
1962년 보성고등학교 제52회 졸업. 동국대학교 국문학과 입학.
1966년 대학 졸업과 동시에 육군 사병 입대.
1967년 시인 김초혜와 결혼.
1969년 육군 병장 제대.
1970년 《현대문학》6월호에 「누명」이 첫회 추천됨. 12월호에 「선생님 기행」으로 추천 완료. 동구여상에서 교직 근무 시작.
1971년 중편 「20년을 비가 내리는 땅」《현대문학》, 단편 「빙판」《신동아》, 「어떤 전설」《현대문학》 발표. 「선생님 기행」이 일본

어로 번역됨.

1972년　중편 「청산댁」《현대문학》, 단편 「이런 식이더이다」《월간문학》 발표. 부부 작품집 『어떤 전설』(범우사) 출간. 중경고등학교로 전근. 아들 도현을 낳음.

1973년　중편 「비탈진 음지」《현대문학》, 단편 「거부 반응」《현대문학》, 「타이거 메이저」《일본 한양》, 「상실기」를 「상실의 풍경」으로 개제 《월간문학》에 발표. 10월 유신으로 교직을 떠나게 됨. 《월간문학》 편집일을 시작. 「청산댁」이 일본에서 간행된 『한국전후대표작선집』에 번역 수록.

1974년　중편 「황토」 작품집 『황토』에 수록. 단편 「술 거절하는 사회」《월간문학》, 「빙하기」《현대문학》, 「동맥」《월간문학》 발표. 작품집 『황토』(현대문학사) 출간.

1975년　단편 「인형극」《현대문학》, 「이방 지대」《문학사상》, 「전염병」을 「살풀이굿」으로 개제 《신동아》에 발표, 「발아설」을 「삶의 흠집」으로 개제 《월간문학》에 발표. 「황토」가 영화화됨. 월간문학사 그만둠.

1976년　단편 「허깨비춤」《현대문학》, 「방황하는 얼굴」《한국문학》, 「검은 뿌리」《소설문예》, 「비틀거리는 혼」《월간문학》 발표. 장편 『대장경』을 민족문학 대계의 일환으로 집필 완성.
월간 문예지 《소설문예》 인수, 10월호부터 발간.

1977년　중편 「진화론」《현대문학》, 「비둘기」《소설문예》, 단편 「한, 그 그늘의 자리」《문학사상》, 「신문을 사절함」《소설문예》, 「어떤 솔거의 죽음」《창작과비평》, 「변신의 굴레」《신동아》, 「우리들의 흔적」《소설문예》 발표. 작품집 『20년을 비가 내리는 땅』(범우사) 출간. 10월호를 끝으로 《소설문예》

의 경영권을 넘김.
1978년	중편 「미운 오리 새끼」《소설문예》, 단편 「마술의 손」《현대문학》, 「외면하는 벽」《주간조선》, 「살 만한 세상」《월간중앙》 발표. 작품집 『한, 그 그늘의 자리』(태창문화사) 출간. 도서출판 민예사 설립.
1979년	단편 「두 개의 얼굴」《문예중앙》, 「사약」《주간조선》, 「장님 외줄타기」《정경문화》 발표. 중편 「청산댁」이 KBS 〈TV문학관〉에 극화 방영.
1980년	단편 「모래탑」《현대문학》, 「자연 공부」《주간조선》 발표. 도서출판 민예사의 경영권을 넘기고 주간의 일을 봄. 문고본 『허망한 세상 이야기』(삼중당) 출간.
1981년	중편 「유형의 땅」《현대문학》, 「길이 다른 강」《월간조선》, 「사랑의 벼랑」《여성동아》, 단편 「껍질의 삶」《한국문학》 발표. 장편 『대장경』(민예사) 출간. 중편 「청산댁」이 프랑스어로 번역 출간. 중편 「유형의 땅」으로 현대문학상 수상.
1982년	중편 「인간 연습」《한국문학》, 「인간의 문」《현대문학》, 「인간의 계단」《소설문학》, 「인간의 탑」《현대문학》, 단편 「회색의 땅」《문학사상》, 「그림자 접목」《소설문학》 발표. 작품집 『유형의 땅』(문예출판사) 출간. 중편 「인간의 문」으로 대한민국문학상 수상. 중편 「유형의 땅」이 MBC TV 6·25 특집극으로 방영.
1983년	중편 「박토의 혼」《한국문학》, 단편 「움직이는 고향」《소설문학》 발표. 대하소설 『태백산맥』을 원고지 1만 5천 매 예정으로 《현대문학》 9월호부터 연재 시작. 연작 장편 『불놀이』(문예출판사) 출간. 『불놀이』가 MBC TV 6·25 특집

극으로 방영.

1984년 중편 「운명의 빛」을 「길」로 개제《한국문학》에 발표. 단편 「메아리 메아리」《소설문학》발표. 장편 『불놀이』 영어로 번역. 중편 「박토의 혼」 독일어로 번역. 작품 「메아리 메아리」로 소설문학작품상 수상. 도서출판 민예사에서 《한국문학》을 인수하고, 주간을 맡아 12월호부터 발간.

1985년 중편 「시간의 그늘」《한국문학》 발표. 대하소설 『태백산맥』 연재 집필을 위해 매달 안양의 라자로마을에 10여 일씩 칩거.

1986년 『태백산맥』 제1부 4천 8백 매 완결(《현대문학》9월호). 제1부를 3권의 단행본으로 출간(한길사).

1987년 『태백산맥』 제2부를 《한국문학》 1월호부터 연재 시작하여 12월호까지 3천 2백 매 완결. 제2부를 2권의 단행본으로 출간.

1988년 『태백산맥』 제3부를 《한국문학》 3월호부터 연재 시작하여 12월호까지 3천 2백 매 완결. 제3부를 2권의 단행본으로 출간. 작품집 『어머니의 넋』(한국문학사) 출간. 신문사 문학 담당 기자와 문학평론가 39인이 뽑은 '80년대 최고의 작품' 1위 『태백산맥』(《문예중앙》, 1988년 여름호). 성옥문화상 수상.

1989년 『태백산맥』 제4부를 《한국문학》 1월호부터 연재 시작하여 11월호까지 4천 5백 매 완결. 제4부를 3권의 단행본으로 출간(전 10권 완간). 『태백산맥』 완결을 고대하며 투병하시던 아버지의 별세를 소설을 쓰다가 전화로 연락받음. 소설의 완결까지 연재 1회분 반을 남겨놓은 상태에서 아버지의 장례를 치름. 문학평론가 48인이 뽑은 '80년대 최대의 문제작' 1위 『태백산맥』(『80년대 대표소설선』, 1989년 현암사).

80년대의 '금단'을 깬 대표 소설 『태백산맥』(《한겨레신문》, 1989. 12. 28). 동국문학상 수상.

1990년 새 대하소설 『아리랑』의 집필을 위해 중국 만주, 동남아 일대, 미국 하와이, 일본, 러시아 연해주 등지를 취재 여행. 12월 11일부터 《한국일보》에 2만 매로 예정된 『아리랑』 연재를 시작. 출판인 34인이 뽑은 '이 한 권의 책' 1위 『태백산맥』(《경향신문》, 1990. 8. 11). 현역 작가와 평론가 50인이 뽑은 '한국의 최고 소설' 『태백산맥』(《시사저널》, 1990. 11. 22).

1991년 『아리랑』 연재 계속. 작품 『태백산맥』으로 단재문학상 수상. 『태백산맥』으로 유주현문학상 수여가 결정되었지만 수상을 거부함. 이를 계기로 그 상이 폐지되었음. 『태백산맥』 연구서 『문학과 역사와 인간』(한길사) 출간. 전국 대학생 1,650명이 뽑은 '가장 감명 깊은 책' 1위 『태백산맥』, '대학생 필독 도서' 1위 『태백산맥』(《중앙일보》, 1991. 11. 26).

1992년 『아리랑』 연재 계속. 대검찰청에서 『태백산맥』이 국가보안법상의 이적 표현물과 적에 대한 고무 찬양에 저촉되는지를 내사한 결과 작가에 대한 의법 조치나 책의 판금을 문제 삼지 않기로 했다고 발표. '학생이나 노동자들이 읽으면 불온서적 소지·탐독으로 의법 조치할 것이며, 일반 독자들이 교양으로 읽는 경우에는 무관하다'는 내용의 대검 발표는 모든 언론들의 비판과 조롱거리가 됨. 대검의 그런 공식적 태도는 『태백산맥』 1부가 단행본으로 발간되면서부터 작가에게 몇 년 동안에 걸쳐 줄기차게 가해져 온 모든 수사 기관들의 음성적 압력과 억압 그리고 협박이 대표적으로 표출된 것에 지나지 않음. 일본의 출판사 집영사와 『태백산맥』 전 10권 완역 출판 계약 체결. 일본에서 대하소설을 완역 계약한 것은 최초. 한국의 지성 49인이 뽑은 '미래를 위한 오늘의 고전' 60선에 『태백산맥』 선정(《출판저널》, 1992. 2. 20). 독자 5백명이 뽑은 '가장 기억에 남는 작품 1위 『태백산맥』, 서울 리서치 조사(《조선일보》, 1992. 8. 25).

1993년　『아리랑』 연재 계속. 외아들 도현이 육군 사병 입대. 중편 「유형의 땅」이 영어로 번역되어 현대한국소설집(제목 『유형의 땅』, 샤프출판사) 출간.

1994년　6월 『아리랑』 제1부 「아, 한반도」를 3권의 단행본으로 출간(도서출판 해냄). 8월 제2부 「민족혼」을 3권의 단행본으로 출간. 10월 제3부 「어둠의 산하」 중 일부가 제7권으로 출간. 12월 제8권 출간. 신문 연재로는 원고량을 다 소화할 수가 없어서 《한국일보》 연재를 중단하고 후반부 집필에 전념. 4월에 8개의 반공 우익 단체들이 작품 『태백산맥』과 작가를, 역사를 왜곡하여 국가보안법을 위반한 불온 서적 및 사상 불온자로 몰아 검찰에 고발함. 거기에다 이승만의 양자에 의해 이승만의 명예훼손죄 고발도 첨가됨. 6월에 치안본부 대공수사실(속칭 남영동)에서 수사를 받았고, 그 후 몇 개월에 걸쳐 출두 요구와 거부를 반복하는 동안에 『아리랑』 집필에 치명적인 피해를 받음. 『태백산맥』 영화화(태흥영화사), 영화 개봉을 앞두고 작가를 고발했던 반공 우익 단체들이 영화를 상영하면 극장과 영화사를 폭파하고 불 지르겠다고 공공연한 공갈 협박을 자행하여 대대적인 사회의 물의를 일으킴. 전국 애장가 720명이 뽑은 '가장 아끼는 책' 1위 『태백산맥』(《한겨레신문》, 1994. 10. 5).

1995년   2월 『아리랑』 제3부 「어둠의 산하」 중 일부인 제9권 출간. 5월 제4부 「동트는 광야」 중 일부인 제10권 출간. 7월 25일 총 2만 매의 『아리랑』 집필 완료, 4년 8개월 만의 결실. 7월 제11권 출간. 8월 해방 50주년을 맞이하며 제12권 출간(전 12권). 『태백산맥』을 출판사를 옮겨서 출간(도서출판 해냄). 「조정래 특집」(《작가세계》 가을호). 서울대학교 신입생 218명이 뽑은 '가장 감명 깊게 읽은 책' 1위 『태백산맥』, '가장 읽고 싶은 책' 1위 『태백산맥』(《한겨레신문》, 1995. 3. 15). '우리 사회에 가장 영향력이 큰 책' 《시사저널》 조사 2위 『태백산맥』, 3위 『아리랑』(《시사저널》, 1995. 10. 26). 20대 남녀 독자 294명이 뽑은 '가장 읽고 싶은 책' 1위 『아리랑』(《도서신문》, 1995. 12. 30). 《한겨레 21》의 독자들이 뽑은 '1995년의 좋은 인물'에 선정(《한겨레 21》, 1995. 12. 28). 사회 각 분야 전문가 47인이 뽑은 '올해의 좋은 책' 1위 『아리랑』(《출판문화》, 1995. 송년 특집호). 1천만 명 서명을 목표로 하는 '태백산맥·아리랑 작가 조정래 노벨문학상 추천 서명인 발대식'이 1995년 11월 28일 종로 탑골공원에서 시민 단체 자발로 이루어짐(《중앙일보》, 1995. 11. 30).

1996년   단일 주제 비평서인 『태백산맥』 연구서 『태백산맥 다시 읽기』 권영민 집필로 출간(도서출판 해냄). 『아리랑』 연구서 『아리랑 연구』 조남현 외 11인의 집필로 출간(도서출판 해냄). 세 번째 대하소설을 위해 독일, 프랑스, 미국 등 취재 여행. 중편 「유형의 땅」 이탈리아어로 번역. 프랑스 아르마땅 출판사와 『아리랑』 전 12권 완역 출판 계약 체결. 일본에서 『태백산맥』 완역과 마찬가지로 프랑스에서 한국의 대하소설을 완역 계약한 것은 최초의 일. 미혼 직장 여성 502명이 뽑은 '친구에게 가장 권하고 싶은 책' 1위 『태백산맥』, 3위 『아리랑』, '가장 감명 깊게 읽은 책' 1위 『태백산맥』, 4위 『아리랑』(《동아일보》《조선일보》, 1996. 1. 18). 전국 20세 이상 독자 1천 2백 명이 뽑은 '가장 기억에 남는 소설' 1위 『태백산맥』(《동아일보》, 1996. 4. 29). '우리 사회에 가장 영향력이 큰 책'《시사저널》조사 1위 『태백산맥』, 5위 『아리랑』(《시사저널》, 1996. 10. 24).

1997년 새 대하소설을 위해 베트남, 사우디아라비아 등 취재 여행. '『태백산맥』 1백 쇄 출간 기념연'을 3월 6일 프라자호텔에서 개최(주최·도서출판 해냄), 증정본 겸 기념본으로 『태백산맥』 양장본 1백 질을 제작. 대하소설로 1백 쇄 발간은 최초의 일이며, 450만 부 돌파는 한국 소설사 1백 년 동안의 최고 부수라고 각 언론이 보도. 3월부터 동국대학교 첫 번째 만해석좌교수가 됨. 장편 『불놀이』 영역판(전경자 교수 번역)이 미국 코넬대학 출판부에서 출간. 프랑스 유네스코에서 『불놀이』 번역 시작. 각 대학 수석 합격자 40명이 뽑은 '후배들에게 가장 권하고 싶은 소설' 1위 『태백산맥』, 5위 『아리랑』(《중앙일보》, 1997. 2. 25). 전국 국문과 대학생 150명이 뽑은 '가장 좋은 소설' 1위 『태백산맥』, 4위 『아리랑』(《조선일보》, 1997. 5. 15). 서울대학생 1천 명이 뽑은 '가장 감명 깊게 읽은 소설' 1위 『태백산맥』, 4위 『아리랑』(《조선일보》, 1997. 7. 23). 1997년 서울 6개 대학 도서관의 문학 작품 대출 1위 『태백산맥』(《동아일보》, 1997. 12. 28). 전남 보성군청에서 추진하던 '태백산맥 문학공원' 사업이 자유총연맹과 안기부의 개입·방해로 전면 좌초(《시사저널》, 1997. 9. 18).

1998년 『아리랑』 프랑스어판 제1부 3권이 4월 말에 출간(아르마땅 출판사). 문예진흥원 번역 지원으로 작품집 『유형의 땅』 프랑스어로 번역 시작. 세 번째 대하소설 『한강』 《한겨레신문》 창간 10주년을 기념하여 5월 15일부터 연재 시작. 『태백산맥』 사건은 이때까지도 미해결인 채 국가보안법 위반 혐의자로 검찰에 걸려 있음. 20~30대 사무직 남·여 6백 명이 뽑은 '지금까지 살아오면서 가장 기억에 남는 책'(전세계의 작품을 대상) 한국출판연구소 조사 남자 국내 1위 『태백산맥』, 여자 국내 1위 『태백산맥』(《동아일보》, 1998. 4. 21). 서울대학 도서관 대출 1위 『아리랑』(《조선일보》, 1998. 7. 23). 제1회 노신(魯迅)문학상 수상.

1999년 《한국일보》 조사, 문인 1백 명이 뽑은 지난 1백 년 동안의 소설 중에서 '21세기에 남을 10대 작품'에 『태백산맥』 선정(《한국일보》, 1999. 1. 5). 《출판저널》 특별 기획, 각 분야 지식인 1백 인이 선정한 '21세기에도 빛날 20세기 책들(국내 모든 저작물 대상)' 36종에 『태백산맥』 선정됨(《출판저널》 1999년 신년 특집 증면호). 《한겨레 21》 창간 5돌 특집, 전국 인문·사회 계열 교수 129명이 뽑은 '20세기 한국의 지성 150인'에 선정됨(《한겨레 21》, 1999. 3. 25). MBC TV 〈성공시대〉 70분 특집방영 '소설가 조정래'. 『조정래문학전집』 전 9권(도서출판 해냄) 출간. 『태백산맥』 일어판 1·2권(집영사) 출간. 장편 『불놀이』 프랑스 유네스코에서 프랑스어판(아르마땅 출판사) 출간. 소설집 『유형의 땅』이 문예진흥

원 선정으로 프랑스어판(아르마땅 출판사) 출간. 출판인 50인이 뽑은 20세기 최고 작가 2위(《세계일보》, 1999. 12. 18). 《중앙일보》 선정 '20세기 명저 국내 20선(국내 모든 분야 망라)'에 『태백산맥』 선정됨(《중앙일보》, 1999. 12. 23). 《중앙일보》 선정 '20세기 한국의 베스트셀러'에 『태백산맥』 『아리랑』이 동시에 선정. 30개 중에서 한 작가의 두 작품이 동시에 선정된 것은 유일함(《중앙일보》, 1999. 12. 23).

2000년　『태백산맥』 일어판 10권 완간(집영사). 9월 29일, 『아리랑』의 발원지인 전북 김제시에서 시민의 이름으로 '조정래 대하소설 아리랑 문학비'를 벽골제 광장에 세우고, 제1호 명예시민증 수여. 그날 10시 29분에 첫손자 재면(在勉)이가 태어나 희한한 겹경사를 이룸.

2001년　「어떤 솔거의 죽음」이 그림을 곁들인 청소년 도서로 출간(다림출판사). 광주시 문화예술상 수상. 자랑스러운 보성(普成)인상 수상. 11월 『한강』 제1부 「격랑시대」를 3권의 단행본으로 출간(도서출판 해냄). 12월 제2부 「유형시대」를 3권의 단행본으로 출간.

2002년　1월 3일 총 1만 5천 매의 『한강』 집필 완료. 3년 8개월 만의 결실. 1월 『한강』 제3부 「불신시대」의 일부를 2권의 단행본으로 출간. 2월 「불신시대」의 나머지를 2권의 단행본으로 출간. 『한강』 전 10권 완간. 1월 17일 작품 집필 때문에 6개월 동안 미루어왔던 탈장 수술 받음. 12월 등단 33년 만에 첫 번째 산문집 『누구나 홀로 선 나무』 출간(문학동네).

2003년　중편 「안개의 열쇠」《실천문학》, 단편 「수수께끼의 길」《문학사상》에 발표. 2월 'Yes24 회원 선정 2002년의 책'에서 『한

강』이 남자 1위, 여자 2위. 3월 만해대상 수상. 4월 제1회 동리상 수상. 5월 프랑스 아르마땅 출판사에서 『아리랑』 전 12권 완역 출간. 유럽 지역에서 한국의 대하소설이 완간된 것은 최초의 일. 5월 16일 전북 김제시에서 건립한 '조정래 아리랑문학관' 개관식 개최. 생존 작가의 문학관이 세워진 것은 처음 있는 일.

2004년 4월 30일 프랑스의 시인이며 극작가인 테르지앙(Terzian)이 『아리랑』을 희곡화하여, 『분노의 나날』로 출간(아르마땅 출판사). 7월 1일 희곡집 『분노의 나날』을 『분노의 세월』로 시인 성귀수 씨가 번역 출간(도서출판 해냄). 8월 20일 『태백산맥』 프랑스어판 제1권 출간(아르마땅 출판사). 9월 1일 중편 『유형의 땅』이 독어판으로 출간(독일 페페르코른 출판사). 12월 15일 만화 『태백산맥』 1권이 박산하 씨 그림으로 출간(더북컴퍼니 출판사). 12월 20일 『태백산맥』 일어판 문고본 계약(일본 집영사).

2005년 단편 「미로 더듬기」《현대문학》. 1월 1일 《문화일보》 2005년 신년 특집으로 〈광복 60돌 '한국을 빛낸 30인'〉에 선정. 5월 26일 순천시에서 '조정래 길'을 지정하고 표지석 개막식 개최(낙안 구기-승주 죽림 사이). 4월 1일 서울지방검찰청에서 『태백산맥』 고소 고발 사건에 대해 만 11년 만에 무혐의 결정 내림. 5월 20일 MBC TV에서 〈조정래〉 3부작 제작(『태백산맥』 고소 고발 사건의 발단과 수사 경과, 무혐의 결정이 내려지기까지의 전 과정). 6월 23일 인터넷 서점 Yes24와 포털사이트 네이버가 '네티즌 추천 한국 대표 작가 - 노벨문학상 후보를 추천해 주세요'에서 네티즌 6만 명이 참여해 조정래를 1위로 선정. 또, '한국인에게 큰 감동을 준 작품'으로 『태백산맥』을 1위로 선정. 8월 10일 장편 『불놀이』 독어권 이기향 씨 번역으로 출간(페페르코른 출판사). 8월 15일 『태백산맥』 프랑스어판 3권 출간. 8월 13~21일 인천시립극단에서 광복 60주년 기념 특별 공연으로 연극 〈아리랑〉을 인천종합문화예술회관에서 공연. 10월 5일 MBC TV와 『태백산맥』 드라마 계약.

2006년 장편 『인간 연습』 분재 1회 《실천문학》. 3월 15일 『태백산맥』 프랑스어판 4권 출간. 4월 10일 〈한국소설 베스트〉 시리즈로 『유형의 땅』 포켓북 출간(일송포켓북). 4월 15일 「미로 더듬기」로 현대불교문학상 수상. 6월 28일 장편 『인간 연습』 출간(실천문학사). 장편 『오 하느님』 분재 1회 《문학동네》, 10월 15일 『태백산맥』 프랑스어판 5권 출간.

2007년 1월 5일 한국 문학 대표작 선집 27 『황토』 출간(문학사상사). 3월 21일 장편 『오 하느님』 단행본 출간(문학동네). 4월 20일 『태백산맥』 프랑스어판 6권 출간. 8월 10일 조정래소설집 『어떤 전설』 출간(책세상). 10월 25일 '큰 작가 조정래의 인물 이야기(위인전 시리즈)' 첫 다섯 권(신채호, 안중근, 한용운, 김구, 박태준) 출간(문학동네). 11월 30일 『태백산맥』 프랑스어판 7, 8, 9권 출간. 12월 27일 『태백산맥』 프랑스어판 전 10권 완간.

2008년 4월 7일 KYN과 『아리랑』 TV 드라마 계약. 4월 10일 『교과서 한국문학』 시리즈 조정래편 5권 출간(휴이넘 출판사). 2007년 출간한 장편소설 『오 하느님』을 『사람의 탈』로 제목을 바꿔 개정 출간. 5월 1일 『죽기 전에 꼭 읽어야 할 책 1001』에 『태백산맥』이 선정됨. 서기 850년경에 씌어진 『아라비안나이트(천일야화)』에서부터 최근에 이르기까지 1200여 년 동안 발표된 전 세계의 소설을 대상으로 평론가·학자·작가·언론인 등으로 구성된 국제적인 전문가 집단이 참여하여 1001편을 가려 뽑은 책으로 우리나라 작품으로는 『태백산맥』과 『토지』가 뽑혀 수록됨(영국 카셀 출판사, 번역서 마로니에북스). 11월 20일 '큰 작가 조정래의 인물 이야기' 제6권 『세종대왕』, 제7권 『이순신』 출간(문학동네). 11월 21일 '조정래 태백산맥 문학관' 개관식(전남 보성군 벌교읍 회정리 『태백산맥』이 시작되는 지점). 12월 11일 '자랑스러운 동국인상' 수상. 12월 23일 '사회 각 분야 가장 존경받는 인물' - 문학 분야 1위로 선정됨(『시사저널』 제 1000호 기념 특대호 특집).

2009년　3월 2일 『태백산맥』 200쇄 돌파 기념연 개최(도서출판 해냄). 대하소설로 200쇄 돌파는 최초. 자전 에세이 『황홀한 글감옥』 출간(시사IN북).

2010년　장편소설 『허수아비춤』을 계간지 《문학의 문학》 여름호에 600매 분재함과 동시에, 인터넷서점 인터파크에도 2개월간 60회로 연재한 후 10월 1일 단행본으로 출간(도서출판 문학의문학). 11월 10일 장편 『불놀이』, 12월 1일 장편 『대장경』 개정판 출간(도서출판 해냄). 12월 2일 경남 창원에서 '고려대장경 팔각 불사 1000년 기념'으로 장편 『대장경』을 오페라로 공연(경남음악협회). 12월 22일 장편 『허수아비춤』이 독자들이 뽑은 '2010 최고의 책'으로 시상식 거행(인터파크 도서). 12월 26일 장편 『허수아비춤』이 '2010 네티즌 선정 올해의 책'이 됨(YES 24).

2011년 4월 25일 초기단편모음집 『상실의 풍경』 개정판 출간(도서출판 해냄). 5월 30일 중편 「황토」와 7월 25일 중편 「비탈진 음지」를 장편으로 전면 개작해 단행본으로 출간(도서출판 해냄).

조정래 장편소설
비탈진 음지

초판 1쇄 / 2011년 7월 27일

저자 / 조정래
발행인 / 송영석
발행처 / (株)해냄출판사

등록번호 / 제10-229호
등록일자 / 1988년 5월 11일

121-210 서울시 마포구 서교동 368-4 해냄빌딩 5·6층
대표전화 / 326-1600 팩스 / 326-1624
홈페이지 / www.hainaim.com

ⓒ 조정래, 2011

ISBN 978-89-6574-004-9

파본은 본사나 구입하신 서점에서 교환하여 드립니다.